BASTEI
LÜBBE

GROßE ERWARTUNGEN

TWENTIETH CENTURY FOX PRÄSENTIERT
EINE ART LINSON PRODUKTION EINEN ALFONSO CUARÓN FILM
ETHAN HAWKE GWYNETH PALTROW "GREAT EXPECTATIONS"
HANK AZARIA CHRIS COOPER MIT ANNE BANCROFT UND ROBERT DE NIRO MUSIK PATRICK DOYLE
KO-PRODUZENT JOHN LINSON SCHNITT STEVEN WEISBERG PRODUKTIONS-DESIGN TONY BURROUGH KAMERA EMMANUEL LUBEZKI, A.S.C., AMC. AUSFÜHRENDE PRODUZENTIN DEBORAH LEE
BASIEREND AUF DEM ROMAN VON CHARLES DICKENS DREHBUCH MITCH GLAZER PRODUKTION ART LINSON REGIE ALFONSO CUARÓN

DER SOUNDTRACK ZUM FILM JETZT ERHÄLTLICH. INKLUSIVE DER SMASH-SINGLE "WISHFUL THINKING" VON DUNCAN SHEIK.

DEBORAH CHIEL "GROSSE ERWARTUNGEN" – DAS BUCH ZUM FILM NACH DER ROMANVORLAGE VON CHARLES DICKENS IST ÜBERALL IM BUCHHANDEL ERHÄLTLICH.

www.foxfilm.de

GROẞE ERWARTUNGEN

Ein Roman von Deborah Chiel
nach der Romanvorlage von Charles Dickens
und dem Drehbuch von Mitch Glazer

Ins Deutsche übertragen
von Cécile G. Lecaux

BASTEI LÜBBE

BASTEI-LÜBBE-TASCHENBUCH
Band 12732

Deutsche Erstveröffentlichung

Printed in Germany, April 1998
Originaltitel. GREAT EXPECTATIONS
Einbandgestaltung: Quadro-Grafik, Bensberg
Bildtafelteil: Twentieth Century Fox Film Corporation
Satz: MPM Wasserburg (Inn)
Druck und Bindung: Ebner Ulm
ISBN 3-404-12732-3

Für Gary Shapiro

Vorwort

Es hätte die glücklichste Nacht seines Lebens sein müssen – eine Nacht, die nach Champagner und Kaviar verlangte, nach Gelächter und ausgelassenem Feiern, nach Tanz und froher Stimmung bis zum Morgengrauen, eine Nacht, um mit der einzigen Frau zu schlafen, die er je geliebt hatte. Jimmy Bell hätte berauscht sein müssen vor Glück, hätte erwartungsvoll in die Zukunft schauen sollen, erfüllt von jener Art von Triumph, auf den die wenigsten Menschen in seinem Alter auch nur zu hoffen wagen konnten.

Es war eine kalte Nacht in New York City, und ein scharfer Wind blies über die verlassenen, verrottenden Piers, die in den East River hinausragten. Früher am Abend war ein wenig Schnee gefallen, und der bittere Geschmack des Winters lag in der Luft. Aber die niedrige Temperatur hätte keinen Unterschied machen dürfen für jemanden, der vor so kurzer Zeit erst den wärmenden Mantel des Erfolges übergestreift hatte und von neuen Freunden und Bewunderern umgeben war, die sich förmlich darum rissen, auf seine Talente und Leistungen anzustoßen.

Die verführerische Aussicht auf eine Nacht wie diese war es, die junge Männer und Frauen aus kleinen Orten in Alabama und Iowa, New Hampshire und South Dakota nach New York City lockte, wie ein Magnet Eisenspäne anzog. Sie träumten ihr ganzes Leben von einer Chance, im Rampenlicht zu stehen und dem neuen Tag in dem Bewußtsein entgegenzublicken, daß ihr Name auf den Lippen jener war, die in dieser Stadt am meisten zählten. Sie träumten von Ruhm, von Fans, die sie anbeteten, von Beifall und Applaus.

Nicht so Jimmy Bell. Er hatte nie danach getrachtet, berühmt zu werden. Er hatte sich nie ausgemalt, in New York zu leben, von den Kritikern hochgejubelt zu werden, Lob von Menschen zu ernten, deren Billigung ihm den Zugang zu den exklusivsten Adressen ermöglichte. Er hatte nicht einmal zu glauben gewagt, daß sein Talent überhaupt anerkennenswert sei. Nicht, daß er keinen Traum gehabt hätte. Über die Hälfte seiner achtundzwanzig Jahre hatte Jimmy in seinem Herzen ein strahlendes Bild getragen, die verkörperte Perfektion. Ihr Name war Estella, und er sehnte sich mit jedem Atemzug, mit jedem Schlag seines Herzens nach ihr.

Auch jetzt, da er auf den Fluß starrte, der in diesen frühen Stunden vor dem Morgengrauen frei war von jedem Schiffsverkehr, glatt und schwarz wie Seide, konnte er ihr Gesicht sehen. Der Himmel war dunkel, abgesehen von einer schmalen blassen Mondsichel, die schwach durch die Wolkendecke schimmerte, die den Schnee gebracht hatte. Irgendwo auf dem Highway hinter ihm heulte die Sirene eines Krankenwagens, der durch die Dunkelheit raste. Ansonsten war er von Stille umgeben. Er hob die Rumflasche, die er in der Hand hielt, an die Lippen, stellte fest, daß sie leer war, und warf sie kurzerhand über das Geländer, das ihn vom

Fluß trennte. Die Flasche klatschte mit einem dumpfen Ton auf das Wasser.

Jimmy schauderte, als er beobachtete, wie die Flasche eine Weile auf dem Wasser tanzte und dann versank. Er war am Wasser aufgewachsen und hatte schwimmen gelernt, beinahe noch bevor er laufen konnte, war mit Angeltechniken früher vertraut gewesen als mit der Kunst des Lesens. Er hatte schon Jahre, bevor er seinen Führerschein gemacht hatte, ein Boot gesteuert. Und doch erschien ihm der kalte, schmutzige Fluß, der unter ihm vorbeiströmte, ebenso fremd und abweisend wie die Stadt, damals, als er hergekommen war.

Er vergrub eine Hand in der Tasche seiner Lederjacke und fand, was er suchte – eine noch verschlossene Halbliterflasche Rum. Er schraubte den Verschluß ab, nahm einen großen Schluck und schloß die Augen, in der Hoffnung, die Erinnerung an den Abend auslöschen zu können, der hinter ihm lag. Der Alkohol floß angenehm weich seine Kehle hinab und erzeugte vorübergehend ein warmes Glimmen in seinem Bauch, aber ansonsten verfehlte er die Wirkung, die Jimmy sich erhofft hatte. Er mußte seine Gefühle abschalten. Er suchte Vergessen.

Es gab nicht viel, was Jimmy Bell angst machte. Er hatte zu wenig zu verlieren, sogar jetzt, da die Reichtümer der Stadt in Reichweite gerückt waren. Vor allem jetzt, nach all den verletzenden Dingen, die er an diesem Abend gesagt und getan hatte. Und so achtete er nicht auf die Schritte, die sich ihm von hinten näherten, zuckte nur kaum merklich zusammen, als er den kalten Stahl an seinem Hinterkopf fühlte.

»Keine Bewegung«, flüsterte eine Stimme heiser.

Jimmy lächelte. Irgendwo in seinem rumvernebelten Verstand registrierte er, daß er möglicherweise in Gefahr war, daß ihm offenbar jemand eine Waffe an den Kopf hielt. Aber im Grunde kümmerte ihn das nicht weiter. Die drohenden Schwierigkeiten waren eine willkommene Ablenkung von seinen wichtigeren Sorgen.

Als er die Augen aufschlug, sah er einen jungen Latino mit pickeligem Gesicht, der ihn wütend anfunkelte und ihm nun den Lauf einer Pistole in den Bauch bohrte. »Was ist denn so komisch?« wollte der Junge wissen.

Das Leben. Die wahnwitzige Entwicklung der Dinge. Der Umstand, daß er ausgeraubt wurde, was er nicht anders verdient hatte. »Nichts«, sagte Jimmy. In Erwartung des Unausweichlichen überreichte er dem Teenager seine Brieftasche. »Hier.«

Der Junge, der eher ängstlich wirkte als abgebrüht, machte große Augen, als er das Bündel Banknoten herausnahm, die Jimmy früher am Abend an einem Geldautomaten gezogen hatte.

»Meine Uhr?« fragte Jimmy.

Der Räuber starrte Jimmy eindringlich an, als versuche er zu ergründen, ob er einfach cool war oder verrückt.

»Klar«, entgegnete er nervös. »Warum nicht?«

Jimmy zog seine Armbanduhr aus und reichte sie dem Jungen. Die Uhr war neu und teuer, ein Geschenk, das er sich selbst vor nicht allzu langer Zeit gemacht hatte, als er begonnen hatte zu glauben, was die Leute sich über ihn erzählten. Aber Vertrauen zu entwickeln fiel ihm schwer, und der größere Teil seines Hirns vermochte immer noch nicht zu akzeptieren, daß er verdiente, was das Schicksal ihm beschert hatte.

»Einen Drink?« fragte er den Latino.

Der Junge rammte Jimmy die Pistole fester in den Bauch. »Bist du blind?« knurrte er.

Jimmy zuckte die Achseln. Er hatte nur nett sein wollen. Der Junge trug eine abgewetzte Skijacke. Er sah elend aus und schien zu frieren, und ein Schluck Rum wäre vermutlich genau das Richtige für ihn gewesen. Ihm selbst tat er jedenfalls verdammt gut. Was soll's, dachte er, ich kann ihn ja nicht zwingen, sich selbst etwas Gutes zu tun.

»Dann bleibt eben mehr für mich selbst«, sagte er.

Wieder nahm er einen großzügigen Schluck, was den Latino zu ärgern schien, da er den Pistolenlauf nun auf Jimmys Gesicht richtete und den Hahn spannte.

Jimmy kam sich vor wie in einem Film, in der Rolle des unerschütterlichen Helden, wie er gewöhnlich von Bruce Willis oder Clint Eastwood verkörpert wurde. Er steckte den Zeigefinger in den Lauf. *Schieß doch*, forderte er den kleinen Scheißkerl, dem fast die Augen aus dem Kopf fielen, in Gedanken auf. *Tu mir den Gefallen.*

»Hey! Was soll das?« schrie der Junge aufgebracht.

»Verbrechensprävention.« Jimmy grinste. Das Ganze fing an, ihm Spaß zu machen. Genaugenommen hatte er sich seit Wochen nicht mehr so gut amüsiert.

Der Latino schwenkte die Pistole von einer Seite zur anderen in dem Versuch, Jimmys Finger aus dem Lauf zu entfernen. »Ich ballere dir die Hand weg! Nimm den Finger raus!«

»Nein. Erst, wenn du einen mit mir getrunken hast.« Jimmy haßte es, allein zu trinken, und das tat er nun schon seit Stunden – schüttete den Fusel in sich hinein und bemühte sich nach Kräften, sich zu betrinken. Der Junge hielt ihm vor Augen, was aus ihm selbst hätte werden können, wenn sein Leben nur ein ganz klein wenig anders verlaufen wäre. Ein Mensch, der zornig, ängstlich und verzweifelt genug war, etwas Dummes zu tun.

»Fick dich ins Knie«, zischte der Latino und schlug die Rumflasche beiseite.

Die Wut des Jungen entfachte seinen eigenen Zorn. Jimmy nutzte die Gelegenheit und schlug ihm die Flasche an die Stirn. Sein unerwarteter Angriff hatte Erfolg. Der Junge ließ die Pistole los und preßte die Hände an die getroffene Stelle. »Autsch! *Coño!*« stöhnte er.

Jimmy hätte beinahe laut aufgelacht. Er fragte sich, ob dies das erste Mal war, daß der Kerl versuchte, jemanden auszurauben. Er überlegte, ob er ihn danach fragen sollte, aber dann wurde ihm bewußt, daß ihn das nicht im geringsten interessierte. Überfallen von einem verdammten Amateur, von einem Kerl, der sich so dämlich anstellte, daß Jimmy ihm erst das A und O seines »Berufes« beibringen mußte. Eine wunderbare New Yorker Geschichte ... wenn er nur jemanden gehabt hätte, dem er sie erzählen konnte.

Er zog den Finger aus dem Lauf und richtete die Pistole auf das Herz des Jungen. Er hatte nicht die Absicht, abzudrücken ... so kaputt war er nicht. Aber er wollte, daß der Junge von seiner eigenen bitteren Medizin kostete, damit er es sich in Zukunft zweimal überlegte, ehe er wieder einen solchen Mist startete. Er hielt die Rumflasche hoch und forderte den Jungen stumm auf, zu trinken.

»Himmel«, murmelte der Junge. »Also gut. Trinken wir einen.«

Jimmy lächelte. Vor langer Zeit einmal – inzwischen

kam es ihm vor, als wäre es in einem anderen Leben gewesen – hatte ein Mann ihn fast zu Tode erschreckt. Er erinnerte sich noch gut daran, daß ihm in seinem panischen Entsetzen alles verändert und fremd erschienen war. Hinterher, als die Gefahr vorüber gewesen war, hatten Himmel und Sonne die grellen Technicolorfarben wieder verloren, und die Welt um ihn herum hatte ihre normale Größe und Form wieder angenommen. Aber er würde niemals vergessen, was es für ein Gefühl war, zu wissen, daß ein falsches Wort oder eine falsche Geste einen das Leben kosten konnte. Obgleich ihm das damals nicht bewußt gewesen war, hatte sich die Erfahrung als nützlich erwiesen – ein Meilenstein, der ihm in vielen schwierigen Situationen eine Stütze gewesen war. Und erst recht in diesem Augenblick.

Die Pistole immer noch auf die Stelle gerichtet, an der sie den größten Schaden anrichten würde, reichte er dem Jungen die Flasche.

»Ich habe verdammte Kopfschmerzen«, jammerte der Junge.

»Der Rum wird dir guttun«, entgegnete Jimmy, dessen eigener Kopf nun anfing zu pochen. Der Junge kippte eine beträchtliche Menge Rum hinunter, mehr, als Jimmy lieb war.

»Ich hätte gern meine Brieftasche zurück«, sagte er.

Der Junge steckte die Rumflasche in seine Jackentasche und gab Jimmy die Brieftasche zurück.

Jimmy sah im Banknotenfach nach. Wie er vermutet hatte, war es leer. »Meine Kohle«, forderte er.

Der Junge reichte ihm das Geld.

»So«, sagte Jimmy. Vielleicht sollte er den Beruf wechseln, die Waffe behalten und eine neue Karriere als

»Raubkünstler« starten. »Und jetzt die Kette, die du um den Hals trägst«, sagte er, sich in die Rolle des Räubers hineinfindend.

»Was?« Der Latino machte ein grimmiges Gesicht. »Hey, du kannst mich mal!«

Jimmy drückte dem Jungen den Pistolenlauf an die Stirn. Jetzt, da die Rollen vertauscht waren, wollte er, daß der Kerl am eigenen Leib erfuhr, wie man sich fühlte, wenn jemand einem eine geladene Waffe an den Kopf hielt.

»Da steht ›Rafael‹ drauf«, maulte der Junge.

Jimmy drückte die Pistole fester an seine Schläfe. Der Kleine würde am Morgen einen roten Abdruck dort haben, ein Andenken an Jimmy.

Mit zitternden Händen zog der Junge sich die Kette über den Kopf und reichte sie Jimmy. »Was willst du denn damit anfangen, Mann?«

Jimmy begutachtete die Kette im schwachen Licht der Laterne, unter der sie standen. Der Name war in großen, verschnörkelten Buchstaben geschrieben; die Kette fühlte sich schwer an, als er sie sich um den Hals hängte. Jimmy vermutete, daß sie aus massivem Gold war und vermutlich so viel gekostet hatte, wie er früher in einer ganzen Woche verdient hatte. »Rafael ... bist du das?«

»Warum zum Teufel sollte ich den Namen sonst um den Hals tragen?«

Gute Frage. Rafael gehörte offensichtlich nicht zu denen, die das Bedürfnis hatten, ihre Vergangenheit abzustreifen und eine fremde Identität anzunehmen. Jimmy seinerseits entwickelte sich langsam zu einem solchen Experten in Sachen Selbsthaß, daß es ihm beinahe reizvoll erschien, seinen Platz im Leben mit dem eines unterernährten, ungeschickten Möchtegernräubers zu tauschen. Vielleicht sollte er die Kette behalten, die Stadt verlassen und irgendwo anders als Rafael noch einmal ganz von vorn anfangen. Ihm fiel niemand ein, der ihn vermissen würde, schon gar nicht in New York und wahrscheinlich auch nicht daheim. Er war schon immer ein ziemlicher Einzelgänger gewesen und hatte nie viele Freunde gehabt, auch nicht als Kind.

»Ich bin Jimmy Bell«, sagte er und wünschte, er wüßte, wer dieser Jimmy Bell wirklich war.

Rafael war nicht der einzige mit Kopfschmerzen. Jimmys Kopf begann zu hämmern, und der Schmerz würde noch schlimmer werden. Es würde einiges mehr als nur zwei Aspirin erfordern, den Kater zu kurieren, der ihm bevorstand. Er konnte bereits fühlen, wie der Alkohol seinen Griff auf sein Hirn lockerte; er wurde viel zu schnell nüchtern, lange bevor er bereit war, sich der Welt ohne die betäubende Wirkung des Alkohols zu stellen, die die scharfen Ecken und Kanten milderte. Er bedeutete Rafael, ihm die Flasche wiederzugeben, und kippte genügend Rum in sich hinein, um die drohende Ernüchterung hinauszuschieben.

»Fragst du dich nicht manchmal, wie anders dein Leben vielleicht verlaufen wäre, wenn irgend etwas, nur eine Kleinigkeit, nicht passiert wäre«, fragte er, als der Rum sich einen Weg in seinen Blutkreislauf bahnte.

Rafael funkelte ihn zornig an. »Die ganze Zeit, Mann«, knurrte er und rieb die Stelle an der Stirn, wo Jimmy ihn mit der Flasche getroffen hatte.

Die Lichter der Stadt spiegelten sich im Wasser und tanzten den Fluß entlang. Es sah wunderhübsch aus, solange Jimmy nicht darüber nachdachte, was sich unter der Oberfläche verbarg. Zu spät erinnerte er sich an eine wichtige Lektion, die er als Kind gelernt hatte: der Schein konnte trügen und der Irrtum einem das Herz brechen.

»Wenn man nur einen kleinen Faden zieht, fällt alles auseinander«, sagte er leise.

In dieser Nacht waren seine Vergangenheit und die Gegenwart aufeinandergeprallt. Es schien, als müßte er sämtliche Hoffnungen für die Zukunft begraben. Wie hatte er es wagen können, mehr zu erwarten als das, was die Vorsehung zu seinem Schicksal bestimmt hatte?

Kapitel 1

Die Dämmerung brach herein. Die Fischer der DeSoto Bay an der Westküste Floridas hatten ihre Netze eingeholt und waren zum Abendessen heimgegangen. Der Schiffsverkehr war mäßig, das Wasser ruhig, und die Wellen, die sacht am Ufer leckten, glitzerten im Licht der untergehenden Sonne silbern. Rote, rosafarbene und violette Streifen durchzogen den Himmel bis hinunter zum Golf von Mexiko wie pastellfarbene Aquarellfarben auf einer blaßblauen Leinwand.

Die Abenddämmerung war Jimmy Bells liebste Tageszeit. Wie so oft am späten Nachmittag tuckerte Jimmy in seinem Skiff, einem kleinen verwitterten Boot, das er von seinem Onkel Joe geschenkt bekommen hatte, den schmalen Wasserlauf hinunter. In der Bucht befanden sich mehrere unbewohnte Inseln, und Jimmy war unterwegs zu jener, die er inzwischen als seine eigene betrachtete.

Eines Tages, wenn er erwachsen und reich war, wollte er sie kaufen. Er würde ganz allein dort leben, in dem Haus, das er mit Hilfe seines Onkels Joe dort errichten würde, und sich jeden Abend von seiner Veranda aus den Sonnenuntergang ansehen. Er würde angeln und wunderschöne Bilder malen, die er an den Wänden aufhängen würde, und er würde nur jenen Leuten, die er mochte, gestatten, sein Land zu betreten – wozu ganz sicher nicht seine Tante Maggie zählte.

Jimmy stellte den Motor ab und ließ das Boot auf Grund laufen. Dann sprang er barfuß heraus, um es an der rostigen Eisenstange festzumachen, die bis über das Wasser ragte. Stirnrunzelnd betrachtete er das teils erschlaffte Schlauchboot, das in einiger Entfernung auf den Strand gezogen war. Die Fußabdrücke im feuchten Sand verrieten ihm, daß erst kürzlich jemand seine Insel betreten hatte.

Der Eindringling, wer immer er sein mochte, war nirgends zu sehen. Vielleicht angelte er am anderen Ende der Insel, oder aber er war von einem vorbeifahrenden Schiff mitgenommen worden. Jimmy kehrte dem fremden Boot den Rücken zu, nahm seine Büchertasche aus dem Skiff und schlenderte den Strand hinunter zu der Stelle, wo er früher in dieser Woche in der kleinen von einem Sandwall eingegrenzten Mulde einen Barrakuda entdeckt hatte.

Nur eine leichte Brise zauste Jimmys von der Sonne blond gebleichtes Haar, und die einzigen Geräusche waren das leise Zischen der Wellen, die sacht an den Strand schlugen, und das gelegentliche Kreischen einer Seemöwe, die über ihm durch die Luft segelte. Nur hier auf der Insel fand Jimmy Frieden und Einsamkeit. Daheim nörgelte seine Tante ständig an ihm oder Onkel Joe herum und machte ihnen endlose Vorhaltungen, ganz gleich, wie sehr sie sich auch anstrengten, es ihr recht zu machen. Tante Maggie war sehr streng und alles andere als nett, und Jimmy verstand einfach nicht, warum sein Onkel Joe bei ihr blieb. Jimmy selbst hatte keine Wahl: er war noch ein Kind, und Zehnjährigen erlaubte man nicht, allein zu leben, auch wenn er allein vermutlich besser dran gewesen wäre als bei Maggie, die gewöhnlich zu benebelt war, ihm viel Beachtung zu schenken.

Wenn seine Eltern noch lebten, wäre alles ganz anders. Er konnte sich nur schemenhaft an seine Mutter und seinen Vater erinnern, an einige wenige Bruchstücke seines Lebens vor dem Unfall, und diese waren für ihn so kostbar, daß er zögerte, sie zu oft aus dem Gedächtnis hervorzuholen, aus Angst, sie könnten verblassen oder ihm mit der Zeit weniger real erscheinen.

Tante Maggie erinnerte ihn nur zu gern daran, welches Glück er gehabt habe, daß sie sich bereit erklärt hatten, ihn bei sich aufzunehmen. Ohne sie wäre er zweifellos in einem staatlichen Heim – was immer das bedeuten mochte – oder bei Pflegeeltern gelandet. »Deine Mutter und ich haben uns als Kinder nicht sehr nahe gestanden«, sagte sie immer wieder, »aber Blut ist nun einmal dicker als Wasser, und darum habe ich wohl keine andere Wahl, als mich um dich zu kümmern.«

Der Gedanke, daß seine Mutter völlig anders gewesen war als ihre jüngere Schwester, tröstete ihn. Jedenfalls konnte er sich nicht daran erinnern, daß sie fremde Männer nach Hause eingeladen hätte, so wie Tante Maggie es ständig tat. Die Kinder verhöhnten Maggie hinter ihrem Rücken und bezeichneten sie als Hure. *Weißt du eigentlich von den anderen Männern?* Wollte er Onkel Joe fragen. *Und macht es dir gar nichts aus?* Aber er behielt die Fragen für sich, weil er nicht wollte, daß sein Onkel sich noch elender fühlte, als es vermutlich ohnehin schon der Fall war.

Er stand ganz still da und blickte in das seichte Wasser,

in der Hoffnung, der silbrige Barrakuda würde sich zeigen. Als der Fisch nach einer Weile tatsächlich herbeischwamm, lächelte Jimmy. Den ganzen Tag über hatte er, während der Lehrer den Unterrichtsstoff heruntergeleiert hatte, nur an diesen Augenblick gedacht. Jetzt hockte er sich in den Sand und holte Zeichenblock und Stift aus der Tasche. Er begann, den Barrakuda zu skizzieren, versuchte, seine langgezogene, schlanke Form und seine scharfkantigen Flossen auf dem Papier wiederzugeben.

Er wußte, daß er gut im Zeichnen war, der Beste seiner Klasse, und er liebte das Zeichnen mehr als alles andere – außer mit Onkel Joe zu angeln. Tante Maggie betrachtete Zeichnen als Zeitverschwendung. »Davon kann man nicht leben. Geh und tu etwas Nützliches«, schimpfte sie jedesmal, wenn sie ihn mit einem Zeichenblock erwischte.

Aber er konnte nicht anders. Manchmal zuckten seine Finger förmlich vor Ungeduld, sich einen Stift zu greifen und zu malen. Manchmal war er sogar zufrieden mit den Resultaten. Was er im Augenblick gerade malte, gefiel ihm; der Barrakuda sah richtig echt aus, als er die Konturen und Schatten ausmalte. Er hätte liebend gern bis zum Dunkelwerden dagesessen und sein Modell gezeichnet, aber der Fisch mußte plötzlich sein Abendessen entdeckt haben, schoß blitzschnell durch das Wasser und verschwand unter dem nahegelegenen wackligen Steg, der schon Jahre nicht mehr benutzt worden war.

Auf die rostigen Nägeln und die Splitter achtend, die aus den verwitterten Planken ragten, ging Jimmy bis ans Ende des Steges. Dort legte er sich auf den Bauch und ließ den Kopf über den Rand des Stegs herabhängen, so daß sein Gesicht nur noch wenige Zentimeter über der Wasseroberfläche war. Er sah hinunter, in der Hoffnung, einen Blick auf den Barrakuda zu erhaschen, der sich gerade über seine Abendmahlzeit hermachte, aber er sah nur sein eigenes Spiegelbild. Als seine Augen sich auf das dämmrige Licht unter der Wasseroberfläche eingestellt hatten, schnappte er überrascht nach Luft. Er glaubte zu halluzinieren, aber er hätte schwören können, direkt unter dem Wasser das Gesicht eines Mannes zu sehen. Die Augen des Mannes waren weit offen, und sein Mund war zu einem Grinsen verzogen.

Eine Sekunde später schoß ein Arm aus dem Wasser, und eine Hand legte sich um seinen Hals. Jimmy fühlte, wie er vom Steg gerissen wurde, und landete schreiend und um sich tretend im hüfthohen Wasser. Während er versuchte, sich aus dem Griff des Fremden zu befreien, blinzelte er das Wasser aus seinen Augen und sah, daß das Gesicht zu einem dunkelhaarigen Mann in einem zerrissenen orangefarbenen Trainingsanzug gehörte. Vorn auf dem Oberteil stand in großen, fetten Lettern: »Eigentum der Bundesstrafvollzugsanstalt des Staates Florida« ...

Jimmy dachte an das Boot, das er zuvor am Strand gesehen hatte, und an die Fußabdrücke im Sand. Der Mann mußte aus dem Gefängnis geflohen sein.

»Bitte!« schrie er, als der entflohene Sträfling ihn am Hals hochhob. »Nicht!«

»Halt die Klappe!« knurrte der Sträfling. Er erhob sich aus dem Wasser – seine Knöchel waren mit Eisenketten gefesselt – und schleuderte Jimmy zurück auf den Steg. Obwohl er ein kräftiger Mann war, schien die Anstrengung ihn zu schmerzen, da er gleich darauf eine Hand auf eine blutige Wunde an seiner linken Seite preßte und laut aufstöhnte. Eine Pranke fest um Jimmys Arm gekrallt, zog er sich auf den Steg und rieb sich die von den Ketten aufgeschürften Stellen an den Beinen.

»Wie heißt du?« fragte der Sträfling.

Jimmy, der nur Zentimeter von einem echten entflohenen Sträfling saß, war hin und her gerissen zwischen Entsetzen und Faszination. »Jimmy Bell«, stammelte er.

»Wo wohnst du?«

Der Mann sah gefährlich aus, mit braunen Augen, die ihn zornig anfunkelten und androhten, daß er sich keine Lügen auftischen lassen würde. »Cortez«, entgegnete Jimmy. »Einen Block vom Pier entfernt. Mein Onkel Joe ist . . .«

»Hat er Werkzeug?« fiel der Fremde ihm ungeduldig ins Wort.

»Klar.« Jimmy nickte. Sein Arm schmerzte dort, wo die Finger des Sträflings sich in sein Fleisch gruben. »Er hat Rasenmäher und . . .«

Der Sträfling unterbrach ihn erneut. »Weißt du, was ein Bolzenschneider ist?«

Jimmy stellte sich den Werkzeugkasten seines Onkels vor. »Ich glaube schon.«

»Weißt du, was Lebensmittel sind?«

»Lebensmittel?« Jimmy starrte den Sträfling an und versuchte zu ergründen, ob er ihn auf den Arm nehmen wollte. Er war zehn Jahre alt und kein Kleinkind mehr.

Aber der Mann lächelte nicht, ganz im Gegenteil. Er beugte sich so weit vor, daß Jimmy den Atem des Fremden auf seinem Gesicht fühlen konnte. In seinen Mundwinkeln hatte sich schäumender Speichel gesammelt wie bei einem tollwütigen Hund, und der Ausdruck in seinen Augen erinnerte Jimmy an den eines in die Enge getriebenen Waschbären.

»Ich kenne deinen Namen«, sagte der Mann so bedrohlich leise, daß Jimmy trotz der Hitze ein kalter Schauer durchlief. »Und ich weiß, wo du wohnst. Ich kann dich jederzeit finden und aufschlitzen wie einen Fisch. Ich reiße dir die Eingeweide heraus und stopfe sie dir in den Mund. Hast du mich verstanden, Junge?«

Jimmys Herz hämmerte so kräftig in seiner Brust, daß er kaum noch Luft bekam. Es gab in Cortez nicht viele Verstecke, und er war so dumm gewesen, dem Sträfling so viel über sich selbst zu verraten, daß dieser ihn leicht aufspüren konnte. Er zweifelte nicht daran, daß die Drohungen des Sträflings ernst gemeint waren. Der Mann sah aus wie jemand, der einem Mann – oder einem Jungen – die Kehle durchschnitt, ohne mit der Wimper zu zucken.

»Komm morgen früh bei Tagesanbruch wieder her, mit dem Bolzenschneider und mit Lebensmitteln, oder ich bringe dich um, darauf kannst Du Gift nehmen. Hast du kapiert?« knurrte er.

Jimmy nickte. Sein Mund war staubtrocken vor Furcht.

»Wenn du irgend jemandem, deinen Eltern …«

»Die sind tot«, flüsterte Jimmy heiser.

»Wenn du irgend jemandem von mir erzählst, ist das letzte, was du im Leben hörst, dein eigener Todesschrei.«

Jimmy schluckte. Wie konnte das passieren, ihm, hier auf seiner Insel? Ein entflohener Sträfling war etwas, worüber man in Büchern las oder das man im Fernsehen sah. Aber dies hier war keine erfundene Geschichte. Dieser Sträfling war echt, und die Gefängnisuniform und die Wunde an seiner Seite bewiesen es. Jimmy fragte sich, wie der Mann sich die Verletzung zugezogen haben mochte; war er von einem Mithäftling verletzt worden oder von einem Wärter bei der Flucht? Jimmy wünschte, er brächte den Mut auf, den Sträfling zu fragen, wie ihm die Flucht gelungen war. Aber er traute sich nicht. Er war überzeugt davon, daß es dem Sträfling ernst gewesen war mit dem, was er gesagt hatte. Eine falsche Bewegung, und er wäre tot, so wie seine Eltern.

Der Mann ließ seinen Arm los. »Geh!« befahl er.

Jimmy verschwendete keine Zeit darauf, Fragen zu stellen. Er schnappte sich seine Büchertasche, zwang seine Beine, sich zu bewegen, und rannte den Steg hinunter, ohne auf die Holzsplitter zu achten. Er stolperte über die eigenen Füße, als er den Sand erreichte. Er hatte es so eilig, daß ihm erst, als er in sein Boot sprang und ablegte, einfiel, daß er seinen Zeichenblock auf dem Steg vergessen hatte. Und da er zu große Angst hatte, auch nur einen Blick zurückzuwerfen, sah er auch nicht, daß der Sträfling mit schmerzverzerrtem Gesicht seine Zeichnung von dem Barrakuda betrachtete.

Der Himmel war mehr rot als blau, als Jimmy endlich den Anleger von Cortez erreichte und das Boot in die Lücke neben dem Fischerboot seines Onkels lenkte. Die klagenden, bittersüßen Klänge von Miles Davis »Sketches of Spain« wehten durch das Fenster des Bootsaufbaus, was bedeutete, daß Joe noch an Bord sein mußte und Fische ausnahm oder irgendeine der anderen zahlreichen Arbeiten erledigte, die mit dem Betrieb eines Charterboots für Hochseefischer einhergingen. Jimmy war noch nicht soweit, ihm unter die Augen zu treten, nicht solange er sich so zittrig und verschüchtert fühlte. Onkel Joe kannte ihn besser als jeder andere, und Jimmy fürchtete, daß er ihm ansehen würde, daß etwas passiert war, und er versuchen könnte, ihn zum Reden zu bewegen.

Vielleicht hätte er ungesehen vom Anleger verschwinden können, wenn er nicht ausgerutscht und mit dem Schienbein gegen den Pier gestoßen wäre. Er konnte einen Schmerzensschrei nicht unterdrücken, woraufhin Onkel Joe an Deck kam.

Er begrüßte Jimmy mit dem Spitznamen, den er ihm gegeben hatte, als er noch ein Baby gewesen war. »Hallo, Chub-Chub.«

»Hey, Onkel Joe.« Jimmy lächelte zu seinem Onkel auf.

Joes Gesicht war von der Sonne dunkelbraun gebrannt, und er hatte sehnige Muskeln von den fünfunddreißig Jahren, in denen er Fischernetze eingeholt, Rasen gemäht und allerlei andere Jobs ausgeführt hatte.

»Du warst heute draußen?«

»Teufel, ja«, entgegnete Joe. Er schob sich eine Zigarette zwischen die Lippen und zündete sie an. Dann rollte er den Schlauch ab, der in einer Ecke lag, und begann, das Salz vom Bootsdeck zu spritzen. Das Boot hätte dringend einen Anstrich nötig gehabt, aber Joe hatte weder das Geld noch die Zeit, es zu lackieren, so daß er kompromißhalber die Decks so sauber hielt wie irgend möglich. »Habe mir eine schöne Bräune geholt. Natürlich kein Fisch. Tino hat Fallen aufgestellt. Er hat es wie alle anderen auf diese Ungeheuer abgesehen. Hummer. Ach, was soll's. Die Viecher schwimmen auch.« Er verzog das Gesicht bei dem Gedanken an die Hummer, die er verabscheute zu fangen, geschweige denn zu essen. »Oder vielmehr kriechen.«

Da Jimmy bestrebt war, vor Joe nach Hause zu kommen, um den Bolzenschneider in seine Schultasche schmuggeln zu können, lächelte er nur schwach und wandte sich zum Gehen. Joe schien überrascht. Gewöhnlich leistete Jimmy ihm auf dem Boot Gesellschaft, teils weil er gern mit seinem Onkel zusammen war, teils weil er es vorzog, ihm zur Hand zu gehen, als es allein mit seiner Tante Magie aufzunehmen.

»J. B., warum die Eile?« fragte Joe.

»Nichts Besonderes. Hausaufgaben.«

»Okay.« Er zögerte und schnippte seine Zigarette ins Meer. Dann sagte er: »Hör zu, Maggie ist schlecht gelaunt, also sei vorsichtig, ja?«

Jimmy kaute an seinem Daumennagel. Onkel Joe machte nicht viel Aufhebens um Tante Maggies Launen und erwähnte sie nur, wenn es wirklich schlimm war. Jimmy wußte nicht, wovor er sich mehr fürchtete: vor den Drohungen des Sträflings oder seiner übelgelaunten Tante. »Kommst du bald nach Hause?«

»Etwa in einer Stunde. Mach deine Hausaufgaben, und hinterher gehen wir zu Carvel«, versprach Joe. »Ach ja, und schone deine Muskeln – ich habe uns einen Gärtnerjob aufgetan.«

»Toll«, entgegnete Jimmy. Sie brauchten das Geld. In letzter Zeit hatten nicht viele Fische angebissen, und das Chartergeschäft lief schleppend. Tante Maggie beklagte sich ständig, daß sie ewig pleite wären, und machte Joe Vorhaltungen, daß er ein Nichtsnutz sei, der nicht einmal in der Lage schien, zehn Dollar zu ergattern, wenn sie offen und für jeden zugänglich auf der Straße liegen würden. Aber Onkel Joe war alles andere als faul. Das Problem war, daß es einfach zu wenig Arbeit gab.

Jimmy blickte über die Bucht und hatte plötzlich das Bedürfnis, Onkel Joe alles von dem Sträfling, seinen Drohungen und dem, was er für ihn tun sollte, zu erzählen. »Joe?« sagte er.

»Ja?«

Aber ebenso plötzlich überlegte Jimmy es sich wieder anders. *Ich weiß, wo du wohnst*, hatte der Sträfling gesagt. Vielleicht begnügte er sich nicht damit, Jimmy zu töten. Es war nicht ausgeschlossen, daß er auch Onkel Joe und Tante Maggie etwas antat. »Ach nichts.«

»Hey, James«, sagte Joe, als spürte er, daß Jimmy etwas bedrückte, und als wollte er ihn aufmuntern. »Wie räuchert man einen Schwertfisch?«

Das war ihr eigener, ganz intimer Witz, und er entlockte Jimmy stets ein Grinsen. »Man steckt sich das Schwert in den Mund und zündet den Schwanz an«, erwiderte er und fühlte sich gleich besser.

Er lächelte immer noch, als Joe sich mit einem Zwinkern und einem Winken von ihm verabschiedete. Jimmy lief vom Dock und an den verfaulenden Fischerbooten vorbei, die wie Kadaver Seite an Seite aufgereiht auf dem Sand lagen. Er kam an einer Reihe verfallener Hütten vorbei, die schon längst hätten abgerissen werden müssen, und bog dann in die Straße ein, in der er wohnte. Cortez war ein öder kleiner Ort, ein Ort, dem man nur zu gern den Rücken kehrte, wenn man eine Alternative hatte. In Cortez gab es keine reichen und armen Viertel. Sämtliche Straßen waren heruntergekommen, alle Gebäude dringend sanierungsbedürftig. Sogar der Park mit seinen ungepflegten Bäumen und dem Spielplatz mit den verrosteten Klettergerüsten und Rutschen war deprimierend. Das Kinderplanschbecken war beschädigt und stillgelegt worden, und der Rasensprenger funktionierte schon lange nicht mehr.

Die Teenager, die keinen anderen Ort hatten, an dem sie sich treffen konnten, hatten die kleineren Kinder verjagt und den Spielplatz in Besitz genommen. Sie kamen mit ihren Ghettoblastern her, um Bier zu trinken, Dope zu rauchen und die Heavy-Metal-Musik zu spielen, die ihre Eltern ihnen daheim verboten. Gewöhnlich machte Jimmy einen großen Bogen um den Park, vor allem wenn die Rhinebold-Zwillinge dort waren. Die Rhinebolds, die im Haus gegenüber wohnten, waren fünfzehn, blond und sehr hübsch. Jimmy war verliebt in Gloria, jedoch so schüchtern, daß er sich meist nicht einmal traute, ihr hallo zu sagen.

Die beiden Mädchen schaukelten gerade, und ihre Röcke bauschten sich im Wind. Er sah in ihre Richtung und versuchte, einen Blick auf ihre Höschen zu erhaschen, bevor sie ihn bemerkten. Aber Gloria entdeckte ihn zuerst und rief: »Jimmy! Jimmy, komm her!«

»Schubs mich an, Jimmy!« stimmte ihre Schwester Diane ein.

Jimmy ignorierte die beiden und lief noch schneller. Er konnte sie bis zur First Street rufen hören, wo er nach links abbog und weiterrannte, bis er das schäbige zweistöckige Haus erreichte, in dem er wohnte. Er wetzte die Treppe hinauf und legte auf dem Treppenabsatz eine kurze Pause ein, um wieder zu Atem zu kommen, bevor er die Tür öffnete und sich in die Wohnung schlich. Im Fernsehen lief gerade »Jeopardy«, aber das Wohnzimmer war verlassen. Jemand – vermutlich Joe – hatte die Zeitungen und leeren Flaschen weggeräumt, die gewöhnlich überall herumlagen.

Ehe er dazu kam, ungesehen in sein Zimmer zu schlüpfen, wurde die Tür zum Schlafzimmer seiner Tante und seines Onkels geöffnet, und ein stämmiger Mann kam heraus. Sein Gesicht war gerötet und verschwitzt, als hätte er hart gearbeitet, und er stopfte sich gerade das Hemd in die Hose, als er Jimmy bemerkte. Der Mann, in dem Jimmy keinen von Maggies Stammbesuchern erkannte, zögerte kurz, und Jimmy nahm an, daß er überlegte, ob er guten Tag sagen sollte oder nicht. Statt dessen durchquerte er hastig den Raum, zauste Jimmy im Vorbeigehen das Haar und verließ die Wohnung ohne ein Wort.

Vielleicht war Tante Maggie jetzt wieder besserer Laune. Gewöhnlich hob ein Besuch eines ihrer »Freunde«, wie Jimmy sie für sich bezeichnete, ihre Stimmung. Er fragte sich, ob die Männer ihr Geld gaben und ob sie sie ebenso schlecht behandelte wie Onkel Joe. Er wettete, daß sie das nicht tat, weil sie sonst wohl kaum wiederkommen würden. Bei Onkel Joe war das etwas anderes. Er war ihr Ehemann, und so hatte er keine andere Wahl, als sie zu lieben und sich mit ihrer schlechten Laune abzufinden.

Er ging auf dem Weg zu seinem Zimmer an ihrem Schlafzimmer vorbei, weil er sich sagte, daß er, wenn sie gedachte, über ihn herzufallen, es ebensogut gleich hinter sich bringen konnte. Maggie saß im Schneidersitz auf dem Bett. Die Laken waren zerwühlt, als wäre sie gerade erst aufgestanden, und sie trug nur ein Top und einen Slip. Jimmy hatte ein Gespräch zweier älterer Jungen über Maggie mitgehört. Sie hatten gesagt, sie sei sexy für eine Dreißigjährige. Seine Mutter war schön gewesen, mit langem braunen Haar und dunkelbraunen Augen.

Tante Maggie sah ganz anders aus als ihre Schwester. Jimmy war nicht sicher, was sexy bedeutete, aber er fand nicht, daß Tante Maggie so aussah.

Sie hatte ihre Büchse Pot vor sich und wühlte darin, trennte Samenkörner von den Stielen. Bald würde die ganze Wohnung nach dem Kraut riechen, und Tante Maggie über alles, was Onkel Joe zu ihr sagte, lachen. Im Augenblick war sie zu beschäftigt, Jimmy mehr als einen flüchtigen Blick zu gönnen, während sie sich einen Joint drehte. Vermutlich würde sie ihn den Rest des Abends ignorieren, was ihm nur recht war, weil er an diesem Abend schon genug Sorgen hatte, ohne auch noch lästige Fragen beantworten zu müssen. Trotzdem wagte er nicht, die Lebensmittel für den Sträfling jetzt schon zusammenzusuchen, aus Angst, Maggie könnte etwas merken, wenn sie das Abendessen zubereitete.

Er war zu aufgeregt, seine Hausaufgaben zu machen – und wozu auch? Vielleicht war er morgen schon tot und kam ohnehin nicht mehr dazu, sie abzugeben. Er legte sich auf sein Bett und versuchte, nicht an den Sträfling zu denken, während er darauf wartete, daß sein Onkel nach Hause kam. Aber gleich, was für Bilder er heraufbeschwor, um sich abzulenken, immer wieder kehrte dasselbe Bild zurück. Auch wenn er die Augen schloß, sah er den Sträfling so deutlich vor sich, als stünde er leibhaftig vor ihm: die dunkelbraunen stechenden Augen des Mannes, sein schmerzverzerrtes Gesicht, die blutige Wunde an seiner Seite, die Ketten an seinen Füßen.

Er rieb sich den Hals, dort, wo der Mann ihn gepackt hatte, und fragte sich, wo der Sträfling im Augenblick sein mochte. War er zurück zum Schlauchboot gehumpelt, um zu versuchen zu schlafen, oder saß er noch auf dem Steg und wartete, daß die Nacht verstrich und Jimmy zurückkehrte? Wann hatte er das letzte Mal etwas gegessen? Jimmy versuchte sich vorzustellen, er wäre allein, hungrig und würde frieren. Er wünschte, er wüßte, welches Verbrechen der Sträfling begangen hatte, weswegen man ihn eingesperrt hatte. Vielleicht hatte er Geld gebraucht, um seine Familie zu ernähren, und eine Bank ausgeraubt. Oder er war in eine Schlägerei geraten und hatte jemanden verletzt. Vielleicht hatte er auch jemanden getötet …

Er konnte auch während des Abendessens an nichts anderes denken als an den Sträfling. Er stocherte mit der Gabel in seinem Essen herum und bekam kaum einen Bissen herunter, aber weder seine Tante noch sein Onkel bemerkten seinen mangelnden Appetit. Das Eis, das sein Onkel ihm zum Nachtisch mitgebracht hatte, wollte ihm auch nicht recht schmecken, obwohl es sein Lieblingseis mit den Schokoladensplittern war. Er war überzeugt davon, daß er die ganze Nacht kein Auge zutun würde, knipste aber dennoch das Licht aus und kuschelte sich unter die Bettdecke. Dann lauschte er dem Regen, der eingesetzt hatte.

Jimmy fuhr auf, als ein ohrenbetäubender Donnerknall ertönte, und sah einen Blitz über den Nachthimmel zucken. Der Sträfling hockte in einer Ecke seines Zimmers und hielt ein Messer in der Hand. »Ich habe dir doch gesagt, daß ich weiß, wo du wohnst«, sagte er. »Bist du bereit zu sterben?«

»Nein!« schrie Jimmy und wachte von seinem eigenen panischen Entsetzen auf. Er lag zusammengerollt im Bett und wimmerte vor Furcht, aber er war allein im Zimmer. Der Regen trommelte gegen das halb geöffnete Fenster, und der Himmel war von knisternden Blitzen durchzogen. Seine Bettdecke lag in einem zerknüllten Haufen auf dem Boden, und seine Hände zitterten, als er sie ausstreckte, um die Decke aufzuheben.

Der Wecker zeigte 3 Uhr 12 an. In wenigen Stunden würde es hell werden. Hellwach sprang Jimmy aus dem Bett und kleidete sich hastig an. In der Wohnung war es still, und er hatte etwas zu erledigen.

Als erstes ging er ins Bad. Der Sträfling hatte nichts von Medikamenten gesagt, aber er war verletzt und brauchte wahrscheinlich Tabletten. Jimmy öffnete den Medizinschrank und versuchte, die Etiketten auf dem Fläschchen zu entziffern, die wahllos auf den Regalböden standen. Die meisten gehörten Tante Maggie, die ständig über irgendwelche Schmerzen klagte. Jimmy nahm wahllos einige Behälter heraus und dazu noch eine Handvoll Pflaster. Sein Blick glitt über den Franzbranntwein, den Hustensaft und die Sonnenmilch, er beschloß jedoch, sich auf das Nötigste zu beschränken. Er würde auch so schon reichlich zu tragen haben.

Als nächstes ging er in die Küche. Lebensmittel, hatte der Sträfling gesagt, aber er hatte nicht gesagt, was genau. Nicht, daß Kühlschrank und Küchenschränke viel hergegeben hätten. Tante Maggie haßte es, einzukaufen, und Onkel Joe war gewöhnlich zu beschäftigt. Jimmy überlegte, was er selbst würde essen wollen, wenn er auf einer einsamen Insel gestrandet wäre, und hoffte, die richtige Wahl zu treffen. Er füllte die Vorräte in einen Müllbeutel und sagte sich dann, daß der Sträfling auch etwas zu trinken brauchen würde. Im Kühlschrank stand ein Sechserpack Orangenlimonade, aber die gehörte Tante Maggie, und nicht einmal Onkel Joe durfte sich ohne ihre ausdrückliche Erlaubnis eine nehmen. Aber welcher Sträfling trank schon Limonade? Er dachte an das Boot und daran, wie der Mann aus dem Wasser geschossen war und ihn gepackt hatte. *Wie ein Pirat*, dachte er und nahm die Flasche Rum aus dem Schrank, die einer von Onkel Joes Kunden ihm zu Weihnachten geschenkt hatte.

Der Bolzenschneider war in Onkel Joes Werkzeugkasten. Ihn mußte er auch noch holen, da er bisher noch keine Gelegenheit dazu gehabt hatte. Jimmy schlich auf Zehenspitzen am Schlafzimmer seiner Tante und seines Onkels vorbei zur Tür. Die Schlafzimmertür stand offen, aber sie schliefen tief und fest, aneinandergekuschelt wie zwei Löffel. Trotzdem hielt Jimmy die Luft an, bis er heil die Treppe hinunter und auf der Straße war. Solange ihn niemand dabei beobachtete, wie er zum Dock lief, war alles bestens.

Obwohl es immer noch stark regnete, war der Donner nur noch ein dumpfes Grollen in der Ferne, und die Blitze zuckten blaß weit hinten am unsichtbaren Horizont. Jimmy konnte in der Dunkelheit kaum etwas sehen, aber er hatte die Bucht schon so unzählige Male überquert, daß er den Weg zur Insel auch mit verbundenen Augen gefunden hätte. Während das Boot inmitten der brodelnden Wellen tanzte, bildeten sich im Sturm bedrohliche Gebilde, die sich jedoch nicht zu erkennbaren Formen materialisierten. Jimmy war allein auf dem Wasser, verfolgt von den Gespenstern seiner Phantasie.

Nach einer Zeit, die ihm vorkam wie eine Ewigkeit, erreichte er endlich die Insel. Er stellte den Motor ab und zog das Boot auf den verlassenen Strand. Er stand eine

Weile still da und lauschte, aber alles, was er hörte, war das Heulen des Windes und der Regen, der auf das Wasser klatschte. Er warf sich den Müllsack über eine Schulter und watete durch die seichte Brandung, konnte jedoch nirgendwo eine Spur des Sträflings entdecken. Er wollte gerade rufen, als sich eine Hand schwer auf seine Schulter legte und ihn herumdrehte.

Der Sträfling stand vor ihm, völlig durchnäßt und in sichtlich schlechter Verfassung. »Bist du allein?«

Jimmy versuchte, mit »Ja« zu antworten, versuchte zu nicken, aber er war einfach gelähmt vor Angst. Er konnte sich weder rühren noch brachte er einen Ton heraus.

»Bist du taub?« fragte der Sträfling.

»Nein«, brachte Jimmy mühsam hervor.

»Nein, du bist nicht taub, oder nein, du bist nicht allein?«

Jimmy starrte den Mann verständnislos an und versuchte, den Sinn der Frage zu begreifen.

»Vergiß es«, sagte der Sträfling verächtlich. Er riß Jimmy den Müllsack aus der Hand und leerte den Inhalt in den Sand. Dann sank er auf die Knie und fiel über das Essen her wie ein halbverhungerter Hund.

»Was zum Teufel ist das?« fragte er und hielt ein Glas Schokoladensirup hoch.

»Bosco«, antwortete Jimmy, stolz, daß er daran gedacht hatte, den Sirup mitzubringen.

»Und das?« Der Sträfling hielt ein Weißbrotsandwich hoch, von dem bereits mehrmals abgebissen worden war.

»Ein Fluffernutter. Ich habe gestern etwas davon gegessen.« Es hatte riesig geschmeckt, und er hatte sich schon darauf gefreut, den Rest heute zu verputzen. Aber dann hatte er sich gesagt, daß der Sträfling ihn wohl nötiger hatte als er selbst.

Der Sträfling bog die Brotscheiben auseinander und studierte skeptisch die klebrigsüße Füllung aus Marshmallow und Erdnußbutter, schlang das Brot jedoch dann beinahe ohne zu kauen hinunter. Als nächstes begann er, sich Kraftbonbons in den Mund zu stopfen und zog das Zellophan von den Lippen ab, bevor er sich über das Glas mit dem eingelegten Gemüse hermachte. Abschließend verspeiste er den Sirup, den er mit den Händen aus dem Glas löffelte und sich von den Fingern leckte, wobei er sich das ganze Gesicht mit der klebrigen Masse verschmierte.

»Ist es okay?« fragte Jimmy nervös.

»Was?« fragte der Sträfling mit vollem Mund.

»Das Essen?«

»Es ist ekelhaft. Aber es wird gehen.«

»Ich habe Ihnen auch etwas zu trinken mitgebracht«, sagte Jimmy.

Der Sträfling unterbrach seine Schlingorgie einen Augenblick. »Bring es her. Hast du den Bolzenschneider?«

»Ja, Sir«, entgegnete Jimmy und trottete zurück zu seinem Boot.

»Laß sehen.«

Jimmy schleppte die schwere Zange zu dem Sträfling, in der freien Hand die Flasche Rum. Der Mund des Sträflings verzog sich in einer Art und Weise, die man beinahe für ein Lächeln hätte halten können, als er den Rum nahm und hinunterkippte wie Wasser. Nachdem er mit nicht mehr als zwei Schlucken fast den ganzen Inhalt geleert hatte, setzte er sich hin und begann, seine Fußfesseln mit dem Bolzenschneider zu bearbeiten.

»Scheiße«, zischte er durch zusammengebissene Zähne. Von der Anstrengung, die erforderlich war, um die Ketten zu durchtrennen, brach die Wunde an seiner Seite auf, und ein dicker Blutstrom trat aus. Er zog das Oberteil der Sträflingskleidung hoch und kippte Rum auf die Wunde, um sie zu desinfizieren, bevor er sich wieder mit seinen Eisenfesseln befaßte.

Jimmy verzog mitfühlend das Gesicht. Dann fielen ihm plötzlich die Tabletten ein, die er mitgebracht hatte.

»Hier.« Er kramte in seiner Tasche und reichte dem Sträfling eins der Tablettenfläschchen. »Die habe ich Ihnen mitgebracht.«

Der Sträfling las das Etikett und machte ein finsteres Gesicht. »Antibabypillen?«

Jimmy runzelte die Stirn, wütend auf sich selbst, weil er etwas eingesteckt hatte, das dem Sträfling nicht von Nutzen war. »Hier. Ich habe noch mehr«, sagte er und reichte dem Mann ein zweites Fläschchen und eine Handvoll Pflaster.

Der Sträfling warf einen Blick auf das Etikett, und seine Züge erhellten sich. »Ah, das kommt der Sache schon näher. Percodan. Das ist gut.« Hastig öffnete er die Flasche, hob sie an die Lippen und schluckte gleich mehrere der Tabletten. »Guter Junge.«

Er seufzte tief, als der Alkohol begann, sich in seinem Körper auszubreiten und den Schmerz zu betäuben. Nachdem er noch einige Sekunden mit dem Bolzenschneider seine Fesseln bearbeitet hatte, gelang es ihm, die Eisenschelle um seinen Knöchel zu durchtrennen. Vorsichtig klebte er Pflaster über seine Wunde, was einige Zeit kostete, weil seine Hände zitterten und der Schnitt lang und tief war. Aber es gelang ihm, die Verletzung fast vollständig abzudecken.

»Du kaust an den Fingernägeln«, sagte er, während er sacht das Pflaster festklopfte. »Das ist eine schlechte Angewohnheit. Man sagt, die Augen wären das Fenster zur Seele. Das ist Blödsinn. Die Hände machen einen Gentleman aus.«

Der Sträfling war der erste, der das Nägelkauen erwähnte. Überrascht, daß der Mann es überhaupt bemerkt hatte, blickte Jimmy auf seine Nägel und fragte sich, was der Sträfling mit »Fenster zur Seele« gemeint hatte. War es möglich, daß jemand in seine Seele blicken konnte? Würde ihm jemand irgendwie ansehen können, daß er Lebensmittel und Medizin für einen Kriminellen gestohlen hatte? Er ballte die Hände zu Fäusten und schwor sich, nie wieder an den Nägeln zu kauen.

Der Regen war in ein feines Nieseln übergegangen. Der Sträfling erhob sich mühsam. »Okay, gehen wir«, sagte er.

»Gehen?« Jimmy starrte ihn verständnislos an.

»Zum Boot.«

Jimmy wollte protestieren und den Sträfling darauf hinweisen, daß er seine Anweisungen befolgt und ihm alles Verlangte gebracht hatte. Jetzt wollte er nur noch zurück nach Hause und zum Alltag übergehen. Da er jedoch zu große Angst hatte, dem Mann zu widersprechen, ging er widerstrebend die paar Meter zum Boot und stieg hinein.

Eine Hand schützend auf seine Wunde gelegt, schob

der Sträfling das Skiff ins Wasser und kletterte dann an Bord. Er setzte sich Jimmy gegenüber an den Bug. »Fahr los«, befahl er.

»Wohin?« fragte Jimmy, der die Antwort auf seine Frage fürchtete.

»Mexiko.«

»Was?« Er konnte nicht nach Mexiko. Er war noch ein Kind, und wenn er in ein paar Stunden nicht wieder zu Hause war, würde Onkel Joe ganz krank werden vor Sorge. Außerdem hatten sie heute einen Job zu erledigen, und sie brauchten das Geld dringend. »Wie denn?« fragte er, den Tränen nahe.

»Was, wo, wie!« knurrte der Sträfling. »Bist du ein Reporter oder was?«

»Wir können nicht ... Ich meine, das Benzin reicht nicht aus, und ich weiß nicht ... Mexiko liegt auf der anderen Seite des Golfstromes. Ich bin noch nie ...«

»Beruhige dich, Junge. Wir besorgen uns Benzin. Und dann fahren wir nach Westen. Ganz gemütlich. Wir schaffen das schon.«

Jimmy blinzelte und schluckte tapfer die aufsteigenden Tränen hinunter. Er dachte an Onkel Joe und Tante Maggie und fragte sich, wie sie wohl auf sein Verschwinden reagieren würden. Onkel Joe würde ihn vermissen, und vielleicht sogar Tante Maggie. Ob sie die Polizei verständigen würden? Hatte er irgendwelche Hinweise hinterlassen, die die Polizei auf seine Spur führen würden, bevor sie Mexiko erreichten? Er starrte in die Ferne. Der Wind peitschte sein Gesicht. Er war ein guter Seemann, war sich jedoch nicht sicher, ob er dieser Herausforderung gewachsen sein würde. Was das Boot betraf, hegte er sogar noch größere Zweifel.

Der Sträfling teilte seine Bedenken offenbar nicht. Er lächelte zuversichtlich, als er sich im Boot ausstreckte. Als könnte er Jimmys Gedanken lesen, sagte er: »Natürlich schaffen wir's. Ich hab doch Jimmy am Ruder.«

Der Regen war wieder stärker geworden, und hohe Wellen wälzten sich über die offene See. Jimmy steuerte das Skiff von der Insel fort, fort von allem, was ihm vertraut war. Dicke Gischttropfen spritzten ins Boot, das mühsam gegen die Strömung ankämpfte. Die Nacht neigte sich ihrem Ende zu, und im Osten färbte sich der schwarze Himmel bereits grau.

Jimmy stellte sich die große Weltkarte vor, die in einer Ecke seines Klassenzimmers stand: Kuba befand sich unmittelbar südlich von Florida; Mexiko lag im Westen, auf der anderen Seite des Golfstromes. Er fragte sich, wie lange sie wohl brauchen würden, die Küste zu erreichen. Wo sollten sie auftanken, und wie gedachte der Sträfling, das Benzin zu bezahlen? Jimmy hatte kein Geld bei sich, und er bezweifelte, daß der Sträfling welches hatte. Ob er eine Tankstelle überfallen wollte?

Der durchdringende Klang eines Nebelhorns, der das Nahen eines anderen Schiffes ankündigte, riß ihn aus seinen sorgenvollen Gedanken.

Der Sträfling setzte sich hastig auf und starrte angespannt in die Dunkelheit. »Was ist das?« fragte er.

Jimmy starrte nach vorn. Es dauerte einige Sekunden, ehe er das Boot mit dem Wappen der Metro-Dade Police ausmachen konnte. »Ein Polizeiboot«, sagte er.

»Halt an«, befahl der Sträfling mit leiser, ruhiger Stimme.

Jimmy ließ den Motor ersterben. Aus den Augenwinkeln beobachtete er, wie der Sträfling zum Heck des Skiffs kroch und sich über das Dollbord ins Wasser gleiten ließ. Er packte die Schraube und hielt sich daran fest, während er sich außer Sichtweite des Polizeiboots treiben ließ.

Das Boot hielt direkt auf sie zu. Jimmy fühlte den Blick des Sträflings in seinem Nacken, spürte, wie er sich in seine Seele bohrte.

»Ahoi, Junge!« rief einer der Polizisten durch ein Megaphon. »Alles in Ordnung?«

Jimmy nickte, aber gleich darauf wurde ihm bewußt, daß der Polizist ihn nicht sehen konnte. »Ja«, rief er zurück.

»Wo willst du denn hin?« wollte der Polizist wissen.

»Äh, nirgendwohin, Sir.« Aber warum sollte er in einem Unwetter und dazu noch mitten in der Nacht nach nirgendwo unterwegs sein? »Ich will nur ...« Er brach ab und suchte fieberhaft nach einer plausiblen Erklärung.

»Eine alte Dame drüben auf Cat Cay hat gemeldet, sie hätte hier gestern ein Schlauchboot gesehen. Mit einem Mann an Bord ...« Die Stimme des Beamten hallte dröhnend über das Wasser. »Er trug orangefarbene Sträflingskleidung. Hast du ihn vielleicht gesehen?«

Jimmy starrte den Officer an und dachte an alles, was Onkel Joe ihn über Recht und Unrecht gelehrt hatte. Er dachte daran, welche Angst er hatte und wie allein er war, an die Morddrohungen des Sträflings, aber auch an den schmerzverzerrten Ausdruck auf seinem Gesicht, als er Rum auf seine Wunde gegossen hatte. Er kreuzte die Finger hinter dem Rücken und entgegnete: »Nein.«

»Okay. Komm an Bord, wir nehmen dich mit«, rief der Polizist.

»Vielen Dank, aber ...«

Ein dickes Tauende landete auf dem Bootsdeck. »Mach fest und komm an Bord«, beharrte der Polizist. »Wir bringen dich nach Hause.«

Jimmy blickte hinunter aufs Wasser. Der Sträfling war nirgends zu sehen.

Kapitel 2

Jimmy schlich kurz vor der Morgendämmerung zurück in die Wohnung. Als Onkel Joe in sein Zimmer kam, um ihn zu wecken, lag er unschuldig im Bett und stellte sich schlafend. Er war froh, daß Samstag war und er keine Schule hatte. Er hätte sich nicht auf Orthographie, Arithmetik und Sozialwissenschaften konzentrieren können, solange die Frage, was aus dem Sträfling geworden sein mochte, seine Gedanken beherrschte. War er in Freiheit und Sicherheit geschwommen? Oder war er in den kalten, dunklen Wassern der Bucht ertrunken?

Er half Onkel Joe, die Rasenmäher, Laubsauger und anderen Gartengeräte auf den Lieferwagen zu laden, aber anstatt sich wie sonst vorn in die Fahrerkabine zu setzen, kletterte er hinten zu den Gartenutensilien auf die Ladefläche. Auf der ganzen Fahrt nach Sarasota lag er auf dem Rücken, ganz versunken in Tagträume über seine Abenteuer der vergangenen Nacht. Dicke dunkle Gewitterwolken hingen auf der halbstündigen Fahrt zur Küste tief über den Banyan-Bäumen. Jimmys Gedanken kreisten unablässig um dieselben Fragen: Wo war der Sträfling jetzt? War er in Sicherheit? Hatte er es warm? War er hungrig? Würde er auf der Suche nach Jimmy zur Insel zurückkehren?

Er mußte eingenickt sein, da er abrupt aufwachte, als der Truck über eine unbefestigte Straße holperte. Jimmy setzte sich auf und streckte sich. Verblüfft sah er, daß Onkel Joe nach rechts in eine Einfahrt abbog, die zwischen zwei riesigen Steinsäulen hindurchführte. Oben auf der rechten Säule hockte eine steinerne Schleiereule mit einer marmornen Maus im Schnabel. Die Klauen des Vogels waren leuchtendrot angemalt. In den linken Pfeiler waren in großen Lettern die Worte »Paradiso Perduto« eingemeißelt.

Jimmy klappte die Kinnlade herunter, als sein Onkel Joe langsam der schmalen Straße folgte, die sich durch das Anwesen wand. Onkel Joe hatte ihm erzählt, daß das Haus inmitten von fünfzehn Morgen Land stand und auf allen Seiten von unkrautüberwucherten Rasenflächen umgeben war, die sich ausdehnten, soweit das Auge reichte. Jimmy kam sich vor, als wäre er in eine versunkene Stadt hineinversetzt worden, in der die Zeit stehengeblieben war. Auf dem hohen Rasen standen vereinzelt riesige Partyzelte, die zerrissen und moosbewachsen waren, weil man sie so lange der Witterung ausgesetzt hatte. Stühle, von denen der goldene Lack abblätterte, lagen, von Ranken überwuchert, neben umgestürzten Bankettischen, deren verrostete Beine aussahen, als wären sie mit geronnenem Blut bedeckt. Überall lagen Tischtücher, silbernes Besteck und Kristallgläser verstreut, beinahe vollständig von der urwalddichten Vegetation verschluckt.

Offenbar hatte hier jemand, der sehr reich war, vor Jahren ein rauschendes Fest gefeiert und vergessen, anschließend aufzuräumen. Schwärme von Fliegen summten in der warmen, stehenden Luft. Es stank nach Fäulnis und Verwahrlosung, die Natur wie ein feuchter, verfaulender Leichnam.

Die Straße endete vor einem zweistöckigen Haus mit Wasserspeiern, das Jimmy an ein Gespensterhaus erinnerte, das er einmal in einem Vergnügungspark gesehen hatte. Begierig, mehr zu erfahren, sprang er vom Lastwagen und ging um den Truck herum zu Onkel Joe.

»Okay. Du mähst, und ich repariere die Rasensprenger«, sagte er und zwinkerte seinem Onkel zu.

Onkel Joe sah sich um und schüttelte den Kopf, als traue er seinen Augen nicht. »Ist das merkwürdig. Bei Gott. Das Land, in dem die Zeit stehengeblieben ist.« Er sah etwas in der Erde glitzern. Er bückte sich und grub eine dunkel angelaufene, dreckverkrustete Gabel aus massivem Sterlingsilber aus. Auf dem Griff waren in schöngeschwungener Schrift die Initialen NDD eingraviert.

»Nora Driggers Dinsmoor«, murmelte Joe.

»Was?« fragte Jimmy.

»Das ist die Frau, der das alles hier gehört.«

»Was ist passiert?« wollte Jimmy wissen.

Joe zuckte die Achseln. »Sieht aus, als hätte jemand einfach aufgegeben. Warte hier. Ich gehe rein und frage, was genau wir machen sollen.«

»Ist es in Ordnung, wenn ich mich ein wenig umsehe?«

»Nein«, entgegnete Joe streng. »Du rührst dich nicht von der Stelle, bis ich zurück bin. Ich meine es ernst. Weiß der Himmel, was sich in diesem Dickicht noch alles verbirgt.«

Jimmy nickte und setzte sich gehorsam auf einen verwitterten marmornen Säulensockel, während Joe sich durch das dichte Gestrüpp zum Haus kämpfte. Jimmy ließ den Blick um sich schweifen, immer noch über das Chaos staunend. Dann sah er auf seine Hand. Ein Marienkäfer glitzerte wie ein Edelstein auf seiner Handfläche. Eine Sekunde darauf breitete er die Flügel aus und flog davon.

»Tust du immer, was dein Daddy sagt?« Von irgendwo hinter ihm wehte eine Mädchenstimme zu ihm herüber.

Erschrocken drehte er den Kopf und sah, daß er von einem blonden Mädchen etwa in seinem Alter gemustert wurde. Sein erster Gedanke war, daß sie sehr schön war und das hübscheste Kleid trug, das er je gesehen hatte – es hätte auch einer Prinzessin auf einer Party zur Ehre gereicht. Sein zweiter Gedanke war der, daß sie ihn und Onkel Joe belauscht haben mußte. Er fragte sich, wo sie sich versteckt haben mochte und wie lange sie schon da war.

»N-n-nein«, stammelte er. »Ich weiß nicht.« Er holte tief Luft und sammelte sich. »Im allgemeinen schon. Im übrigen ist er nicht mein …«

»Wie heißt du?« fiel sie ihm ins Wort und musterte ihn von Kopf bis Fuß, als gehöre er einer sehr seltenen Tiergattung an, die sie zum erstenmal im Leben sah.

Er wand sich unter ihrem Blick. »Jimmy Bell.«

»Ich heiße Estella«, verkündete sie in einem Tonfall, als müßte er dies eigentlich bereits wissen.

»Das ist ein hübscher Name.« Kaum hatte er den Satz beendet, wünschte er, er könnte die Worte zurücknehmen. Noch nie in seinem Leben hatte er etwas so Albernes von sich gegeben. Aber er hatte noch nie einen schöneren Namen gehört, und darüber hinaus hätte keiner besser zu ihr gepaßt.

»Ich weiß«, entgegnete sie. Sie tippte ungeduldig mit

der Fußspitze auf den Boden, als warte sie darauf, daß er die Unterhaltung fortsetzte.

Sie war die Prinzessin, und er war ihr ergebener Diener. Er überlegte verzweifelt, was wohl ihre Billigung finden könnte. Das beste, was ihm einfiel, war: »Wohnst du ...«

»Bist du Gärtner?« Sie zog das makellose Näschen kraus, und er erkannte, daß er ihr Mißfallen erregt hatte.

»Nur vorübergehend. Den Sommer über. Ich helfe meinem Onkel.«

Anmutig wie eine Ballerina beugte sie ein Knie und pflückte ein Vergißmeinnicht aus dem Gras. Sie atmete sacht den Blumenduft ein und schenkte Jimmy dann ein Lächeln. »Du riechst wie Pferdescheiße«, sagte sie.

Er fühlte, wie ihm brennende Schamesröte in die Wangen stieg. Stimmte das, was sie sagte, oder neckte sie ihn nur? Er widerstand dem Bedürfnis, sein Hemd hochzuheben und daran zu riechen.

»Wasch dich, bevor du das nächste Mal herkommst«, befahl sie. Darauf machte sie auf einem Bein kehrt und schlenderte in Richtung eines Bambuswäldchens davon.

Jimmy wurde bewußt, daß er den Mund auf- und zuklappte wie ein Fisch auf dem Trockenen. Er suchte nach einer passenden Erwiderung auf ihre unverschämte Bemerkung und ging Estella nach. Aber er hatte kaum ein paar Schritte getan, als er Joe rufen hörte. »Hey, J. B.!«

Er wandte sich um und sah seinen Onkel, der kopfschüttelnd auf ihn zukam. »Wir verschwinden von hier«, sagte Joe und stopfte seine Brieftasche in die Gesäßtasche seiner Hose. »Sie hat mir fünfhundert Dollar unter der Tür durchgeschoben. ›Benzingeld‹, hat sie gesagt. Wirklich merkwürdig.«

Jimmy blickte sich suchend nach Estella um, aber sie war im Dickicht verschwunden. Er starrte auf das Bambuswäldchen und hielt die Luft an, in der Hoffnung, sie könnte es sich anders überlegen und wieder zum Vorschein kommen.

»Was ist denn?« fragte Joe und stieg wieder ins Führerhaus des Lieferwagens.

Jimmy zwang sich, den Blick von dem Bambuswald loszureißen. »Nichts. Kann ich vorn bei dir sitzen?« fragte er. Er öffnete die Beifahrertür und machte Anstalten, in den Truck zu klettern.

»Sicher. Aber setz dich nicht zu dicht neben mich«, sagte Joe grinsend. »Du riechst nach Dünger.«

Jimmy zog die Vorderseite seines Hemdes hoch und roch an dem Stoff. Dann schnupperte er an seinen Armen. »Wirklich? Ich stinke?«

Joe antwortete nicht, sondern legte nur den Kopf in den Nacken, lachte und boxte Jimmy leicht in die Schulter, als wollte er sagen: *Ist doch egal.* Dann ließ er den Motor an.

Jimmy beschloß, zu duschen, sobald sie zu Hause waren. Als sein Onkel den Truck die Auffahrt hinuntersteuerte, reckte Jimmy den Hals und starrte auf die Stelle, wo er Estella das letzte Mal gesehen hatte. Der Gedanke, daß er sie aller Wahrscheinlichkeit nie wiedersehen würde, erschien ihm als das Gemeinste und Unfairste, was ihm je in seinem jungen Leben widerfahren war.

Er brütete auf der ganzen Fahrt zurück nach Cortez vor sich hin, aber Onkel Joe war zu gut gelaunt, um das Schweigen seines Neffen zu bemerken. Er hatte fünfhundert Dollar in der Tasche, die er allein damit verdient hatte, daß er an einem schönen Sommertag eine halbstündige Fahrt unternommen hatte. Das war wie ein Lotteriegewinn, und wie standen schon die Chancen, daß jemandem wie ihm so etwas widerfuhr? Er konnte es kaum erwarten, Maggie davon zu erzählen, die ständig auf ihm herumhackte, weil das Geld so knapp war und sie es sich nicht leisten konnten, all die Dinge zu kaufen, die ein Mädchen wie sie sich wünschte und verdiente.

Zur Hölle mit den Rechnungen. Sie würden sich zur Feier des Tages Steaks in einem schicken Restaurant in Bradenton leisten. Aber erst nachdem Maggie sich ein sexy Kleid und dazu passende lange Ohrringe gekauft hatte. Und er würde auch dem Jungen etwas Besonderes kaufen. Aquarellfarben, wie er sie immer im Schaufenster des Bastelgeschäfts anstarrte, oder Filzstifte. Oder, dachte Joe, ich kaufe ihm gleich beides. Wie oft kam es schon vor, daß man fürs Nichtstun bezahlt wurde?

Joe rannte, so schnell er konnte, die Treppe hinauf und fing bereits an zu erzählen, noch bevor er die Wohnung betreten hatte. »Mag, du wirst nicht glauben, was ...«

Sie bedeutete ihm mit einem ungeduldigen Wink, still zu sein, da sie gerade telefonierte. Sie hatte den Hörer zwischen Schulter und Halsbeuge geklemmt und ging rastlos im Wohnzimmer auf und ab, während sie nervös an einer Zigarette zog.

»Ja, gut«, sagte sie und nickte begeistert. »Das klingt ... Gern. Genau. Samstag um drei. Danke.«

Joe registrierte vage, daß seine Frau in einem für sie sehr ungewöhnlichen Tonfall sprach, sehr höflich und zuvorkommend, als würde sie eine Figur aus einer der Seifenopern imitieren, die sie sich an den meisten Nachmittagen im Fernsehen ansah. Aber er war so sehr mit seinen eigenen Neuigkeiten beschäftigt, daß er den Gedanken beiseiteschob. Sobald sie aufgelegt hatte, fuhr er mit seinem Bericht fort. »Wir waren heute an einem wirklich sonderbaren Ort. Es sah aus wie ein Schloß, das ...«

»Das eben war Nora Driggers Dinsmoor«, unterbrach ihn Maggie. Sie verschränkte die Arme über der Brust und starrte Joe an, als erwarte sie, daß er ihr ein Verbrechen gestand, von dem er nichts wußte.

»Und was wollte sie?« fragte er nervös.

»Ihn!« jubelte Maggie und zeigte mit einem langen roten Fingernagel auf Jimmy. »Meinen kleinen Neffen! Die wohlhabendste Frau im ganzen County, vielleicht sogar in diesem ganzen gottverdammten Staat, möchte meinen kleinen Jungen als Spielgefährten für ihre Nichte.«

Sie lächelte strahlend und schlang die Arme um Jimmy, der unwillkürlich die Luft anhielt, in Erwartung der kalten Dusche, die unweigerlich folgen mußte.

Joe blickte so verwirrt drein, wie Jimmy sich fühlte. »Aber warum denn?« fragte er verständnislos.

»Warum? Sie haben sich kennengelernt. Die alte Schachtel hat ihn ins Herz geschlossen.« Maggie zauste Jimmy das Haar in einem halbherzigen Versuch einer zärtlichen Geste. Dann rümpfte sie die Nase, als hätte sie soeben einen üblen Geruch wahrgenommen. Sie rückte ein paar Schritte von Jimmy ab und zündete sich eine neue Zigarette an. »Er ist doch ein liebenswerter Junge. Wer weiß? Wen kümmert es, warum? Joe, das ist großartig.«

Aber wie war das möglich? Nora Dinsmoor hatte Jimmy nicht kennengelernt, konnte ihn, soweit Joe sich erinnerte, nicht einmal gesehen haben. Langsam schüttelte er den Kopf und versuchte, die scheinbar unlogischen Beweggründe Nora Driggers Dinsmoors zu begreifen. »Sie hat nicht alle Tassen im Schrank«, war der einzige Kommentar, der ihm einfiel.

»Die da oben sind alle nicht ganz richtig. Das liegt an dem vielen Geld«, entgegnete Maggie mit solcher Überzeugung, daß Joe ihr beinahe geglaubt hätte. Sie trat zu ihm und legte ihm die Arme um den Hals. »Die Dinsmoor ist nicht gefährlich, höchstens ein wenig sonderbar. Joe, Joe, bitte!« bettelte sie. »Es ist doch nichts dabei.«

Aber Joe war das sonderbare Anliegen der reichen Dame nicht geheuer. »Woher weiß sie überhaupt ...?« Er brach ab und rief sich noch einmal alle Einzelheiten seines Besuchers auf Paradiso Perduto ins Gedächtnis. »Die Dinsmoor hat Jimmy nicht kennengelernt. Sie wollte nicht einmal die Tür öffnen.«

Maggie ließ sich auf das fadenscheinige Sofa fallen und schlug wütend mit der Faust auf eines der Kissen. »Was soll das? Gefällt dir unser Leben? Gefällt es dir, inmitten der lebenden Toten hier unten zu hausen?« fragte sie ihren Mann.

Jimmy wußte, daß es an der Zeit war, das Weite zu suchen. Maggie war dabei, einen Streit vom Zaun zu brechen, und Jimmy wußte im voraus, wer als Sieger aus dem Wortgefecht hervorgehen würde. Ausnahmsweise einmal war er auf ihrer Seite, weil das bedeutete, daß er Estella wiedersehen würde. Aber er wollte nicht zusehen, wenn sie Joe systematisch auseinandernahm, und er wollte auch nicht zwischen die Fronten geraten. Er schnappte sich seinen Zeichenblock und schlich unbemerkt davon.

»Das bist du mir schuldig, Joe«, waren die letzten Worte, die er Maggie sagen hörte, ehe er seine Zimmertür hinter sich schloß. Er setzte sich auf das Bett, schloß die Augen und beschwor die Erinnerung an Estellas Gesicht herauf: ihre großen blauen Augen, die rosigen Wangen, die helle Haut, der Mund, der ihn an Erdbeeren erinnert hatte. Er griff nach Stift und Papier und fing an zu zeichnen. Eine Stunde verstrich, dann noch eine zweite. Jimmy versuchte mit fliegender Hand, Estellas Züge auf Papier zu bannen.

Unzufrieden mit seinen Bemühungen, zerknüllte er ein Blatt nach dem anderen, bis der Fußboden um das Bett herum mit weggeworfenen Porträtentwürfen übersät war. Als seine Finger sich zu verkrampfen begannen, hielt er einen Augenblick inne, um seine Hände durch Schütteln zu lockern. Er dachte an Estella, den Klang ihrer Stimme, ihren Gesichtsausdruck, ihre herablassende Art, ihn aufzuziehen. Sie hatte so stolz und selbstsicher gewirkt, als hätte man ihr von kleinauf immer wieder versichert, daß sie ein ganz besonderer Mensch wäre. Trotzdem hatte sie auch eine gewisse unterschwellige Traurigkeit ausgestrahlt, und er hatte gespürt, daß sie tief im Innersten sehr, sehr zornig war. Er hatte gefühlt, daß dieser Zorn irgendwie mit ihm zu tun hatte, was keinen Sinn ergab, da sie sich noch nie zuvor begegnet waren.

Er beugte sich wieder über den Zeichenblock und begann mit einem weiteren Porträt. Diesmal vergegenwärtigte er sich dabei den Ausdruck in ihren Augen, als sie gesagt hatte: »Wasch dich, bevor du das nächste Mal herkommst.« Er zeichnete sie als schöne und hoheitsvolle Prinzessin, die inmitten wilder, üppiger Vegetation das Wort an ihre unsichtbaren Untertanen richtete.

Dann endlich war er fertig. Er legte den Stift aus der Hand und betrachtete das Porträt. *Ja, genauso hat sie ausgesehen*, sagte er sich. Er klappte den Zeichenblock zu und stellte den Fernseher an. Plötzlich wurde ihm bewußt, daß er wieder an den Nägeln kaute. Der Sträfling hatte gesagt, daß schöne Hände das Markenzeichen eines Gentleman wären. Er ballte die Hände zu Fäusten, um sich selbst am Nägelkauen zu hindern, und fragte sich, ob Estella seine abgenagten, ungleichmäßigen Nägel aufgefallen waren.

Er begann, durch die Kanäle zu zappen, und machte hier und da halt, wenn eine Sendung ihn interessierte. Es gab haufenweise Trickfilme, langweilige Wiederholungen uralter Fernsehserien, Teleshopping-Kanäle und eine Talkshow, in der zwei Frauen, die einmal beste Freundinnen waren, einander ankeiften, weil die eine der anderen den Mann weggenommen hatte. Er schaltete um zu den Lokalnachrichten, um sich die Baseballergebnisse anzuhören, aber es war noch zu früh für den Sportbericht. Er schaltete den Ton ab und blickte auf den Bildschirm, beinahe so, als würde er sich einen Stummfilm ansehen.

Ein Reporter stand vor einer der Brücken, die die Bucht überspannten, und zeigte auf sechs Polizeiwagen, die am Fuß eines Brückenpfeilers parkten. Die Kamera schwenkte über die Bucht und konzentrierte sich dann auf eine Gruppe von Polizisten, die einen Mann aus dem Wasser zogen. Jimmy beugte sich vor und hielt die Luft an, gespannt auf das Gesicht des Mannes. Er hielt den Kopf gesenkt und von den Fernsehkameras abgewandt, als Handschellen um seine Handgelenke zuschnappten. Die Cops führten ihn zu einem der Streifenwagen und schoben ihn auf den Rücksitz.

Unmittelbar bevor die Wagentür hinter ihm zugeschlagen wurde, hob der Mann den Kopf. Er sah direkt in die Kameras, das Gesicht ausdruckslos, die Lippen zu einem grimmigen schmalen Strich zusammengepreßt, und Jimmy kam es vor, als würde er ihn direkt ansehen.

Ich habe niemandem ein Wort erzählt, Mister, versicherte Jimmy ihm stumm. *Ehrenwort, ich habe keiner Menschenseele etwas gesagt.*

Am Samstag trafen sie exakt um drei Minuten vor drei auf Paradiso Perduto ein. Sie wären noch früher dort gewesen, wenn Maggie Joe nicht angewiesen hätte, die lange Zufahrt wieder herunterzufahren, damit sie nicht zu eifrig wirkten, indem sie zu früh kamen. Diesmal war Jimmy vorn im Fahrerhaus mitgefahren, zwischen Maggie und Joe eingeklemmt. Er fühlte sich linkisch und unbehaglich in seinen neuen Kleidern. Am Donnerstag hatte Maggie ihn zu Sears geschleift und ihm einen beigefarbenen Baumwollanzug, ein kurzärmeliges feines Baumwollhemd und braune Schnürschuhe gekauft, die beim Gehen quietschten. Nach dem Mittagessen hatte er lange geduscht und sich sorgfältig gekämmt. Aber Maggie konnte einfach nicht aufhören, an ihm herumzuzerren, schnippte nicht vorhandene Fusseln von seinem Anzug und fuhr ihm mit den Fingern durch das Haar.

»Du siehst toll aus«, sagte sie, als der Lieferwagen vor dem Haus hielt.

»Danke.« Jimmy versuchte zu lächeln, war aber so nervös, daß die Verbindung zwischen seinem Gehirn und seinen Lippenmuskeln unterbrochen schien. »Wie rieche ich?« fragte er, seine größte Sorge aussprechend.

Maggie schnupperte an seinem Haar. »Sauber«, versicherte sie ihm. Dann öffnete sie die Tür und sagte: »Dann los, Tea-time.«

Er stieg nach ihr aus dem Wagen. Maggie hatte sich ebenfalls bei Sears neu eingekleidet und von dem Geld, das Mrs. Dinsmoor Joe gegeben hatte, ein rotes Sommerkleid und passende Sandalen gekauft. Und sie hatte darauf bestanden, daß Joe ein sauberes weißes Hemd anzog, obwohl sie Jimmy nur bis zum Tor bringen würden. Aber Maggie hatte Joe erklärt, daß die Menschen andere nach ihrer äußeren Erscheinung beurteilten und man nie wissen konnte, welchen Eindruck man machte. Das hier konnte ihre große Chance sein, hatte sie verkündet. Eine Chance, was zu erreichen? hatte Jimmy sich gefragt.

Er konnte Onkel Joe ansehen, daß er am liebsten im Wagen sitzen geblieben wäre, aber Tante Maggie wollte unbedingt, daß er sie beide bis zum Tor begleitete. Jimmy hatte den Verdacht, daß sie hoffte, ins Haus gebeten zu werden, aber Onkel Joe bremste ihren Enthusiasmus und erklärte, daß Mrs. Dinsmoor, wenn sie sie hätte einladen wollen, dies am Telefon erwähnt hätte.

»Ach du heilige Scheiße!« rief Maggie aus, und ihre Augen weiteten sich staunend, als sie den Blick über das Anwesen schweifen ließ. Als würde ihr von neuem die Bedeutung von Jimmys Besuch bewußt, sagte sie: »Sei bloß höflich, hörst du. Ja ma'am. Nein, ma'am.«

Er nickte. »Versprochen.« Das mußte schon das fünfzehnte Mal sein, daß sie ihn ermahnte, sich zu benehmen. Er fragte sich, ob wohl jemals irgendwer Estella zur Höflichkeit ermahnte.

»James, alles in Ordnung?« fragte Onkel Joe.

Er nickte erneut, obwohl er sich nicht sehr wohl in seiner Haut fühlte. Er hatte Magenschmerzen und wünschte, er hätte auf den zweiten Hot dog zum Mittagessen verzichtet.

»Es geht ihm bestens«, sagte Maggie und schubste Jimmy leicht in Richtung Haus. »Geh schon, Schatz. Mach uns stolz.«

Jimmy kam es vor, als würden seine Füße am Boden festkleben, und einen Moment lang war er nicht sicher, ob sie ihn durch das Tor tragen würden. Er holte tief Luft und dachte daran, wie der Sträfling sich außer Sichtweite des Polizeiboots an die Bootsschraube geklammert hatte, um dann im kalten und dunklen Wasser davonzuschwimmen. Alles, was er selbst tun mußte, war, mit einem hochnäsigen Mädchen zu spielen, und falls es ganz schlimm kam, konnte er einfach gehen und per Anhalter nach Cortez zurückfahren.

Er setzte einen Fuß vor den anderen und bewegte sich langsam auf das Herrenhaus zu. Er starrte zu dem Haus auf, das im Sonnenlicht so blendendweiß schien. Und so gewaltig! Wie konnten nur zwei Menschen allein in einem so großen Haus wohnen?

»Frag sie, ob sie wissen, wie man einen Schwertfisch räuchert!« rief Onkel Joe ihm nach.

Jimmy grinste und fühlte sich gleich viel besser, In ein paar Stunden würde er wieder zu Hause sein, seine vertrauten alten Sachen tragen und Joe draußen auf dem Boot Gesellschaft leisten. Wie schlimm konnte ein Nachmittag mit Prinzessin Estella schon werden?

Er stieg die Treppe hinauf und blieb vor der hohen schmiedeeisernen Tür stehen. Er blickte zwischen den verschnörkelten Eisenstäben hindurch und sah eine dämmrige Eingangshalle vor sich. Er blickte sich nach einer Klingel oder einem Klopfer um. Als er weder das eine noch das andere entdecken konnte, trat er dichter an die Tür heran und rief zaghaft: »Hallo?«

Seine Stimme hallte schwach in der höhlenartigen Halle wider.

Er räusperte sich und versuchte es noch einmal, diesmal lauter. »Jemand zu …«

Plötzlich tauchte Estella auf der anderen Seite der Tür auf. »Wer ist da?« fragte sie, obwohl er wußte, daß sie ihn ebenso deutlich sehen konnte wie er sie.

»Jimmy«, entgegnete er und unterdrückte den Impuls, ihr die Zunge herauszustrecken.

»Wie lautet das geheime Paßwort?«

Er kramte in seinem Gedächtnis, konnte sich jedoch an nichts erinnern, was einem Paßwort ähnlich gekommen wäre. Bedeutete das, das er vom Paradiso Perduto fortgeschickt werden würde, aus der Nähe der schönen Prinzessin Estella verbannt? »Niemand hat mir etwas von einem geheimen Paßwort gesagt«, meinte er.

Estella öffnete die Tür. Sie trug einen pinkfarbenen Hosenanzug, der eher zu einer erwachsenen Frau gepaßt hätte als zu einem Kind. Jimmy hatte noch nie ein Mädchen seines Alters in ähnlichen Kleidern gesehen. Sie sah irgendwie albern und doch gleichzeitig auch sehr schön aus.

»Ist doch ganz einfach, das Paßwort oder vielmehr die Parole lautet: Jimmy das Stinktier.« Sie kicherte und hielt sich die Nase zu.

Er wußte, daß er nicht stank. Sie war nur einfach gemein. »Estella Deville«, entgegnete er und trat mutig ein.

Die Eingangshalle erinnerte von ihren Ausmaßen und ihrer Atmosphäre her mehr an eine unterirdische Urwaldhöhle als an einen Raum in einem Wohnhaus. Drei Äste eines Baumes waren durch große Löcher in dem großen, zerbrochenen Bleiglasfenster in den Raum hineingewachsen. Der Fußboden war mit Glassplittern übersät, und blattreiche Ranken wanden sich die Wände hinauf.

Estella schien das Chaos gar nicht wahrzunehmen. Sie hüpfte über die Bretter, die über den überwucherten Fußboden gelegt worden waren, um Jimmy das Haus zu zeigen. »Das Design der Bodenfliesen ist dem der Alhambra in Spanien nachempfunden«, erklärte sie, als läse sie aus einem Touristenführer vor.

Jimmy folgte ihr, auf den Holzdielen balancierend. Er wußte, daß Spanien ein Land in Europa war, aber von einer Alhambra hatte er noch nie etwas gehört. Außerdem war die Moosschicht, die den Fußboden bedeckte, so dicht, daß keine Fliesen zu erkennen waren.

Estella zeigte nach oben. Immer noch in ihrem Museumsführertonfall sagte sie: »Die Decke ist mit Blattgold überzogen. Echtem Gold. Sie entspricht exakt der ›Tausend-Flügel‹-Decke der Accademia von Venedig in Italien.«

Er hob den Kopf und hielt Ausschau nach dem Gold, konnte in der Dunkelheit jedoch keine Spur des Edelmetalls entdecken. Er war versucht, sie nach näheren Einzelheiten über die Accademia und ihre offenbar sagenumwobene Decke zu fragen, weil das überaus interessant klang. Statt dessen nickte er nur und schwieg, weil er sich vor ihrer spitzen Zunge fürchtete. Er fragte sich, woher sie so viel wußte. Ob es daran lag, daß ihre Tante so reich war? Besaß sie ganze Regale voller wunderbarer Bücher, die mit Bildern jener Orte illustriert waren, die sie beschrieb? Oder war sie selbst in Spanien und Italien gewesen und hatte diese Orte mit eigenen Augen gesehen? Soviel er wußte war er noch nie jemandem begegnet, der in Europa gewesen war.

Als Estella ihn tiefer ins Innere des verfallenen Herrenhauses führte, erhaschte er flüchtige Blicke auf kleine Tiere, die durch die Ecken huschten. Er sah auf seine Füße und bildete sich ein, Mäuse und Eidechsen würden um seine Knöchel streichen. Estella ließ sich nicht anmerken, ob sie etwas Ungewöhnliches sah oder hörte. Offenbar war sie es gewohnt, ihr Heim mit vierbeinigen Eindringlingen zu teilen.

Jetzt stieg sie eine von zwei geschwungenen Treppen hinauf. Das ganze marmorne Geländer entlang lieferten sich sorgfältig in den Stein gemeißelte Engel und Teufel blutige Kämpfe. Jimmy streckte die Hand aus und berührte die Hörner eines der Teufel; als er den Finger zurückzog, war dieser geschwärzt vom Schmutz einer Ewigkeit. Ebenso um das Schweigen zu brechen wie aus Neugier fragte er: »Was bedeutet Paradiso Perduto?«

»Verlorenes Paradies«, erwiderte sie und klang verärgert, daß er etwas so Banales fragte. »Sprichst du nicht Italienisch?«

Er schüttelte den Kopf. »Nein.«

»Ich spreche drei Fremdsprachen.«

»Ich kann Spanisch«, erwiderte er. Dann, aus Angst, Spanisch könnte zu den drei Fremdsprachen gehören, die sie beherrschte, und sie könnte ihn bei seiner halben Lüge ertappen, fügte er hinzu: »Ein wenig.«

Als sie den oberen Treppenabsatz erreichte, wandte sie sich um und warf ihm einen besorgten Blick zu. »Du bist nicht etwa Kubaner, oder?«

»Nein«, begann er. »Aber …«

»Gut.« Sie unterbrach ihn, ehe er Gelegenheit hatte zu erwähnen, daß sein bester Freund Kubaner war und ihm ein paar Brocken Spanisch beigebracht hatte.

Er beschloß, Gilberto vorerst nicht zu erwähnen, dankbar, daß ihr offenbar – zumindest vorübergehend – die unhöflichen Fragen ausgegangen waren. Wortlos folgte er ihr durch ein Labyrinth langer, feuchter, unbeleuchteter Flure. Die Gänge waren so düster, daß er des öfteren die Hand ausstrecken und sich an der Wand abstützen mußte, um nicht zu stolpern, aber Estella schritt zügig und selbstsicher aus, beinahe so, als könnte sie im Dunkeln sehen. Jimmy fragte sich, warum es im Haus keinen Strom gab. Warum gab es keine Lampen, die ihren Weg erhellten?

Vor einer verschlossenen Tür, die nach fauligem Holz roch, blieb sie abrupt stehen und sagte: »Du gehst vor.«

Im Inneren des Zimmers konnte er Musik spielen hören, laute, blecherne, lateinamerikanische Klänge. Es widerstrebte ihm, die Tür zu öffnen. Nicht einmal seine Begegnung mit dem Sträfling war so sonderbar und furchterregend gewesen wie die Möglichkeit, daß Paradiso Perduto möglicherweise von Geistern und Schreckgespenstern bevölkert war. »Kommst du nicht mit?« fragte er, weil er meinte, zu zweit wären sie dem Spuk eher gewachsen.

»Quel sot«, verkündete sie.

Jimmy brauchte nicht zu wissen, welche ihrer drei Fremdsprachen sie benutzte, um zu begreifen, daß sie ihn beleidigt hatte. Er machte sich nicht die Mühe, um eine Übersetzung zu bitten, da sie bereits auf dem Absatz kehrt machte und den Flur hinunterschlitterte.

Jimmy holte tief Luft und dachte daran, wie er die Polizei belogen hatte, um den Sträfling zu retten. Als er in den Nachrichten den Bericht über die Verhaftung des Mannes gesehen hatte, hatte er an seinen Augen abgelesen, daß er seinen Mut gewürdigt hatte. Aus diesem Mut schöpfte er nun und klopfte an.

Er bekam keine Antwort.

Er klopfte erneut, diesmal lauter. Die Tür schwang auf.

Eine junge Frau, die er auf höchstens achtzehn oder neunzehn schätzte, stand vor ihm, ihm den Rücken zugewandt. Sie trug ein Kleid aus dem vergangenen Jahrzehnt: eine weiße Stretchhose und eine buntgeblümte Bluse. Sie ignorierte ihn und tanzte weiter zu den Discorhythmen der Musik, wobei sie sich im Takt vor und zurück wiegte.

»Äh, entschuldigen Sie«, sagte er. »Ich . . .«

Die junge Frau wirbelte herum. Jimmy konnte nur mit Mühe ein schockiertes Luftschnappen unterdrücken bei dem Anblick, der sich ihm bot: er sah in das Gesicht einer Frau, die mindestens sechzig Jahre alt war, eine alte Frau mit dem Körper eines Teenagers. Ihr Haar war blond gebleicht und mit Haarspray in einer festen Tolle fixiert; ihre Züge waren unter einer dicken Maske aus Schminke kaum auszumachen. An ihren Ohrläppchen baumelten schwere Diamantohrringe, die an Kristallüster erinnerten, und der Schmuck hüpfte hypnotisierend auf und ab, während sie durch den Raum glitt und dabei mit klagender Stimme ein Duett mit dem Interpreten sang, dessen Schallplatte gerade lief.

Sie sah aus, als hätte sie sich für Halloween verkleidet, aber es war erst Mitte Juli. Jimmy wich ein paar Schritte zurück, als sie auf ihn zu tanzte. Es war ihm egal, wie reich Nora Driggers Dinsmoor war. Er brauchte sie nur anzusehen, um zu wissen, daß sie verrückt war.

Kapitel 3

Mrs. Dinsmoor sang mit schriller Stimme und bewegte sich auf Jimmy zu, beinahe so, als würde sie ihn verfolgen. Instinktiv wich Jimmy immer weiter zurück, bemüht, auf Abstand zu bleiben, bis er fühlte, wie etwas Hartes – das Bett – gegen seine Beine stieß, und er erkannte, daß sie ihn in die Enge getrieben hatte.

Das Lied ging zu Ende. Einen Moment lang war es bis auf den keuchenden Atem von Mrs. Dinsmoor völlig still im Zimmer. Aus der Nähe konnte Jimmy erkennen, daß sie unter dem gespenstischen Make-up recht attraktiv war für eine ältere Dame. Aber sie war ganz zweifellos sonderbar, ebenso wie ihre Nichte und dieses Haus.

Sie starrte ihn aus riesigen, weiß umrandeten Augen an. »Wer bist du?« fragte sie und streckte haltsuchend eine Hand aus.

»Jimmy, Ma'am«, entgegnete er.

»Was machst du in meinem Schlafzimmer, Jimmy?« fragte sie und klang ehrlich verwirrt.

Das war eine gute Frage, und er wünschte, er hätte eine plausible Antwort parat. Tatsache aber war, daß er keinen Schimmer hatte, was er hier machte. Er wußte nur, daß er so schnell wie möglich von hier weg wollte, jedoch nicht sicher war, ob er ohne Estellas Hilfe zur Haustür zurückfinden würde.

Eine weitere Schallplatte fiel auf den Plattenteller, und ein anderer Sänger hauchte seine Version von *»Besame Mucho«* – dasselbe Lied, das zuvor bereits gelaufen war.

»Hier«, sagte Mrs. Dinsmoor und legte ihm einen dürren Arm um die Schultern. »Hilf mir ins Bett.«

Sie war federleicht. Sie fühlte sich leichter an als mancher Fisch, den er gefangen hatte. Er trug sie halb am hölzernen Fußende des Bettes vorbei, das einen riesigen geschnitzten Engel mit ausgebreiteten vergoldeten Flügeln darstellte, und half ihr, sich auf das Bett zu legen.

Mit einem Seufzer ließ sie sich in die Kissen zurücksinken. Dann sagte sie: »Gib mir deine Hand.«

Ihre Haut war trocken und pergamentartig dünn wie die Flügel eines Schmetterlings. Ihre Finger fühlten sich an wie die eines Skeletts. Sie drückte seine Hand auf ihre linke Brust und hielt sie dort fest, als er versuchte, sie ihr zu entziehen.

»Was ist das?« fragte sie müde.

»Ihre ... Ihre Brust?« stammelte er. Er wußte, daß er krebsrot im Gesicht sein mußte. Bisher hatte er erst einmal eine weibliche Brust berührt: Er hatte sich an Gloria Rhinebold herangepirscht und mit einer Hand ihre Brust gestreift, woraufhin sie ihm gleich auf die Finger geklopft hatte.

»Mein Herz«, sagte sie leise. »Mein Herz. Es ist gebrochen. Kannst du das fühlen?«

Er konnte nicht viel mehr fühlen als einen flachen kleinen Hügel in Form eines Pfannkuchens. »Es tut mir leid«, sagte er, wenngleich er nicht wußte, wofür er sich eigentlich entschuldigte.

Sie ließ seine Hand los. Jimmy trat nervös von einem Fuß auf den anderen und fragte sich, was wohl als nächstes kommen würde. Er war eingeladen worden, um mit Estella zu spielen, aber die war verschwunden und hatte ihn mit Mrs. Dancing Dinsmoor allein gelassen.

Er wollte gerade fragen, wo Estella steckte, als ihn plötzlich ein riesiges Fellbündel ansprang.

Er schrie auf und schlug instinktiv um sich.

Des Fellknäuel landete auf Mrs. Dinsmoors Bett, sprang in ihre Arme und gab ein schrilles Miauen von sich.

»Mann! Das ist die größte Katze, die ich je gesehen habe.« Jimmy beugte sich vor und streichelte dem Tier vorsichtig den Rücken. Die Katze machte einen Buckel und fauchte. Jimmy verstand die Warnung und zog hastig die Hand zurück. »Womit füttern Sie sie?«

»Mit anderen Katzen«, entgegnete Mrs. Dinsmoor in so ernstem Tonfall, daß er ihr beinahe glaubte. »Du kannst weitermachen«, sagte sie. »Los, tanze«, befahl sie ihm mit einer herrischen Geste der rechten Hand.

»Was?« Er glaubte, sich verhört zu haben.

»Ich möchte, daß du tanzt«, wiederholte sie langsam und deutlich.

Jimmy starrte sie nur wortlos an, zu verblüfft, auch nur einen Ton hervorzubringen.

Mrs. Dinsmoor drückte das Katzenungeheuer an ihre Brust und lächelte grimmig. »Was glaubst du, wozu du hier bist?« wollte sie wissen.

Er wollte eben zugeben, daß er selbst nicht wußte, wozu er herbestellt worden war, aber sie fuhr fort, noch ehe er ein Wort sagen konnte. »Um mich zu unterhalten«, beantwortete sie ihre Frage selbst. »Also mach schon. Los, tanze. Irgend etwas: Pony, Foxtrott, Frug, Philly Dog, Fandango ...«

Aus Gründen, die er selbst nicht verstand, schämte er sich, als hätte er etwas Verwerfliches getan. Als hätte er sie absichtlich in die Irre geführt, sie unter falschen Vorwänden dazu gebracht, ihn in ihr Schlafzimmer einzuladen. Unfähig, ihrem Blick zu begegnen, ließ er den Kopf hängen und sagte leise: »Es tut mir leid, aber ich kann nicht tanzen.«

Sie schüttelte den Kopf so heftig, daß ihre Diamantohrringe klirrten wie ein Windspiel. »Du kannst nicht?« schnaubte sie, »Oder willst du nicht?« Sie schnippte wütend mit den Fingern. »Tanz!« befahl sie erneut. Ihr Körper zuckte so heftig, daß Jimmy beinahe erwartete, daß ihre Arme, ihre Beine und ihr Kopf sich von ihrem Torso ablösten und durch den Raum flogen. »Tanz!« kreischte sie. »Tanz!«

Es war zwecklos, ihr erklären zu wollen, daß er nicht wußte, wie. Er hatte keine andere Wahl, als es zu versuchen und ihrem Wunsch nachzukommen. Unter ihrem wahnsinnigen Blick fühlte er sich noch linkischer und schüchterner, und so hielt er den Kopf gesenkt und begann, die Füße zu bewegen, in einem schwerfälligen Versuch, seine Tante und seinen Onkel beim Tanzen zu imitieren. Aber es war hoffnungslos. Seine Füße waren bleischwer. Ebenso seine Hände, die einfach unfähig waren zu einer auch nur im entferntesten Sinne anmutigen Bewegung. Schon nach wenigen Sekunden gab er auf und hielt inne.

»Raus hier!« herrschte Mrs. Dinsmoor ihn an.

Den Tränen nahe flehte er: »Bitte erzählen Sie meiner Tante nichts davon.«

»Ich langweile mich, und du bist zu nichts zu gebrauchen.« Sie spuckte die Worte aus, als würde sie ihn eines schrecklichen Verbrechens anklagen. »Zu nichts nutze! Ich werde ihr sagen, was du bist«, drohte sie. »Die Bezahlung kann sie vergessen. Vielleicht verklage ich sie sogar auf ...«

»Warten Sie!« schrie Jimmy und suchte verzweifelt nach einer Möglichkeit, Mrs. Dinsmoor zu beschwichtigen und sie davon abzuhalten, ihre Drohung wahrzumachen. Wenn er seine Aufgabe hier auf Paradiso Perduto nicht erfüllte, würde Maggie ihm das niemals verzeihen. Es mußte doch *irgend etwas* geben, was ihr gefiel. »Ich kann ...«

»Tanzen?« fragte sie hoffnungsvoll.

Er schüttelte den Kopf. Dann kam ihm die Erleuchtung. »Zeichnen«, sagte er. »Ich kann zeichnen.«

Sie musterte ihn einen Moment, als entscheide sie, ob sie sein Angebot annehmen sollte oder nicht. Sie gähnte. Dann sagte sie in gelangweiltem Tonfall: »Gut, dann zeichne mich.«

Ein Problem gab es allerdings noch. »Ich habe meinen Zeichenblock nicht dabei.«

Er hatte erwartet, daß sie Estella rufen und ihr auftragen würde, Papier und Stifte zu bringen. Aber Mrs. Dinsmoor war nun einmal unberechenbar. Sie sah sich in dem Zimmer um, bis ihr Blick auf ein Buch fiel, das neben dem Bett auf dem Boden lag. *»Salome«* stand vorne auf dem Buch, das sehr alt und kostbar aussah. *»Von Oskar Wilde.«*

Sie hob das Buch auf, riß das Deckblatt heraus und reichte es ihm. »Hier. Zum Zeichnen kannst du meinen Lippenstift und Eyeliner benutzen. Dort drüben auf der Frisierkommode. *Allez, allez!*«

Er hatte keine Ahnung, was die letzten beiden Worte bedeuteten, aber ihr Tonfall klang so eindringlich, daß er gehorchte, ohne Fragen zu stellen. Er ging schleppenden Schrittes hinüber zur Frisierkommode, wie ein zum Tode Verurteilter auf seinem Gang zum Schafott. Auf der Kommode türmten sich schmutzige Papiertücher, Haarspangen und Haarnadeln, Büschel gebleichter blonder Haare und mehr Schminkutensilien, als er je in Maggies umfassender Sammlung gesehen hatte. Er wühlte in den Tuben und Tiegeln, bis er brauchbares Werkzeug gefunden hatte, darunter verschiedenfarbige Lippenstifte und Pinsel zum Bemalen der Lippen und Augenlider.

Er testete einen der Lippenstifte auf einer Fingerspitze. Er fühlte sich fettig und zähflüssig an, ganz anders als alles, womit er bisher gemalt hatte. Aber notfalls würde es schon gehen, und das hier war zweifellos ein solcher Notfall.

Mrs. Dinsmoor ließ sich wieder in die Kissen zurücksinken, die Arme über dem Kopf ausgestreckt. Jimmy setzte sich im Schneidersitz auf den Boden und musterte sie aufmerksam, bevor er mit dem Zeichnen begann.

Sein prüfender Blick schien ihr zu gefallen. »Und? Was hältst du von mir und von meinem Haus?« fragte sie.

Er wägte ihre Frage sorgfältig ab und versuchte in Gedanken, eine treffende Beschreibung zu formulieren, »Es ist ...«

»Macht es dir angst?« unterbrach sie ihn.

»Nein«, erwiderte er wahrheitsgemäß. Seine Angst war verflogen, sobald sie das Wort an ihn gerichtet und er erkannt hatte, daß sie nur eine einsame alte Frau war, wenn auch sonderbarer als die meisten und reicher als jeder andere, den er kannte. »Es macht mich ... traurig«, gab er zu.

Sie nickte, als habe er die richtige Antwort gegeben. »Ja«, sagte sie und klang beinahe erfreut. »Es ist ein trauriger Ort.«

Sie schloß die Augen und verstummte. Sie lag so reglos da, daß man hätte meinen können, sie wäre eingeschlafen, hätte sie nicht mit einer Hand ganz langsam die Katze gestreichelt, die ebenso reglos und still dalag. Jimmy begann zu zeichnen und benutzte einen braunen Augenbrauenstift, um die Konturen ihrer Augen zu skizzieren. Wie immer war er bald so vertieft in seine Arbeit, daß er jedes Zeitgefühl verlor. Die Schatten in dem staubigen Zimmer wurden immer länger, aber er bemerkte es kaum.

Das Lied endete, und ein anderes begann. Dann war auch dieses zu Ende. Stille senkte sich herab, aber Jimmy registrierte weder die Musik noch die darauffolgende Totenstille. Dann war er endlich fertig. Er strich das Blatt glatt und begutachtete sein Werk. Es war zwar nicht seine beste Arbeit, aber auch bei weitem nicht seine schlechteste. Er blickte zu Mrs. Dinsmoor auf und betrachtete dann wieder seine Zeichnung. Schließlich stand er auf und hielt ihr das Bild hin.

»Hier«, sagte er.

Er hatte ihre Augen gemalt. Sie starrten sie von dem ansonsten weißen Blatt Papier an, ihre wunderschönen braunen Augen mit dem traurigen, gequälten Ausdruck.

Sie zeigte keinerlei Reaktion, aber er war zufrieden mit sich. Wenn Mrs. Dinsmoors Augen das Fenster zu ihrer Seele waren, war das, was er in ihnen entdeckt hatte, unsagbar traurig. Und jetzt war diese Trauer auf Papier eingefangen worden.

Sie ließ sich nicht anmerken, was in ihr vorging. Sie sagte lediglich: »Geh raus und ruf Estella.«

Sie starrte weiter auf das Blatt Papier, während er auf dem Weg zur Tür den Raum durchquerte.

»Estella?« rief er. Seine Stimme hallte von den Wänden wider. »Estella?«

Wie üblich schien es, als würde sie aus dem Nichts auftauchen. Urplötzlich war sie da, stand auf dem eben noch verlassenen Flur. Aus einem unerfindlichen Grund musterte sie ihn wütend. Als sie sich an ihm vorbeischob, sagte sie nur: »Entschuldige.«

Wie gelähmt von ihrer eiskalten Schönheit, blickte er ihr nach.

»Ist der Tee fertig?« fragte sie ihre Tante.

»Ich möchte, daß du für ein Porträt Modell sitzt«, sagte Mrs. Dinsmoor.

Estella drehte Pirouetten durch das Zimmer, um sich selbst in dem Spiegel über der Kommode zu betrachten. Sie hob die Arme über den Kopf und nahm eine elegante Pose ein. »Ein Porträt?« fragte sie, offenbar zufrieden mit ihrem Spiegelbild. »Und wer soll es malen?«

Mrs. Dinsmoor zeigte auf Jimmy. »Dieser Junge.«

»Der Gärtnergehilfe?« Estella lachte verächtlich, ließ die Arme sinken und streckte sie dann seitlich aus und vollführte einen anmutigen Plié. Als sie mit ihrer Vorstellung fertig war, verkündete sie: »Ich bin auf meinem Zimmer.«

Mrs. Dinsmoor hob leicht die Stimme. »Bring den Stuhl vor der Frisierkommode her und setz dich.«

Estella ignorierte die Aufforderung. »Ich bin auf meinem Zimmer«, wiederholte sie.

Als sie in Richtung Tür ging, erwartete Jimmy, daß Mrs.

Dinsmoor Estella wegen ihrer Ungezogenheit rügte, aber anstatt das Mädchen auszuschimpfen, sagte Mrs. Dinsmoor nur leise: »Bitte.«

Estella blieb stehen, wandte sich um und sah ihre Tante an. Sie sagten beide kein Wort, schienen jedoch in einer tonlosen Sprache zu kommunizieren, die nur sie beide beherrschten. Nach einigen Sekunden, in denen Jimmy die Luft anhielt, setzte Estella sich schließlich widerstrebend auf den Stuhl. Sie faltete die Hände im Schoß, hob das Kinn und blickte herausfordernd auf Jimmy, als wolle sie sagen: *Zeichne mich, wenn du dich traust.*

»Du setzt dich zu mir«, wies Mrs. Dinsmoor Jimmy an und bedeutete ihm, sich zu ihr auf das Bett zu setzen.

Nun war er es, der widerwillig gehorchte. Er kletterte auf das Bett und achtete darauf, so großen Abstand wie nur möglich zu der alten Frau zu wahren. Aus der Nähe sah sie sogar noch furchterregender und geckenhaft aus: nur Haut und Knochen unter der dicken Make-up-Schicht, mit leuchtendroten Lippen und den dunkel umrandeten, traurigen Augen. Als sie eine weitere leere Seite aus »Salome« herausriß und ihm reichte, musterte die Katze Jimmy mit bösem Blick und bleckte in einem raubkatzenhaften Gähnen die spitzen Zähne.

Jimmy schob seine Ängste, von der Katze zerfleischt zu werden, beiseite, und konzentrierte sich auf seine Arbeit. Estella saß völlig still da, so hoheitsvoll und starr wie eine Marmorstatue. Jimmy war ebenso fasziniert wie eingeschüchtert von ihr, aber seine Hand zitterte nicht, als er die Form der Lippen, die Halslinie und den kalten, hochfahrenden Ausdruck auf ihrem Gesicht einfing. Von all ihren Zügen waren ihre Augen am schwierigsten zu zeichnen. Er konnte in ihnen keinerlei Gefühl entdecken, keinerlei Hinweis darauf, wer sie wirklich war und was sie dachte.

Estella war ganz anders als alle Kinder, die er kannte, und das nicht nur, weil sie mit einer reichten alten Tante in einem verfallenen alten Herrenhaus wohnte. Sie sprach und benahm und kleidete sich mehr wie eine Erwachsene und nicht wie ein Kind, so daß es schwer fiel, sich vorzustellen, wie sie umhertollte, Verstecken spielte, angelte oder einfach am Strand herumhing. Er fragte sich, ob sie überhaupt irgendwelche Freunde hatte und was sie den ganzen Tage machte.

Mrs. Dinsmoor warf über seine Schulter hinweg einen Blick auf seine Zeichnung. »Sie ist wunderschön, nicht wahr?« sagte sie leise.

»Sprich in Gegenwart des Jungen nicht über mich«, zischte Estella, ohne einen einzigen Gesichtsmuskel zu bewegen.

Mrs. Dinsmoor ignorierte ihre Nichte. »Was hältst du von ihr? Los, flüstere es mir leise ins Ohr«, forderte sie Jimmy auf.

Er legte den Eyeliner aus der Hand und bewegte die steifen Finger. Die alte Dame schien sich ehrlich für seine Meinung zu interessieren, und nach allem, was Estella ihm an Boshaftigkeit an den Kopf geworfen hatte, ließ er sich nicht zweimal bitten. Er beugte sich zu Mrs. Dinsmoor hin und erstickte beinahe an dem Geruch welker Blumen, der sie umgab wie ein Parfüm.

»Nun?«

»Ich finde, sie ist ein Snob«, flüsterte er und bemerkte, daß sie ihre Wangen mit kleinen Klebestreifen künstlich straffte.

»Was noch?«

»Ich finde, sie ist wirklich sehr hübsch«, gab er zu.

»Sonst noch etwas?«

»Ich glaube, sie kann mich nicht leiden«, sagte er traurig.

Mrs. Dinsmoor lächelte befriedigt. »Aber du liebst sie«, verkündete sie triumphierend.

Jimmy konnte ihr nicht widersprechen. Sie hatte recht. Er liebte Estella, wenn auch auf eine ganz andere Art, als er Onkel Joe und sogar Tante Maggie liebte. Er wollte sie zum Lachen bringen. Er wollte sie mit auf seine Insel nehmen und ihr das Treibholz zeigen, das nach einem Sturm an den Strand gespült wurde, und die Barrakudas, die durch das klare Wasser schossen. Er wollte sie vor dem beschützen, was sie so zornig und unglücklich machte. Er wollte für sie sorgen.

Als könne sie seine Gedanken lesen, sagte Mrs. Dinsmoor: »Sie wird dir nur das Herz brechen. Daran besteht nicht der geringste Zweifel. Tragisch. Du liebst sie bereits, und trotz meiner Warnung garantiere ich dir, daß dieses Mädchen dir schrecklich weh tun wird. Aber du wirst dich hiervon nicht abschrecken lassen. Ist die Liebe nicht wunderbar?« Sie klatschte in die Hände und lachte fröhlich.

»Ich möchte jetzt gehen«, sagte Jimmy, von ihrer Bosheit erschreckt.

»Bist du fertig?« fragte Mrs. Dinsmoor.

»Ich hoffe, es dauert nicht, bis ich ein Teenager bin«, bemerkte Estella schneidend.

Er fügte ihrem Haar noch einige Striche hinzu und entschied, daß das Porträt fertig war. Er reichte Mrs. Dinsmoor das Blatt und wiederholte: »Ich möchte jetzt gehen.«

Mrs. Dinsmoor betrachtete seine Arbeit, enthielt sich jedoch eines Kommentars. »Estella«, sagte sie, »begleite Jimmy zur Tür.« Als er vom Bett steigen wollte, legte sie ihm eine Hand auf den Arm und hielt ihn zurück. »Würdest du gern wiederkommen?«

Ja. Nein. Vielleicht. Bald. Niemals. Seine Gefühle kugelten in seinem Kopf durcheinander wie Kegel.

»Möchtest du Estella wiedersehen?« fragte sie leise.

Jimmy fühlte sich wie ein zappelnder Fisch am Haken. »Ja«, sagte er schließlich, weil er es nicht ertragen hätte, zu verneinen.

Mrs. Dinsmoor lachte leise. »Armer Junge«, sagte sie und reichte ihm einen Umschlag. »Gib das deinem Vormund.« Sie reichte die Zeichnung an Estella weiter. »Und das ist für dich, Liebes.«

Ohne das Porträt auch nur eines Blickes zu würdigen, zerknüllte Estella das Blatt zu einer kleinen Kugel, die sie nach der schlafenden Katze warf. Dann wandte sie sich um und lächelte Jimmy an, als wolle sie sagen: *Das halte ich von deiner Zeichnung.*

Er sagte sich, daß es ihm egal war. Die Zeichnung war nicht sehr gut gewesen, und überhaupt, wen kümmerte schon ihre Meinung? Er blickte auf den Umschlag in seiner Hand – er fühlte sich sehr schwer an. Die Lasche war zugeklebt, aber er vermutete, daß Mrs. Dinsmoor ein Bündel Geldscheine hineingelegt hatte. Es juckte ihm in den Fingern, den Umschlag in dieselbe Richtung zu werfen wie die Papierkugel. Aber er hielt sich zurück, da er wußte, was Maggie mit ihm machen würde, sollte sie jemals erfahren, daß er Mrs. Dinsmoor gegenüber unhöflich gewesen war, oder gar, daß er einen Haufen Geld weggeworfen hatte.

Er steckte den Umschlag ein und folgte Estella durch die Flure und die gewundene Treppe hinunter. Am Fuß der Treppe stand ein Marmorbrunnen, der Jimmy zuvor nicht aufgefallen war. Estella machte dort halt und sagte: »Nur eine Sekunde.«

Sie beugte sich vor, trank einen großen Schluck Wasser und richtete sich dann wieder auf. »Möchtest du auch trinken?«

Er hatte tatsächlich Durst, weigerte sich aber stur, auf eine von ihr gestellte Frage mit Ja zu antworten, auch wenn sie ihm nur etwas so Banales anbot wie einen Schluck Wasser.

Er schüttelte den Kopf. »Nein danke.«

»Es ist nicht vergiftet«, bemerkte sie und verzog die Lippen in unverhohlener Verachtung.

»Das weiß ich«, erwiderte er. Er funkelte sie böse an und dachte: *Du bist nicht so hart, wie du vorgibst.* Aber sie war unleugbar hübsch. Ein Teil von ihm wollte aus dem Haus laufen, so schnell ihn seine Füße trugen, aber gleichzeitig wollte er Estella bei der Hand nehmen und den Rest des Nachmittags damit verbringen, mit ihr gemeinsam das Anwesen zu erkunden.

Sie hielt seinem Blick stand. Auch jetzt vermochte er nicht in ihren Augen zu lesen. »Du hast Angst«, erklärte sie.

»Habe ich nicht«, widersprach er, und um es zu beweisen, trat er an den Brunnen und trank einen Schluck von dem Wasser. Plötzlich war Estellas Mund neben seinem, ihre Lippen geöffnet, um den gebogenen Strahl aufzufangen. Ihre Zunge schob sich durch das Wasser und berührte die seine. Dann begegneten sich ihre Lippen, und sie küßte ihn. Ebenso plötzlich trat sie zurück und leckte sich demonstrativ einige Wassertropfen von den Lippen.

Ohne sich dessen bewußt zu sein, hob Jimmy eine Hand an den Mund, um die Stelle zu berühren, wo ihre Lippen sich berührt hatten. Er hatte noch nie zuvor ein Mädchen geküßt. Oder hatte sie ihn geküßt? Aber warum sollte sie das getan haben?

Sie lief bereits wieder voraus, blickte über die Schulter und lachte über seine sichtliche Verwirrung. Er wollte ihr zurufen: *Warte! Sag mir, warum du das getan hast!* Aber er wußte es besser. Sie würde nur den Kopf in den Nacken legen, ihn auslachen und irgend etwas Grausames sagen, wodurch er sich noch alberner vorkommen würde, als es ohnehin schon der Fall war.

Während er ihr zur Straße folgte, versuchte er, sich geeignete Abschiedsworte auszudenken. Aber er war nicht so geübt darin wie Estella, die richtigen Worte zu finden, um zu verletzen oder zu beleidigen. Frustriert trat er nach den Kieselsteinen unter seinen Füßen und wünschte, er wäre Estella und ihrer verrückten alten Tante nie begegnet.

Sie gelangten ans Tor. Joes Truck wartete auf der anderen Seite. Jimmy wandte sich Estella zu und öffnete den Mund, um auf Wiedersehen zu sagen. Aber wie gewöhnlich hatte sie das letzte Wort.

»Ruf nicht an«, sagte sie. »Wir melden uns bei dir.«

Maggie wollte in allen Einzelheiten wissen, wie er seinen Nachmittag verbracht hatte. Wie hatte Mrs. Dinsmoor ausgesehen? War sie alt oder jung? Dick oder dünn? Was hatte sie an? Was hatte sie ihm zum Tee angeboten? Gab es einen Butler oder ein Dienstmädchen, zum Servieren und Forttragen des Geschirrs? Und das Haus ... wie war es eingerichtet? Sah es so aus wie die Häuser, die sie in *»Lifestyles of the Rich and Famous«* gesehen hatte?

Überzeugt davon, daß sie ihm die Wahrheit niemals glauben würde – zumal er sie selbst kaum glauben konnte, obwohl er dort gewesen war –, beantwortete Jimmy ihre Fragen so knapp wie möglich. Aber indem er versuchte, die Tatsachen zu verschleiern, ohne rundheraus zu lügen, verärgerte er Maggie derart, daß sie kein Wort mehr mit ihm sprach und auf halber Strecke bereits einen Streit mit Joe anzettelte. Das einzige, was sie davon abhielt, einen Tobsuchtsanfall zu bekommen, waren die fünfhundert Dollar, die Mrs. Dinsmoor Jimmy in dem Umschlag übergeben hatte.

Fünfhundert Dollar! Er hatte nichts getan, das Geld zu verdienen, außer Estella zu zeichnen und ihre Beleidigungen einzustecken. Wäre das Geld nicht bereits in Maggies Tasche verschwunden, hätte Jimmy sich beinahe reich gefühlt.

Aber nicht reich genug. Als er allein am Tisch saß und zum Abendessen Chili aus der Dose aß, ließ er den Blick durch die Küche schweifen und versuchte, sie durch Estellas kritische Augen zu sehen: der rostige Kühlschrank, die kaputte Lampe, die Joe immer wieder versprach, zu reparieren, der Schrank, an dem eine Tür fehlte, das abgewetzte Linoleum.

»Woher kommt unser Fußboden?« fragte er Maggie und Joe, die ihr Chili vor dem Fernseher aßen.

Maggie verdrehte die Augen, und sogar Joe starrte ihn an, als wäre bei ihm eine Schraube locker, ehe sie sich beide wieder dem »Glücksrad« zuwandten.

Ja, sagte sich Jimmy, das war eine dumme Frage. Er schob sich noch einen Löffel Chili in den Mund und brütete über einer noch dümmeren Frage: Was mochte Estella an diesem Abend wohl essen?

Sechs Tage verstrichen, ohne daß Jimmy erneut nach Paradiso Perduto eingeladen wurde. Maggie wagte es kaum, die Wohnung zu verlassen, aus Angst, Mrs. Dinsmoors Anruf zu verpassen. Immer wieder löcherte sie Jimmy dazu, was sich im Herrenhaus abgespielt hatte: Hatte Mrs. Dinsmoor nicht so gut wie versprochen, ihn wieder einzuladen? Hatte sie es sich möglicherweise anders überlegt, weil er Estella irgendwie vor den Kopf gestoßen hatte? Hatte er sich Estella gegenüber auch anständig benommen, schön mit ihr gespielt, auf seine Tischmanieren geachtet, Bitte gesagt und Vielen Dank, es war schön bei Ihnen?

Kurz, Maggie wollte wissen, warum die alte Dame sich nicht wieder gemeldet hatte.

Als Joe scherzhaft meinte, sie führe sich auf wie ein liebeskranker Teenager, der auf ein zweites Rendezvous wartet, schrie Maggie sie beide an, sagte Joe, er könne die Nacht auf der Couch verbringen, und zog sich in ihr Schlafzimmer zurück. Er sei ein Verlierer, brüllte sie durch die geschlossene Tür, sei immer einer gewesen und würde immer einer sein. Und er mache auch Jimmy zu einem Verlierer. Sie wären beide zu blöd, eine Chance zu erkennen, wenn sie sich bot. Mrs. Dinsmoor war eine einmalige Chance, genügend Geld zu verdienen, um aus diesem Höllenloch von Wohnung herauszukommen und endlich irgendwo zu leben, wo es schön war.

Joe legte einen Finger auf die Lippen, um Jimmy zu ermahnen, still zu sein. Aber das war überflüssig. Jimmy wußte nur zu gut, daß, wenn Maggie einen ihrer Wutanfälle hatte, es das beste war, abzuwarten, bis das Gewitter vorübergezogen war.

Sie schrie so laut, daß sie das Telefon nicht läuten hörte. Joe mußte an die Tür hämmern und sie bitten, den Mund zu halten, damit er mit Mrs. Dinsmoor sprechen könne. Als er ihr dann eine Minute später mitteilte, daß Jimmy zu einem zweiten Besuch nach Paradiso Perduto eingeladen worden war, kam sie strahlend aus dem Schlafzimmer und erklärte, daß sie auswärts essen würden, daß sie sich alles bestellen könnten, was sie wollten, Steak, Hummer, was auch immer. Weil nämlich Mrs. Dinsmoor die Rechnung bezahlte.

Die Tanzstunden waren natürlich Mrs. Dinsmoors Idee. Schon allein bei der Erwähnung des Unterrichts geriet Jimmy regelrecht in Panik, während Estella demonstrativ gähnte und gelangweilt dreinblickte. Aber Mrs. Dinsmoor ließ sich nicht beirren und führte sie in den Ballsaal, der im selben desolaten, heruntergekommenen Zustand war wie der Rest des Hauses. Sie wies sie an, sich einander in der Mitte des Raumes gegenüberzustellen und nahm selbst auf einem vergoldeten Stuhl Platz, einem der wenigen Möbelstücke, die den Naturgewalten getrotzt hatten.

Sie klatschte in die Hände, zum Zeichen, daß der Unterricht begonnen hatte. »Also, was sagst du zu Beginn eines Tanzes?« fragte sie Jimmy, der in Estellas Nähe vor Nervosität zitterte wie Espenlaub.

Er kaute an seinem Daumennagel und überlegte. »Hallo?« entgegnete er schließlich.

»Dummkopf«, brummte Estella leise.

Mrs. Dinsmoor seufzte hörbar, erhob sich schwerfällig

von ihrem Stuhl und tänzelte zu Jimmy hinüber. »›Würden Sie mir die Freude dieses Tanzes erweisen‹, mußt du sagen«, erklärte sie ihm. »Würden Sie mir die Freude dieses Tanzes erweisen.«

Jimmy nickte. Er war Estellas Beschimpfungen leid und wollte ihr beweisen, daß er sehr wohl in der Lage war zu lernen, ebenso gut zu tanzen wie ihre versnobten Freunde aus Sarasota. »Würden Sie mir die Freude dieses Tanzes erweisen?« sagte er, Mrs. Dinsmoors Tonfall imitierend.

»Kannst du denn überhaupt tanzen?« fragte Estella verächtlich.

Entschlossen, sich seine Verletztheit nicht anmerken zu lassen, biß er sich auf die Lippen und gestattete Mrs. Dinsmoor, die hinter ihn getreten war, seinen Arm um Estellas Taille zu legen. Er konnte fühlen, wie Estella sich bei seiner Berührung versteifte. Sie starrte auf einen Punkt in der Ferne und weigerte sich stur, seinem Blick zu begegnen, als Mrs. Dinsmoor begann, in einem langsamen Rhythmus in die Hände zu klatschen. Er bewegte die Füße nach links und rechts, vor und zurück, bemüht, Estellas Schritten zu folgen und zu vermeiden, ihr auf die Füße zu treten. Als er ihr trotz aller Vorsicht doch auf die Zehen trat, verzog sie übertrieben das Gesicht und rückte von ihm ab.

Aber Mrs. Dinsmoor schüttelte den Kopf. Sie war fest entschlossen. Sanft schob sie das Mädchen wieder in Position und nahm ihr Klatschen wieder auf. Ganz egal, was Estella dachte oder davon hielt, Jimmy würde tanzen lernen.

Kapitel 4

Jimmys Besuche auf Paradiso Perduto – und die Tanzstunden – setzten sich die folgenden sieben Jahre einmal wöchentlich fort. Seine Begegnung mit dem Sträfling war nur noch eine vage Erinnerung, etwas, woran er nur selten dachte. Estella hingegen beherrschte einen sehr großen Teil seines Bewußtseins. Mit zehn Jahren hatte er unschuldige, kindliche Liebe für sie empfunden; mit siebzehn war er so verrückt nach ihr, daß das Verlangen ihm manchmal schier den Atem raubte.

Sein Leben war sauber in zwei verschiedene und strikt voneinander getrennte Welten geteilt. Sechs Tage in der Woche verbrachte er in Cortez – ging zur Schule, angelte, half seinem Onkel Joe auf dem Boot, traf sich mit Freunden. Aber am siebten Tag, den er fast unweigerlich in Sarasota verbrachte, gehörte er Mrs. Dinsmoor und Estella.

Ihre Beziehung hatte sich im Laufe der Jahre verändert und weiterentwickelt, aber einige Aspekte waren geblieben. Mrs. Dinsmoor überreichte ihm immer noch am Ende jedes Besuches einen Umschlag voller Geld. Und Estella benahm sich weiterhin, als wäre es ihr gottgegebenes Recht, ihn zu demütigen und zu beleidigen.

Inzwischen hatte Jimmy sich so sehr an ihre Beleidigungen gewöhnt, daß er sie kaum noch registrierte. Ihre grausamen Worte waren Teil der Hintergrundgeräusche von Paradiso Perduto, so vertraut wie der heruntergekommene Zustand des Hauses und das völlig überwucherte Umland. Es schmerzte ihn nicht mehr, wenn sie sich über ihn lustig machte; vielmehr freute er sich beinahe über ihre bissigen Kommentare, weil sie bedeuteten, daß sie ihm Beachtung schenkte. Er bedeutete ihr genug, daß sie sich die Mühe machte, eklig zu ihm zu sein.

Mit siebzehn Jahren war Estella eine wahre Schönheit. Wenn er gelegentlich mit ihr in die Stadt fuhr, um etwas für Mrs. Dinsmoor zu erledigen, entging ihm – im Gegensatz zu ihr – nicht, wie die Männer ihr nachstarrten. Und auch ihn starrten sie an, und es war nicht schwer zu erraten, was in ihnen vorging: *Du Glückspilz*, las er ihre Gedanken. *Wie hast du es nur geschafft, dir eine solche Braut zu angeln?*

Tatsächlich jedoch würde er wohl eher zum Präsidenten der Vereinigten Staaten gewählt, als von Estella erhört werden, aber träumen war ja wohl noch erlaubt. Und wenn schon nicht mehr passierte, durfte er doch wenigstens mit ihr tanzen.

Nach all den Nachmittagen, an denen er unter Mrs. Dinsmoors Anleitung geübt hatte, war aus Jimmy ein formvollendeter Tänzer geworden. Sogar Mrs. Dinsmoor schien dieser Ansicht zu sein.

»Und du hast gesagt, du könntest nicht tanzen.« Sie lachte und applaudierte ihm und Estella von ihrem gewohnten Platz auf dem vergoldeten Stuhl aus, als sie in einem dramatischen Finish über das Parkett wirbelten.

Sie waren ein gutes Team – solange die Musik spielte

und sie sich, die Bewegungen des anderen vorausahnend, wiegten und drehten. Als die Musik endete, sahen sie einander mit geröteten Wangen und glänzenden Augen an. Sie schien an diesem Tag besonders guter Laune zu sein, und er wagte zu hoffen, daß er etwas damit zu tun hatte. Er machte einen Diener, und sie antwortete lächelnd mit einem tiefen, anmutigen Knicks. Dann strich Estella sich das Haar aus dem Gesicht und ging zur Tür.

Jimmy sah auf die Uhr. Es war noch früh, erst kurz nach halb vier.

Mrs. Dinsmoor ging offenbar derselbe Gedanke durch den Kopf. »Wo gehst du hin, Liebes?« fragte sie. Ihre Stimme hallte durch den riesigen Ballsaal während sie das Spitzentop zurechtzupfte, das sie zu der Stretchhose mit Harlekinmuster trug.

»Ich muß mich zurechtmachen«, entgegnete Estella. »Ich bin zu einem Cocktailempfang drüben bei den Rewalds eingeladen.«

Jimmy zog ein Taschentuch aus der Hosentasche und wischte sich den Schweiß von der Stirn. Er sah sie an und fragte sich, wie er jemals mit den Jungs konkurrieren sollte, die ihr Leben auf Cocktailveranstaltungen bei den Rewalds verbrachten, wer immer diese Leute sein mochten.

Mrs. Dinsmoor kannte sie offensichtlich, da sie den Kopf schüttelte und eine mißbilligende Miene aufsetzte. »Lane Rewald? Diese alte Schnapsdrossel. Noch ein Cocktail, und er ...«

»Karl Rewald«, fiel Estella ihr ungeduldig ins Wort. »Lane ist sein Vater. Und Karl trinkt nicht.«

»Unsinn!« schnaubte Mrs. Dinsmoor. »Die Rewalds sind eine Säuferfamilie. Wer begleitet dich?«

Estella lachte. »Mich begleiten? Ich bitte dich, wir leben in den Achtzigern. Ich werde allein hingehen. Ich brauche keinen ...«

»Ich begleite dich«, platzte Jimmy heraus.

Estella und Mrs. Dinsmoor starrten ihn an. Er war nicht sicher, wer von seinem Angebot überraschter war – die zwei Frauen oder er selbst. Er hatte nie irgend jemandem gegenüber seine Träume erwähnt, mit Estella auszugehen. Er hatte sich nicht einmal Onkel Joe anvertraut. Aber der Abschlußball auf der High School rückte näher, und in der Schule redeten alle nur davon, wer mit wem hinging und wer noch keine Verabredung hatte. Jimmy konnte sich nicht vorstellen, mit einer anderen als Estella hinzugehen. Und doch konnte er sich nicht in einer Million Jahren vorstellen, mit Estella auf einen Schulball zu gehen.

Aber eine Cocktailparty?

»Natürlich«, sagte Mrs. Dinsmoor. »Jimmy wäre ein idealer Begleiter.«

»O Gott«, stöhnte Estella.

Aber sie war überstimmt. »Dann ist es also abgemacht«, sagte Mrs. Dinsmoor und schnippte mit den Fingern.

Estella schnitt eine Grimasse und streckte Jimmy hinter dem Rücken ihrer Tante die Zunge heraus. »Okay«, gab sie widerstrebend nach. »Aber wir treffen uns dort. Elffünfzehn North Ocean.«

»In Ordnung«, entgegnete Jimmy, zu verwirrt von dem, was sich soeben ereignet hatte, um sich von Estellas mangelnder Begeisterung die Laune verderben zu lassen.

Allerdings erfüllte ihn ihre Abschlußbemerkung mit Sorge. »Zieh dein Dinnerjackett an«, sagte sie.

Jimmy raste hart an der Höchstgeschwindigkeitsgrenze zurück nach Cortez und brach sämtliche Schnelligkeitsrekorde. Er hatte keine Zeit zu verlieren. Er mußte sich waschen, umziehen und zur vereinbarten Zeit wieder in Sarasota sein. Er rannte die Treppe zur Wohnung hinauf, stürzte in sein Zimmer und durchwühlte seinen Kleiderschrank nach einem sauberen weißen Hemd und frischen Jeans.

Joe kam nach Hause, als Jimmy sich gerade mit Rasierwasser benetzte. Der abwesende Ausdruck in den Augen seines Neffen und Jimmys einsilbige Erklärungen sagten ihm alles, was er wissen mußte.

Er sah sich in Jimmys Zimmer um. Überall lagen Kleidungsstücke verstreut, sogar über der Nachttischlampe. Auf der Kommode standen Teller mit verkrusteten Essensresten und leere Limonadendosen. Zeitschriften, Bücher und Musikkassetten lagen stapelweise auf dem Fußboden. Die einzige Dekoration war ein Porträt von Estella, das Jimmy an der Wand gegenüber dem Bett aufgehängt hatte.

»Wieviel Zeit haben wir?« fragte Joe und lief los, das Bügelbrett zu holen.

»Keine«, stöhnte Jimmy und rieb hastig seine schwarzen Schuhe mit einem sauberen Lappen ab. »Ich bin schon zu spät dran. Ich bin erledigt.«

Joe kramte sein einziges feines Ausgehhemd und die silbernen Manschettenknöpfe hervor, die Maggie ihm zu ihrem zehnten Hochzeitstag geschenkt hatte. Während Jimmy eine Falte in seine Jeans bügelte, drehte Joe die Dusche auf, um einen weißen Leinenblazer, der irgendwie in seinen und Maggies Kleiderschrank gelangt war, mit dem Dampf zu glätten.

Als die Knitterfalten soweit geglättet waren, daß der Blazer präsentabel aussah, brachte er ihn ins Schlafzimmer. »Das müßte als Dinnerjacket durchgehen.«

»Wo hast du den her?« fragte Jimmy.

»Maggie muß ihn vergessen haben.«

Jimmy zog den Blazer über. Die Ärmel waren ein klein wenig kurz, aber es gab noch ein weit größeres Problem. »Das ist ein Damenblazer.« Er stöhnte.

»Laß ihn zugeknöpft«, riet ihm Joe. »Dann merkt es keiner.«

Er nahm die Fliege, die Jimmy aus einer Schublade hervorgeholt hatte, und legte sie seinem Neffen um. »Hast du genug Geld?«

Jimmy nickte. »Alles in Ordnung.«

Joe kämpfte mit der Fliege. »Ich habe seit meiner Hochzeit keine Fliege mehr gebunden«, sagte er kopfschüttelnd. Er löste den Knoten wieder, überlegte einen Moment, trat dann hinter Jimmy und versuchte es noch mal. »Deine Tante hat mir eine fertiggebundene Fliege gekauft. Das ist nicht so verflixt kompliziert.«

Er zog die beiden Enden der Fliege zurecht und trat zurück um sein Werk zu begutachten. »So. Das muß genügen.«

Jimmy hob den Kopf und betastete die Fliege mit beiden Händen. »Danke«, sagte er.

»Du siehst klasse aus«, bemerkte Joe anerkennend.

Jimmy grinste verlegen. Er konnte sich nicht erinnern, jemals so nervös gewesen zu sein, seit er mit zehn Jahren das erste Mal das Paradiso Perduto betreten hatte.

Er durchquerte das Zimmer um sich im Spiegel zu betrachten. Er mußte zugeben, daß er wirklich gut aussah. Sein von den vielen Stunden auf See von der Sonne goldblond gebleichtes Haar war ordentlich zurückgekämmt. Seine Haut war makellos. Er betrachtete sein Spiegelbild mit zusammengekniffenen Augen und erkannte den jungen Mann, der zurückstarrte, kaum wieder. Er hatte vielleicht drei- oder viermal in seinem Leben Fliege und Jackett getragen. Es fühlte sich ungewohnt an, beengend, aber die optische Wirkung gefiel ihm. Als Joe ihm die Wagenschlüssel reichte, sandte er ein Stoßgebet zum Himmel, mit dem Wunsch, daß Estella von seiner Erscheinung ebenso angetan sein würde.

Die Sonne versank gerade am Horizont, als Jimmy die Steinmauer entlangfuhr, die das Anwesen der Rewalds umgab. Eine lange Schlange von Rolls-Royces, Bentleys, BMWs und anderen, ebenso eleganten Limousinen parkte bereits in der von Palmen gesäumten Auffahrt. Jimmy wollte gerade nach rechts abbiegen und durch das Tor fahren, als er die Nerven verlor. Er fuhr Joes klapprigen alten Lieferwagen. Wie sollte er inmitten dieser Edelkarossen in diesem Gefährt auftauchen, ohne sich vor Estella lächerlich zu machen?

Er schaltete den Blinker aus und fuhr noch ein Stück geradeaus und hielt auf der Kuppe einen Block vom dem Anwesen entfernt. Er stellte den Motor ab und lehnte sich in seinem Sitz zurück. Er dachte an Geld und daran, was es für ein Gefühl war, wenn es nie ganz langte, während andere Leute so viel davon hatten, daß sie nicht wußten, was sie damit anfangen sollten. Er dachte an Mrs. Dinsmoor, die so reich war und doch sogar bei den seltenen Gelegenheiten, da es ihm gelang, sie zum Lachen zu bringen, so schrecklich traurig wirkte. Er kannte keinen einzigen von Estellas reichen Freunden, aber er war draußen auf dem Dock schon vielen reichen Leuten begegnet, die gar nicht so anders gewirkt hatten als die Menschen, mit denen er in Cortez aufgewachsen war, abgesehen von ihren eleganteren Kleidern und ihrem Akzent, der klang, als hätten sie beim Sprechen Steine im Mund.

Er sagte sich, daß er sich nicht zu schämen brauchte, auch wenn der Truck eine einzige Rostlaube war und seine Kleider nicht eben dem letzten Schick entsprachen. Er war nicht dumm, und in der Schule hatten viele Mädchen durchblicken lassen, daß sie nicht ablehnen würden, wenn er sie um ein Rendezvous bat. Und ich bin ein verdammt guter Tänzer, sagte er sich und lachte in sich hinein. Dafür hatte Mrs. Dinsmoor gesorgt.

Außerdem würde Estella ihm nie verzeihen, wenn er sie versetzte. Damit würde er ihr genug Munition liefern, ihn bis ans Ende seiner Tage niederzumachen. Allein dieser Gedanke war Motivation genug, den Motor wieder zu starten, zu wenden und zu den Rewalds zurückzufahren.

Bei den Männern, die engagiert worden waren, die Wagen der Gäste zu parken, handelte es sich ganz offensichtlich um Cops, die sich auf diese Weise ein Zubrot verdienten. Sie beäugten den Truck mißtrauisch, als er vor dem Haus hielt, und Jimmy erwartete beinahe, wegen unbefugten Betretens verhaftet und zum Verhör geschleppt zu werden. Jimmy lächelte mit mehr Selbstvertrauen, als er empfand, als er die Wagenschlüssel überreichte.

Dann zupfte er an den zu kurzen Blazerärmeln und

folgte dem Weg zum Haus. Er hatte beinahe die Treppe erreicht, als er unverkennbare Geräusche hörte: Ganz in der Nähe übergab sich jemand. Eine Sekunde später tauchte der Verursacher der Geräusche auf: ein blasser junger Mann kroch aus einer der sorgfältig getrimmten Hecken am Wegrand, richtete sich halb auf und taumelte auf Jimmy zu. Jimmy wich ihm aus und stieg langsam die Treppe hinauf. Ein umwerfend elegantes junges Paar rauschte an ihm vorbei ins Haus.

Durch die offenstehende Tür konnte er Klaviermusik, Gelächter und fröhliches Stimmengewirr hören. Plötzlich kam es ihm vor, als wären seine Füße an den Boden genagelt. Er konnte keinen Schritt weitergehen. Wie erpicht er auch darauf sein mochte, Estella zu suchen, er brachte es einfach nicht über sich, das Haus zu betreten. Er gehörte hier nicht her. Er wußte das, und die Menschen auf der anderen Seite der Tür würden es ebenfalls auf den ersten Blick erkennen.

Er machte kehrt und ging den Weg zurück, den er gekommen war, wobei er einen Bogen um den Teenager beschrieb, der erneut die Büsche düngte. Er ließ sich die Wagenschlüssel aushändigen und stieg in den Truck. Dann legte er den Kopf auf das Lenkrad und fragte sich, wie er Estella sein Verhalten jemals erklären sollte.

Plötzlich drang durch das offene Fenster ihre Stimme zu ihm. »Du bist mir vielleicht ein Begleiter«, sagte Estella.

Er blickte auf und sah sie vom Haus aus auf sich zukommen.

»Na ja, die Party scheint langweilig zu sein«, sagte er, beschämt, daß sie ihn beim feigen Rückzug ertappt hatte.

Sie lehnte sich zum Fenster herein, so daß ihr Gesicht

ganz dicht bei seinem war. »Woher willst du das wissen?« fragte sie.

Er lächelte schwach und führte die einzige Entschuldigung an, die ihm spontan einfiel. »Auf meinem Weg zum Haus bin ich jemandem begegnet, der sich übergeben hat – das ist ein schlechtes Zeichen. Eine meiner Grundregeln.«

»Hast du eine bessere Idee?«

Er starrte sie an und fragte sich zum millionstenmal, was sie wirklich für ihn empfinden mochte. Sie erwiderte seinen Blick, ohne mit der Wimper zu zucken.

»Wir könnten ... eine Spritztour machen«, entgegnete er zögernd.

Ihre Lippen zuckten, als würde sie ein Lächeln unterdrücken. Bildete er sich das nur ein, oder wurde der Ausdruck in ihren Augen weicher, so, als hätte sie seine Gedanken gelesen und verstanden – vielleicht sogar besser als er selbst –, was er wirklich hatte sagen wollen? Ihre Antwort war kurz und bündig. »Wohin?«

Sein Mund war plötzlich ganz trocken. Er konnte den Puls an seinem Halsansatz pochen fühlen. Sie schien zu begreifen, daß es ihm die Sprache verschlagen hatte, und antwortete schließlich für ihn. »Zu dir?«

Die Fahrt nach Hause mit Estella an seiner Seite kam ihm vor wie die längste Fahrt seines Lebens. Er konnte kaum lange genug den Blick von ihr losreißen, um sich auf die Straße zu konzentrieren. Sobald sie eingestiegen war, hatte sie sich eine Zigarette angezündet, und beinahe hätte er wie ein Dummkopf gesagt: »Ich wußte gar nicht, daß du rauchst.«

Als hätte er das Recht, irgend etwas zu hinterfragen, was sie tat ...

Aber es interessierte ihn, sehr sogar. Er wollte alles von ihr wissen. Er wollte, daß diese Nacht niemals endete, wollte sie heiraten und für immer mit ihr zusammen sein. Er wollte mit ihr auf seine Insel fahren, wollte, daß sie den Rest ihres Lebens dort gemeinsam verbrachten. Er war sicher, daß er sie glücklich machen konnte, wenn sie ihn nur ließe.

Sie war so wunderschön – in dieser Nacht mehr denn je, sofern das überhaupt möglich war. Sie hatte sich das Haar zu einem Pferdeschwanz frisiert, der von einer Spange gehalten wurde, und nur einige dünne Strähnen umrahmten ihr Gesicht. Sie trug ein schlichtes schwarzes Kleid mit Spaghettiträgern, die ihre bloßen Schultern und Arme betonten. Das Kleid war vorn so tief ausgeschnitten, daß er sie nicht ansehen konnte, ohne sofort eine Regung an der männlichsten Stelle seines Körpers zu verspüren. Sie hatte ihre hochhackigen Schuhe abgestreift und die Beine angezogen, so daß er bei jeder Bewegung flüchtig ihre Schenkel aufblitzen sah. Ihre Lippen schlossen sich um den Filter der Zigarette; sie inhalierte tief und spielte nervös mit der einreihigen Perlenkette um ihren Hals.

»Sie sind allesamt beschränkte Trunkenbolde«, sagte sie und blickte starr geradeaus, als würde sie den Verkehr beobachten. »Ihre Vorstellung von ›cool‹ besteht darin, mit Daddys Lotus mit einhundert Meilen in der Stunde durch die Gegend zu rasen.«

»Aber du wirst trotzdem mit einem von ihnen ausgehen«, entgegnete er und bereute seine Bemerkung, kaum daß er sie ausgesprochen hatte.

Sie ließ sich einen Augenblick Zeit, ehe sie leise antwortete. »Ich werde sogar einen von ihnen heiraten.« Sie sah in seine Richtung und begegnete seinem anbetungsvollen Blick. Jimmy fühlte sich ertappt und kam sich dumm vor. Er richtete den Blick wieder auf die Straße und schwieg.

Sie strich mit einer Hand über das rissige, rostige Armaturenbrett. »Netter Truck«, sagte sie. »Gehört er deinem Vater?«

»Meinem Onkel Joe. Mein Vater ist tot. Meine Mutter auch. Ein Autounfall auf der Alligator Alley.« Die Worte sprudelten nur so heraus, als hätte er sehr lange auf eine Gelegenheit gewartet, ihr davon zu erzählen. Und dann wurde ihm bewußt, daß sie ihm in all den Jahren, die er sie auf Paradiso Perduto besucht hatte, nie eine persönliche Frage gestellt hatte. Wie war das möglich? Er war so krankhaft neugierig auf ihr Leben, daß er jede noch so geringfügige Information über sie hortete wie einen Schatz – wo sie zur Schule ging, wie sie ihre Freizeit verbrachte, ihre Vorlieben und Abneigungen. Er betrachtete sie als eine Freundin, und doch wußte sie so gut wie nichts über ihn. Lag das daran, daß es sie nicht die Bohne interessierte?

»Hast du sie noch gekannt?« fragte sie.

Er nickte, lockerte die Fliege und zog sie dann ganz aus. »Ich war in der ersten Klasse, als es passierte.«

Sie warf ihm einen flüchtigen Seitenblick zu, als frage sie sich, ob es ihm schwerfiel, über seine Eltern zu sprechen.

Er hätte es ihr gesagt, wenn sie gefragt hätte: Nein, es fiel ihm nicht schwer, nicht mehr. Der Unfall lag so weit zurück, und inzwischen war so vieles passiert. Er träumte nur sehr selten von ihnen – es war immer derselbe Traum, in dem er mit seinem Vater angeln ging und einen Plattfisch fing. Er konnte es kaum erwarten, seinen Fang seiner Mutter zu zeigen, aber als sie zu Hause ankamen, war der Fisch auf mysteriöse Weise verschwunden. Weder seine Mutter noch sein Vater konnten ihn daran hindern, bittere Tränen der Trauer ob des Verlustes zu vergießen. Der Traum endete immer damit, daß seine Mutter die Arme ausbreitete, um ihn zu trösten, aber jedesmal wachte er auf, bevor er fühlen konnte, wie ihre Arme sich um ihn schlossen.

Estella drückte ihre Zigarette aus und warf die Kippe aus dem Fenster. »Ich kann mich an meine richtigen Eltern nicht erinnern«, sagte sie. »Ich bin mit zwei Jahren adoptiert worden.«

Jimmy war verblüfft. Er hatte immer geglaubt, Mrs. Dinsmoor wäre ihre Tante. Er versuchte, sie sich als kleines Mädchen vorzustellen, das lernte, sich in dem verfallenen Herrenhaus zurechtzufinden. »Vielleicht ist es besser so. Du weißt schon, wie wenn man von Geburt an blind ist. Etwas, das man nie gekannt hat, vermißt man auch nicht.«

»Vielleicht.« Sie zuckte die Achseln und zündete sich eine neue Zigarette an. »Dein Jackett gefällt mir. Sehr schick.«

Er musterte sie prüfend, um zu sehen, ob sie sich über ihn lustig machte, aber sie schien es ernst zu meinen. »Danke«, sagte er und war versucht, ihr zu verraten, wie er dazu gekommen war.

»Meine Tante hat einen ganz ähnlichen Blazer.«

»Ja.« Er grinste. »Aber mir steht er besser.«

Estella lachte laut auf, und er stimmte in ihr Gelächter

ein. Das Eis war gebrochen. Auf der restlichen Fahrt nach Cortez unterhielten sie sich entspannt, und er schaffte es sogar, bei ihr einen wahren Lachanfall auszulösen mit seinen Anekdoten über einige der Exzentriker, die Joes Boot charterten. Er wurde erst wieder nervös, als sie vor dem Haus hielten und ihm bewußt wurde, wie schäbig und heruntergekommen die Wohnung ihr erscheinen würde.

Die Rhinebold-Zwillinge hockten auf der Motorhaube eines Camaro, der auf der gegenüberliegenden Straßenseite parkte. Sie tranken Bier aus der Dose und sangen zu der Aerosmith-CD auf ihrem tragbaren CD-PLayer.

Jimmy verfluchte sein Pech und schob Estella ohne ein Wort oder auch nur einen Blick an ihnen vorbei. Aber er hätte wissen müssen, daß es ein Fehler war, ihnen die kalte Schulter zu zeigen.

»Yo, James!« rief Gloria, als er mit Estella im Schlepptau die Straße überquerte. »Hast du heute wieder Lust, dir einen blasen zu lassen?«

»Das Übliche, Süßer. Drüben bei den Schaukeln«, fiel Diane ein.

Er konnte ihren High-five hinter seinem Rücken nicht sehen, aber bis in den Flur seines Wohnblocks ihr Gegacker hören.

Estella warf ihm einen fragenden Blick zu, der soviel bedeutete wie: *Freundinnen von dir?*

»Mädchen aus der Nachbarschaft«, erklärte er angespannt. »Sie haben nur Spaß gemacht.«

»Sicher«, entgegnete sie und folgte ihm lächelnd die Treppe hinauf zu seiner Wohnung.

Joe hatte gesagt, daß er und Maggie nach Bradenton fahren wollten, um sich die Spätvorstellung im Kino anzusehen, und daß sie nicht vor Mitternacht zurück sein würden. Trotzdem sah Jimmy vorsichtshalber in der Küche nach, um sich davon zu überzeugen, daß sie auch wirklich fort waren. Er nahm zwei Limonaden aus dem Kühlschrank und zeigte auf die Lampe. »Diese Motten, die um die Glühbirne herumtanzen, sind aus der ›Tausend-Flügel‹-Decke in Venedig«, bemerkte er. »Italien.«

»Süß«, erwiderte sie und boxte ihn leicht in den Arm.

Sie erinnerte sich noch – nach all den Jahren. Er hätte sie gern gefragt, woran sie sich noch von seinem ersten Besuch auf Paradiso Perduto erinnerte, wollte sie jedoch nicht durch Sentimentalitäten, die möglicherweise nirgendwohin führten, ablenken. Also verkniff er sich seine Fragen und beobachtete, wie sie die Wohnung musterte – das billige, schäbige Mobiliar und die Risse in den Wänden, die im übrigen dringend einen Anstrich nötig gehabt hätten.

Plötzlich überfielen ihn ernste Zweifel, ob es klug gewesen war, sie mit nach Hause zu nehmen. Wie gern er auch Zeit mit ihr verbrachte, er hätte es sich zweimal überlegen sollen, ihr vor Augen zu führen, wie er lebte, auch wenn es ihre Idee gewesen war. Dann dachte er daran, wie *sie* lebte. Ja, ihr Heim war ein imposantes Herrenhaus mit kostbaren, schönen Gegenständen, aber das Anwesen befand sich in desolatem Zustand.

Er öffnete seine Zimmertür, und zu spät fiel ihm ein, in welch chaotischem Zustand er es hinterlassen hatte. Hastig ging er voran und sammelte die Kleidungsstücke ein, die überall verstreut lagen. Aber es war unmöglich, innerhalb von sechzig Sekunden heillose Anarchie in Ordnung zu verwandeln. Er zuckte die Achseln und sagte entschuldigend: »Ich hatte nicht erwartet ...«

Sie schüttelte den Kopf und legte eine Hand auf seine Lippen, um ihm zu bedeuten, daß es keine Rolle spielte. Und warum auch? Sie war selbst von Chaos und Unordnung umgeben aufgewachsen.

Sie trat an seinen Schreibtisch und betrachtete wortlos die Gemälde und Skizzen, die auf der Tischplatte ausgebreitet waren. »Du malst also immer noch«, sagte sie schließlich.

Es freute ihn und machte ihn gleichzeitig auch verlegen, daß sie seine Arbeiten sah. »Ja. Ich habe ein Bild an einen Freund meines Onkels verkauft. Einen Hai.«

»Du mußt nach New York gehen«, sagte sie, in seinem Zeichenblock blätternd.

Jimmy stopfte eilig einige Hosen in eine Schublade und wandte sich ihr dann wieder zu. »New York?«

»New York ist das Kunstzentrum der Staaten«, erklärte sie nüchtern. »Wenn du hierbleibst, endet es damit, daß du Kokosnüsse für Touristen malst.«

Das setzte voraus, daß er gedachte, sein Talent zum Beruf zu machen. Der Gedanke, der für Estella anscheinend so selbstverständlich war, war ihm nie gekommen. Er hatte nicht vor, sich den Reihen der Möchtegernkünstler anzuschließen, die die Docks bevölkerten und Seelandschaften malten, die sie dann an Touristen verhökerten, die keinerlei Geschmack besaßen. Joes Freund hatte seine Haizeichnung so gut gefallen, daß er spontan fünf Zehndollarnoten gezückt und darauf bestanden hatte, das Bild zu kaufen. Jimmy hätte es ihm geschenkt, wenn er das Geld nicht bereits auf den Tisch gelegt hätte.

Für ihn war Zeichnen so selbstverständlich wie Atmen; er malte, weil er einfach nicht anders konnte, weil es ihm in den Fingern juckte, auf Papier seine Sicht all dessen festzuhalten, was er um sich herum sah. Stunden konnten verstreichen, der Fernseher dröhnen, und Maggie zum Abendessen rufen – er nahm nichts von alledem wahr, so vertieft war er in seine jeweilige Arbeit.

Aber wenn er die Schule abgeschlossen hatte, wollte er für Joe arbeiten oder sich einen Job auf einem der Fischerboote suchen. Estella schien nicht zu begreifen, daß ein Junge aus Cortez New York höchstens auf einer Kinoleinwand zu sehen bekam.

Er bückte sich, um einen weiteren Stapel Kleider aufzuheben. Als er sich wieder aufrichtete, sah er, daß sie das Porträt anstarrte, das er von ihr gezeichnet hatte.

»Wann hast du das gemalt?« fragte sie.

Er ließ die Kleider achtlos aufs Bett fallen. »Ist schon eine Weile her.«

Sie trat näher an das Bild heran und schürzte die Lippen. Dann sagte sie: »Ich trage mein Haar schon lange nicht mehr so.«

Er schüttelte den Kopf. »Nein, aber das solltest du. Ich meine, es ...«

»Es gefällt dir so«, sagte sie, wandte sich ihm zu und musterte ihn unverwandt.

Seine Bauchmuskeln verkrampften sich vor innerer Anspannung. Er öffnete den Mund, war jedoch zu nervös zu sprechen, und so nickte er nur stumm.

»Was gefällt dir sonst noch?«

Er beantwortete ihre Frage nicht. Vielmehr konterte er mit einer Gegenfrage, die er selbst sich immer wieder gestellt hatte: »Wie kommt es ... ich meine, in all den Jahren ... Wir sehen uns jede Woche, und doch haben wir noch nie ... du weißt schon, etwas gemeinsam unternommen.«

Sie wölbte eine Braue und kramte die Packung Zigaretten aus ihrer Handtasche. »Gemeinsam unternommen?«

»Wir sind nie ausgegangen«, entgegnete er und zwang sich, fortzuführen, was er begonnen hatte. »Wir sind nie zusammen im Kino oder sonstwo gewesen.«

Sie nahm eine Zigarette aus der Packung, überlegte es sich dann anders und steckte sie zurück. »Du hast nie gefragt.«

Er holte tief Luft und richtete den Blick auf die Perlenkette um ihren Hals, weil er nicht wagte, ihr in die Augen zu sehen. »Und wenn ich gefragt hätte?«

»Ich bin hier, oder?« entgegnete sie ruhig.

Er hatte solange darauf gewartet, diese Worte zu hören, daß er kaum glauben konnte, daß sie wirklich ernst meinte, was sie da sagte. Er fühlte wie seine Knie weich wurden von dem Verlangen, sie in den Armen zu halten. Er schob den Kleiderhaufen auf seinem Bett beiseite und setzte sich schwer. Ihre nackten Beine waren nur Zentimeter von seinem Gesicht entfernt. »Bist du ... mit jemandem zusammen?« fragte er gepreßt.

Sie bog den Kopf zurück und strich sich mit den Fingern über den Hals. »Jetzt im Augenblick?«

»Nein«, entgegnete er und schluckte hart. Warum mußte das bloß so schwer sein? Er fühlte sich, als würde er explodieren, wenn er sie nicht bald küßte. »Ich meine ...« Er schloß die Augen und versuchte, seine Atmung zu kontrollieren. *Ich bin ein Dummkopf. Ich habe sie nicht verdient*, sagte er sich.

»Ob ich einen Freund habe?« fragte sie neckend. Ihr Bein streifte sein Gesicht. Er zuckte zusammen und blickte zu ihr auf, nicht sicher, ob die Berührung zufällig oder gewollt gewesen war. Ihm wurde ganz heiß von der Berührung ihrer nackten Haut. Er wollte sich das Hemd vom Leib reißen, sie packen und das Gesicht an ihre Schenkel pressen. Aber er tat nichts von alledem, sondern saß stocksteif da und beobachtete sie, während sie weiter ihr Porträt anstarrte. Wieder streifte ihr Bein seine Wange, und diesmal wußte er, daß es kein Versehen war.

Hiervon ermutigt, hob er die Hand und streichelte die Innenseite ihres Schenkels, ließ die Finger von ihrem Knie bis zum Saum ihres Kleides hinaufgleiten.

Sie drückte das Bein leicht gegen seine Hand, zeigte aber ansonsten keine Reaktion. »Einen festen Freund?« sagte sie, die Unterhaltung fortsetzend, als würde zwischen ihnen nichts geschehen. »Nein.«

»Du könntest jeden haben«, sagte er, und seine Finger krochen noch einige Zentimeter höher.

Sie schüttelte den Kopf. »Keine Eile. Was ist mit dir?«

Noch ehe er antworten konnte, spreizte sie die Beine, was er als Erlaubnis auffaßte, seine Liebkosungen fortzusetzen. Seine Hand schob sich unter ihren Rock und kam dem oberen Ende ihrer Schenkel quälend nah. Seine Finger streiften den Rand ihres Slips; er strich mit dem Daumen über die Rundung ihres seidigweichen Schenkels. Sie lehnte sich gegen seine Hand und schloß die Augen. Dann öffnete sie sie wieder und sah blicklos auf das Bild über ihm.

»Ich?« sagte er leise. »Nein.«

»Warum nicht?« fragte sie heiser, während seine Hand fortfuhr, sie zu streicheln.

»Ich weiß nicht«, entgegnete er, und auch seine Stimme klang leise und unstet. »Ich habe nicht …«

Sie preßte sich gegen seine Faust und schob die

Hüften dichter vor sein Gesicht. »Ich weiß«, murmelte sie. »Ich weiß.«

Die Bewegung ihres Körpers war wie eine Aufforderung, die zu ignorieren völlig verrückt gewesen wäre. Er erhob sich abrupt, schlang die Arme um sie und küßte sie. Ihre Lippen waren so weich und voll, wie er sie sich vorgestellt hatte, ihr Mund so süß und berauschend wie in seinen Träumen. Er drückte sie fest an sich und atmete tief den Geruch ihres Haares und ihrer Haut ein. Sie erwiderte seinen Kuß, und er war so glücklich wie noch nie zuvor in seinem Leben. Sie rieb die Lippen an seinen und gab leise wohlige Seufzer von sich. Und dann, ganz plötzlich und ohne Vorwarnung, rückte sie von ihm ab.

»Was ist denn?« fragte er verwirrt und wollte sie wieder an sich ziehen. »Was ist los?«

Sie biß sich auf die Unterlippe und schob ihn sanft aber bestimmt von sich. »Nichts. Es ist schon spät. Wie spät ist es?«

»Äh ...« Er blickte auf seine Armbanduhr. »Halb elf.«

Sie strich ihren Rock glatt und runzelte die Stirn. »Tatsächlich? Ich muß nach Hause.«

»Aber warum denn?« fragte er und nahm ihre Hand.

»Ich habe heute nacht noch tausend Dinge zu erledigen«, entgegnete sie und entzog ihm ihre Hand.

»Bleib«, bettelte er. Er erwartete gar nicht, daß sie mit ihm schlief. An so etwas hätte er nicht einmal in seinen kühnsten Träumen gedacht. Aber er sehnte sich schmerzlich danach, sie zu halten, neben ihr zu liegen und sie zu berühren. Der Gedanke, jetzt von ihr getrennt zu werden, war ihm unerträglich. Und doch war es nicht anders zu erwarten gewesen. Sie hatte ihn gnadenlos geneckt und verhöhnt, seit sie sich das erste Mal begegnet waren. Von diesem Abend an hatte ihre Neckerei lediglich eine neue Form von Raffiniertheit – und Grausamkeit – angenommen.

Sie beugte sich vor und küßte ihn leicht auf die Wange. *»À bientôt«,* sagte sie.

Er glaubte einen Hauch von Bedauern aus ihrer Stimme herauszuhören – oder war das nur Wunschdenken? »Ich spreche nicht Französisch«, sagte er.

Schon bald durch die Tür, blieb sie stehen und warf einen letzten Blick auf ihr Porträt. *»Quel dommage«,* sagte sie. Dann war sie fort.

Es war niemand da, als Jimmy in der darauffolgenden Woche nach Paradiso Perduto fuhr. Er wagte sich bis in Mrs. Dinsmoors Schlafzimmer vor, aber sie war ebenso unauffindbar wie Estella. Nicht einmal die Katze ließ sich blicken. Er hatte die Stunden bis zu seiner nächsten Begegnung mit Estella gezählt. Vielleicht hatte er in seinem Eifer irgendwie das Datum verwechselt. Er durchsuchte den Rest des Hauses, lief dann wieder nach draußen, stolperte durch das dichte Gestrüpp, das die Villa umgab, und rief ihre Namen.

Es war ein heißer Nachmittag und auf dem ganzen Anwesen lastete Stille, abgesehen vom Kreischen der Vögel über ihm, dem Rascheln von Eidechsen im Gras und dem Summen der Moskitos, die um seinen Kopf herumtanzten. Jimmy wedelte sie mit einer Hand von seinem Gesicht fort und schirmte mit der anderen seine Augen gegen die grelle Morgensonne ab. Keine der beiden Frauen befand sich im Garten, und so kämpfte Jimmy sich tiefer durch das Dickicht auf die Mauer zu, die das Gelände umgab.

Vor Jahren hatte er einmal jenen Abschnitt des Anwesens erforscht, der dem Strand zugewandt war, und jetzt erinnerte er sich, auf der Meerseite eine Eisentür in der Mauer gesehen zu haben. Er brauchte einige Minuten, um die Tür zu finden, die stark verrostet und mit dichtem Rankwerk bedeckt war. Als er nähertrat, sah er, daß einige der Ranken erst kürzlich abgerissen worden waren, als wäre die Tür nach sehr langer Zeit zum erstenmal wieder geöffnet worden. Er stieß die Tür auf und sah einen langen schmalen dunklen Tunnel vor sich, der nur von einer nackten Glühbirne erleuchtet wurde. Die gekachelten Wände waren schmierig, und der Betonboden mit Pfützen Brackwasser bedeckt. Eine frische Meeresbrise wehte durch den Gang, und das Brüllen der Wellen bewog ihn, sich vorsichtig, den Pfützen ausweichend, zu dem schwachen Lichtschimmer am anderen Ende des Tunnels vorzutasten.

Als er aus dem Tunnel trat, fand er sich auf einem weitläufigen Sandstrand wieder. Das strahlende Sonnenlicht blendete ihn, als wären plötzlich Flutlichter angeknipst worden. Er brauchte einige Sekunden, bis seine Augen sich an die Helligkeit gewöhnt hatten und er nur wenige Meter entfernt Mrs. Dinsmoor entdeckte. Sie stand am Ufer, in einem kurzen Nappalederröckchen und passender Weste über einem silbernen Lurex-Top. Sie hielt ihr geliebtes Katzenungeheuer auf dem Arm und starrte auf den Horizont. Sie schien gar nicht zu merken, daß der Wind ihr das Haar ins Gesicht peitschte.

Offenbar spürte sie seine Anwesenheit, noch ehe er sie erreicht hatte. »Jimmy«, sagte sie und wandte sich ihm zu, um ihn zu begrüßen. »Ich brauche dich hier.«

Jimmy lief über den Sand zu ihr. »Haben Sie Estella gesehen?« fragte er.

Ohne Vorwarnung drückte Mrs. Dinsmoor ihm die Katze in den Arm. »Es ist Zeit für Tabbys Bad. Würdest du ihn ins Wasser werfen?«

Der Kater protestierte mit einem zornigen Miauen, schlug mit ausgefahrenen Krallen nach Jimmys Gesicht und versuchte, sich aus seinem Griff zu winden. »Ins Wasser?« fragte Jimmy skeptisch.

»Nein, ins Feuer«, entgegnete Mrs. Dinsmoor mit vor Sarkasmus triefender Stimme. »Los, mach schon«, drängte sie. »Er liebt das Meer. Er ist so träge geworden. Das wird ihn aufwecken. Los. Wirf ihn einfach rein.«

Jimmy hatte immer geglaubt, daß Katzen Wasser verabscheuten. Aber was immer Mrs. Dinsmoor von Menschen halten mochte, ihr monströses Kuscheltier schien sie aufrichtig zu lieben. Jimmy zuckte die Achseln, trat dichter ans Wasser und schleuderte den Kater ins Meer. Das Tier landete auf allen Vieren in der Brandung, streckte sich träge und schnurrte in sichtlichem Wohlbehagen.

In Gedanken immer noch bei Estella, wollte Jimmy gerade seine Frage von vorhin wiederholen, als Mrs. Dinsmoor sich ihm zuwandte. »Ich komme nie hierher«, sagte sie, so leise, daß er Mühe hatte, sie zu verstehen. »Niemals. Ich bin über zwanzig Jahre nicht mehr hier gewesen. Weißt du, warum?«

Er hatte sich an ihre exzentrische, schrullige Art gewöhnt, aber jetzt machte ihn etwas an der Intensität ihres Blickes nervös. »Weil Sie nicht schwimmen können?« scherzte er, in dem Bestreben, die Spannung aufzulockern.

Sie ignorierte seine Bemerkung und fuhr fort, beinahe so, als würde sie zu sich selbst sprechen. »Vor sechsundzwanzig Jahren habe ich jemandem vertraut ... Was war das nur für ein Mensch?« Sie verstummte, kniete sich hin und ließ eine Handvoll Sand durch ihre Finger rieseln. »Ich habe mich aufgespart. Ich habe gewartet. Verstehst du? Ich habe mich für ihn reingehalten. Ich war Jungfrau. Komisch, was? Aber das war damals so. So bin ich erzogen worden.«

Jimmy nickte höflich, wenngleich er sich insgeheim fragte, weshalb sie sich ihm anvertraute. Sie hatte ihm noch nie von sich oder ihrer Vergangenheit erzählt, und plötzlich kam ihm der Gedanke, daß sie vielleicht getrunken hatte. Warum sollte sie ihm sonst so persönliche Dinge erzählen? Und doch wirkte sie nicht betrunken. Tatsächlich schien sie sogar sehr nüchtern. Aber wer war dieser »er«, für den sie sich aufgespart hatte?

Als sie fortfuhr, rann ihr eine Träne über die Wange. »Was für eine Kreatur wirft so etwas fort, ein solches Geschenk? Vertrauen. Wer tut so etwas? Wer treibt ein so grausames Spiel mit einer zweiundvierzig Jahre alten Frau? Was für ein Mensch läßt eine Frau warten, ganz allein, auf einem einsamen Strand, mit den Musikklängen und dem Gelächter ihrer eigenen Hochzeitsfeier in den Ohren?«

Beinahe schien es, als würde sie eine Antwort erwarten, aber Jimmy war zu sehr damit beschäftigt, den Sinn ihrer Worte zu begreifen, als daß er eine Antwort hätte geben können. Eine Hochzeitsfeier? Er betrachtete die Katze, die mit klatschnassem Fell an den Strand schwamm und sich im Sand ausstreckte. Er versuchte, sich Mrs. Dinsmoor als glückliche und hoffnungsvolle

Braut vorzustellen, die erwartungsvoll in die Zukunft blickte.

Sie legte eine Hand auf ihre linke Brust, dort, wo ihr Herz schlug. Er erinnerte sich daran, wie sie vor vielen Jahren ihn gezwungen hatte, seine Hand dorthin zu legen. »Ein Mann. Ein Mann bringt so etwas fertig«, sagte sie, ohne den Kater zu beachten, der kläglich zu ihren Füßen miaute. »Also müssen die Männer büßen. Habe ich nicht recht?« fragte sie.

»Ich weiß nicht, Mrs. Dinsmoor«, erwiderte er, erneut von seinen Gedanken an Estella abgelenkt.

Als ahnte sie, woran er dachte, wechselte sie hastig das Thema. »Estella wird Männer zum Weinen bringen.«

»Wo ist sie?« fragte er, froh, daß die Unterhaltung sich nun seinem Hauptanliegen zuwandte.

Aber Mrs. Dinsmoor fuhr mit ihrer Litanei fort. »O ja. Sie wird sie zerbrechen. Ich habe sie gut unterwiesen. Wenn sie wiederkommt, wird sie durch sie hindurchschneiden wie ein glühendes Messer durch Butter«, sagte sie triumphierend.

»Zurückkommt?«

»Aus Europa.« Mrs. Dinsmoor lächelte kalt zu ihm auf. »O mein armer Junge, wußtest du das nicht?«

»Was?« fragte Jimmy und starrte Mrs. Dinsmoor verständnislos an. Sie wiegte sich vor und zurück und ließ Hüften und Schultern kreisen, tanzte zu einer Musik, die nur sie allein hören konnte. Ihm war schwindlig, als wäre er zu lange in der Sonne gewesen. Er wollte sie am Arm packen und sie schütteln, bis sie mit dem Zirkus aufhörte. Und dann sollte sie lachen und ihm versichern, daß sie, was Estella betraf, nur einen Scherz gemacht hatte.

Statt dessen war sie es, die die Hand nach ihm ausstreckte und seine Wange streichelte, exakt an der Stelle, auf die Estella ihn zum Abschied geküßt hatte. »Estella ist zu einem Internat in Europa abgereist. Sie wird zwei Jahre in der Schweiz bleiben. Dann geht sie nach Paris. Sie ist fort. Hat sie dir nicht auf Wiedersehen gesagt? Ich bin sicher, daß sie das vorhatte ...«

Jimmy wollte nichts mehr hören; er konnte es einfach nicht ertragen. Wenn sie log, mußte er Estella schnellstens finden, sie wieder in den Armen halten und ihr seine Liebe gestehen. Und wenn sie die Wahrheit sagte, mußte er fort von hier, möglichst weit weg von Paradiso Perduto. Wenn sie die Wahrheit sagte – wenn sie Estella tatsächlich für zwei Jahre oder länger nach Europa geschickt hatte –, mußte er Mrs. Dinsmoor, seine Erinnerungen an Estella und seine Hoffnungen auf eine gemeinsame Zukunft für immer hinter sich lassen.

»Wir sehen uns nächste Woche«, rief Mrs. Dinsmoor ihm nach, als er in Richtung Tunnel über den Strand hetzte. Er stürzte durch die Öffnung in der Mauer und rannte durch die Pfützen, die er zuvor erst so sorgsam umgangen hatte. Er lief geradewegs zum Haus und rief immer wieder Estellas Namen, rannte so schnell, daß er sich vor Seitenstechen krümmte, als er schließlich die Eingangshalle erreichte.

Er legte eine Pause ein, um wieder zu Atem zu kommen, lehnte sich an den Marmorbrunnen und blickte zu der Wasserfontäne auf. Er erinnerte sich daran, wie die zehnjährige Estella sich vorgebeugt hatte, um ihn durch den Wasserstrahl hindurch zu küssen. Damals hatte sie mit ihm gespielt, ihn geneckt, wie gewöhnlich. Aber als sie ihn nach der Party in seinem Zimmer geküßt hatte,

hatte er gespürt, daß sie versucht hatte, ihm etwas zu sagen. Jetzt, da er fühlte, wie die beklemmende Stille des Hauses ihn einhüllte, verstand er die Botschaft endlich. Sie hatte ihm sagen wollen, daß sie fortgehen würde. Ihr Kuß war ein Adieu gewesen.

Kapitel 5

Jimmy war das letzte Mal auf Paradiso Perduto gewesen. Als er in der darauffolgenden Woche nicht erschien, machte Mrs. Dinsmoor sich nicht einmal die Mühe anzurufen, um eine Erklärung zu verlangen. Er vermutete, daß sie den Grund für sein Wegblieben kannte und zu stolz war, ihn zu bitten, wiederzukommen. Und überhaupt, jetzt, da Estella fort war, mit wem sollte er da tanzen? Er ließ den Rest des Schuljahres über sich ergehen wie ein Roboter und betrank sich, anstatt zum Abschlußball zu gehen. Zur Abschlußzeremonie ging er auch nur deshalb, weil sein Onkel Joe darauf bestand dabeizusein, wenn ihm sein Diplom überreicht wurde.

Er hatte nie vorgehabt, aufs College zu gehen, und er brauchte sich keine Sorgen wegen eines Job zu machen. Er hatte bereits einen Arbeitsplatz, als erster Maat auf Joes Boot. Er fing am Tag nach der Diplomvergabe an, obwohl Joe ihm angeboten hatte, ein paar Wochen Urlaub zu machen. Aber das letzte, was Jimmy wollte, war Müßiggang, bei dem ihn nichts von Estella ablenkte.

Er sagte sich, daß er sie um so schneller aus seinen Gedanken würde verbannen können, je eher er zu arbeiten anfing. Aber den Verlust zu verwinden erwies sich als viel schwerer als er erwartet hatte. Sie war wie eine

Droge, eine Sucht, mit der er sich auseinandersetzen mußte, um sich von ihr freizumachen. Monate verstrichen, ehe er einen ganzen Tag lang nicht mitten in der Arbeit innehielt und sich fragte, was sie wohl gerade machte, woran sie dachte, wie sie sich fühlte. Er phantasierte davon, daß er sich von Mrs. Dinsmoor ihre Adresse in der Schweiz geben ließ, um ihr zu schreiben, brachte es jedoch nie über sich, die alte Dame danach zu fragen.

Ein Jahr verstrich, dann ein zweites, und noch ein drittes und viertes. In Jimmys Leben stellte sich eine Routine ein, die ihm sinnvoll erschien, solange er nicht andauernd darüber nachdachte. Er wohnte immer noch bei Maggie und Joe, weil er keinen ausreichenden Grund fand, auszuziehen und sich etwas eigenes zu suchen. Er arbeitete hart, und die meiste Zeit gefiel ihm, was er tat. Mit Joe ließ sich gut auskommen, und Jimmy liebte es, sich Zweikämpfe mit dem Hammerhaien und anderen großen Fischen zu liefern, die das Meer vor der Golfküste bevölkerten.

Es erforderte Kraft und Geschick, Hammerhaie zu fangen. Sie waren gerissen und zäh und ließen sich nicht kampflos aus dem Wasser holen. Sie schlugen so kraftvoll gegen die Bordwand und versprühten so viel Blut, Schleim und Meerwasser, daß man leicht das Gleichgewicht verlieren und über Bord gehen konnte, wenn man nicht sehr aufpaßte. Sie an den Haken zu bekommen war erst die halbe Arbeit. Nachdem Joe dem zweieinhalb Meter langen Fisch einen Haken in den Leib gejagt hatte, der beim Aufprall explodierte, mußte Jimmy den Hammerhai über die Bordwand an Deck hieven.

Das war reine Männerarbeit, und Jimmy beherrschte sie perfekt, noch bevor er Ende Zwanzig war. Er war fleißig, amüsierte sich aber auch gern. Er hatte keine feste Freundin, was jedoch nicht auf mangelndes Interesse seitens der jungen Frauen aus der Nachbarschaft zurückzuführen war. Er galt allgemein als der attraktivste Mann in Cortez: braungebrannt, durchtrainiert, muskulös, mit stechenden blauen Augen, markanten Wangenknochen und einer lieben Art, die die Mädchen unwiderstehlich fanden.

Er war gerngesehener Gast auf den regelmäßig stattfindenden Grillpartys der örtlichen Fischer, die ihre Boote am Pier von Cortez festmachten. Mit ihm konnte man immer einen heben und Spaß haben, und ein Mädchen konnte sich glücklich schätzen, wenn Jimmy Bell ihm einen Tanz schenkte, weil er bei weitem der beste Tänzer in der ganzen Stadt war. Darüber hinaus war er ein guter Geschichtenerzähler und verstand es, Witze zu erzählen, ohne die Pointe zu vermasseln. Aber gewöhnlich blieb er nicht lange genug, ein Mädchen nach Hause zu bringen. Statt dessen schlenderte er allein ans Ende des Docks und starrte von dort auf die funkelnden Sterne am Himmel und über den breiten Golf, der sich wie eine schimmernde dunkle Glasfläche bis nach Mexiko erstreckte.

Er hatte das Malen aufgegeben und griff nur noch zum Pinsel, wenn der Bootsrumpf einen neuen Schutzanstrich brauchte oder die Decks neu lackiert werden mußten. Und gerade damit war er an einem sengendheißen Tag beschäftigt, an dem die glutheiße Sonne empfindlichere Naturen in den Schatten vertrieben hatte. Er und Joe hatten das Boot auf das Trockendock gehievt, und er trug eine Schicht roter Farbe auf den Rumpf auf, wobei er den Pinsel zu den dröhnenden Rhythmen von James Brown schwang.

Er hatte die Lautstärke des Ghettoblasters so weit aufgedreht, daß er erst bemerkte, daß er nicht mehr allein war, als ein Schatten über den Pier fiel. Er blickte auf und war überrascht, gegen das grelle Sonnenlicht die Silhouette eines großen, stämmigen Mannes mit einer eleganten, ledernen Aktentasche zu sehen. Joe stand an seiner Seite, wie immer in Jeans und T-Shirt. Der sichtlich teure Leinenanzug des Fremden ließ jedoch darauf schließen, daß der Mann nicht zum Fischen hergekommen war.

Der Mann nickte Jimmy zu, und Joe stellte ihn vor, »Jimmy, das ist Jerry Ragno.«

Jimmy wippte auf den Fußballen zurück, rieb seine Hand an seinem Hemd ab und reichte sie Ragno, der den Händedruck mit manikürten Fingern erwiderte.

»Mr. Ragno ist Rechtsanwalt aus Miami«, erklärte Joe.

»Und New York. Wir besitzen auch eine Niederlassung in Manhattan.« Ragno zog ein weißes Seidentaschentuch aus der Hosentasche und wischte sich den Schweiß von der Stirn. Dann fragte er: »Sagen Sie, Jimmy, malen Sie eigentlich noch?«

Jimmy zeigte mit dem Daumen auf das Boot. »Immer wenn es einen Anstrich braucht.«

»Ich meinte in künstlerischem Sinne«, entgegnete Ragno.

Jimmy richtete sich langsam auf. Er warf einen fragenden Blick auf Joe, der nickte, als wolle er sagen, *Sprich nur, er ist in Ordnung.* »Ich weiß, was Sie meinen«, sagte er. »Nein. Ich habe seit Jahren nicht mehr gemalt. Warum fragen Sie?«

»Mein Klient hat mich ermächtigt, Ihre Träume zu erfüllen«, antwortete Ragno.

Auf seiner Insel begegnet der junge Finn Bell einem entflohenen Sträfling.

links: *Mrs. Dinsmoor, eine reiche Frau, findet Gefallen an Finn und bezahlt ihn für seine Besuche in ihrem Haus.*

unten: *Teil der Abmachung sind die Tanzstunden mit Estella.*

Estella Deville - ein Name, so schön wie die Frau, zu der das Mädchen heranreift.

Finn hat nie aufgehört, Estella zu lieben.

Wider besseres Wissen gibt Finn seiner Leidenschaft nach.

Es gibt nur zwei Dinge, die einen Mann zerstören können: ein zerbrochener Traum und eine Frau.

Seine zweite große Leidenschaft, die Malerei, scheint Finn viele Türen zu öffnen.

Alle Enttäuschungen eines langen Lebens stehen Mrs. Dinsmoor ins Gesicht geschrieben.

Finn ahnt nicht, wer der Mann ist, dem er in der U-Bahn zu helfen versucht.

»Ach ja?« fragte Jimmy argwöhnisch. »Und was für Träume sollen das sein?« Er hatte noch nie an Märchen geglaubt, spielte nicht einmal in der staatlichen Lotterie. Seine bitteren Erfahrungen mit Mrs. Dinsmoor hatten ihn gelehrt, daß die meisten Geschenke an Bedingungen geknüpft waren, und Ragno sah beinahe zu glatt aus, als daß man ihm hätte trauen können. »Was für ein Klient?«

Anstatt auf seine Frage zu antworten, schlug Mr. Ragno vor, aus der Sonne zu gehen und gemeinsam zu Mittag zu essen. Er würde sie einladen, und er hätte eine Vorliebe für frischen Fisch. Joe zwinkerte Jimmy zu, der sich ein Grinsen verkneifen mußte. Er wußte da genau das Richtige für den Herrn.

Der Anwalt war schweißgebadet, als sie das zwei Blocks entfernte Fischlokal erreichten, das vornehmlich von den örtlichen Schauerleuten und Fischern frequentiert wurde. Jimmy winkte den Bedienungen, die beide mit ihm zur Schule gegangen waren, und wählte einen Tisch mit Blick aufs Wasser. Ein Sonnenschirm warf einen Schattenkreis auf den Tisch, aber nicht einmal die kühle Meeresbrise vermochte viel gegen die Hitze auszurichten. Ragno kippte Wasser in sich hinein, zog dann sein Sakko aus und lockerte die Krawatte, ehe er sich über einen Berg dampfender Shrimps hermachte, die noch wenige Stunden zuvor im Golf herumgeschwommen waren.

Jimmy und Joe tauschten belustigte Blicke, während sie zusahen, wie der Anwalt sich ungeschickt abmühte, die Garnelen zu schälen. Ragno ließ sich Zeit, bis er seinen Teller zur Hälfte geleert hatte, ehe er wieder auf den Grund für seinen Besuch zu sprechen kam. »Haben Sie Ihre Arbeiten je ausgestellt?« fragte er.

Ehe Jimmy Gelegenheit hatte, zu antworten, sagte Joe: »Jimmys Bilder sind in der Washington Federal Bank ausgestellt worden ...«

»Das war vor sieben oder acht Jahren«, fiel Jimmy ihm ins Wort. »Ich sagte doch schon, daß ich die Malerei aufgegeben habe. Was soll das alles, Mr. Ragno?«

Ragno wischte sich die Hände ab, die vom Fett glänzten, und beugte sich vor. »Würde Ihnen einen Ausstellung, eine Exklusivausstellung in der Thrall Gallery gefallen?«

Jimmy sah zu, wie der Rechtsanwalt einen großen Schluck Bier trank. Er war nicht sicher, ob er den Mann richtig verstanden hatte. Die Thrall Gallery war ihm ein Begriff, aber das Angebot ergab keinen Sinn. »In New York?«

Ragno ließ die Schlösser seiner Aktentasche aufschnappen und holte eine dünne Akte hervor. Er schob Jimmy die Unterlagen über den Tisch zu und sagte: »Meine Klientin, Erica Thrall, möchte Sie zu einer Exklusivausstellung in ihrer Gallery nach New York holen.«

»Warum?« wollte Jimmy wissen. Er konnte fühlen, wie sein Onkel neben ihm ganz zappelig wurde vor Aufregung. Er drehte sich Joe zu und sagte: »Das Ganze ist Blödsinn.«

»Laß den Herrn doch ausreden«, flehte Joe und winkte der Bedienung, ihnen noch drei Bier zu bringen.

Ein riesiger Pelikan landete flügelschlagend hinter Ragno auf dem Geländer. Erschrocken fuhr der Anwalt zurück, faßte sich jedoch rasch wieder und fuhr fort: »Haben Sie Proben Ihrer Arbeit an die Thrall Gallery geschickt?«

Jimmy zuckte die Achseln. »Vermutlich. Ich habe mich

an alle möglichen Galerien gewandt ... als ich noch auf der High School war.«

Ragno zuckte zurück, als der Pelikan mit dem Schnabel nach ihm hackte, und rückte seinen Stuhl von dem Geländer fort, ehe er weitersprach. »Offenbar haben Sie Eindruck gemacht«, sagte er. Er überreichte Jimmy einen Umschlag. »Ein Flugticket nach New York und eintausend Dollar. Spesen. Tut mir leid, es sind alles Hundertdollarnoten.«

Jimmy starrte auf den Umschlag. Er dachte zurück an den Tag, als ihm das erste Mal jemand einen Umschlag voller Geld in die Hand gedrückt hatte. Obwohl er das damals nicht hatte wissen können, hatte er letztendlich als Gegenleistung einen viel zu hohen Preis bezahlt. Er hatte seine Lektion gelernt. Er würde nicht noch einmal denselben Fehler machen. Er schob den Umschlag über den Tisch zurück zu Ragno. »Die Hunderter sind nicht das Problem«, sagte er. »Es ist nur, daß ich nicht mehr male.«

Man mußte Joe hoch anrechnen, daß er Ragno mit keinem Wort erwähnte, weder als er mit Jimmy allein war noch in Maggies Gegenwart. Jimmy wußte, daß Joe ihn für verrückt hielt, weil er Ragnos Angebot abgelehnt hatte, und vielleicht hatte sein Onkel sogar recht. Eine bezahlte Reise nach New York gekoppelt mit der Chance, in einer großen Galerie auszustellen, war der Traum eines jeden Künstlers. Es gab da nur ein Problem: Er war kein Künstler. Er war nur ein Fischer aus einem heruntergekommenen Ort, der gern zeichnete. Nein, der *früher einmal gern gezeichnet hatte.*

Wie und warum sollte sich Erica Thrall für seine Arbeit

interessieren? Auch wenn er ihr Arbeitsproben geschickt hatte – und auch wenn seine unfertigen, kindlichen Versuche, seine Welt einzufangen, ihr gefallen hatten –, warum hätte sie so lange warten sollen, sich mit ihm in Verbindung zu setzen? Man brauchte nicht in Cortez aufgewachsen zu sein, um zu erkennen, daß die Sache einen Haken hatte.

Und doch gingen ihm Ragno und sein Angebot nicht mehr aus dem Kopf. New York war *die* Chance, das Kunstzentrum Amerikas. Das hatte Estella in jener Nacht in seinem Schlafzimmer gesagt, an dem Abend, ehe sie aus seinem Leben verschwunden war.

Estella ... Irgend etwas klickte in seinem Kopf, als hätte jemand einen Lichtschalter betätigt und als würde ein bislang dunkler Raum in gleißendes Licht getaucht. Plötzlich hatte er einen Verdacht. Vielleicht war es verrückt, aber er mußte dem nachgehen, nur für den Fall, daß er doch richtig lag. Ansonsten würde er möglicherweise den größten Fehler seines Lebens machen.

Er beschloß, sich nicht telefonisch anzukündigen. Er wollte sie überraschen, sie unvorbereitet antreffen. Aber wenn er ganz ehrlich war, fürchtete er vielleicht auch, daß – wenn er vorher anrief –, sie ihm verbot zu kommen.

Als er den Wagen vor dem Paradiso Perduto parkte, hätte er es sich beinahe anders überlegt. Als er auf die von Ranken überwucherte Mauer starrte, die das Anwesen umgab, stürzte eine Flut von Erinnerungen auf ihn ein, die er längst endgültig begraben geglaubt hatte. Er zwang sich, aus dem Wagen zu steigen, und als er durch das Tor ging, sah er sich selbst als Zehnjährigen in seinem brandneuen Anzug von Sears auf das Haus zugehen.

Heute, mit siebenundzwanzig, fühlte er sich beinahe ebenso beklommen wie damals. Und es hatte sich nichts geändert – weder der Urwald aus Bäumen und Sträuchern zwischen Tor und Haus noch das Haus selbst, abgesehen davon, daß der Verfall im Laufe des vergangenen Jahrzehnts noch weiter fortgeschritten war. Er verspürte einen Anflug von Trauer, als er an dem Marmorspringbrunnen vorbeiging und die Treppe hinaufstieg. Und obgleich er den Weg zu Mrs. Dinsmoors Zimmer auch mit verbundenen Augen gefunden hätte, wünschte er, Estella wäre da, um ihn zu führen.

Er mußte lächeln, als er die Tür erreichte. Sie hörte immer noch ihr Lieblingslied *»Besame Mucho«,* diesmal in einer Version der Ventures. Er klopfte laut, bekam jedoch keine Antwort. Er versuchte es noch mal, aber auch diesmal erfolgte keinerlei Reaktion. Er holte tief Luft und öffnete die Tür, wobei er sich ängstlich fragte, was ihn erwarten mochte.

Seine schlimmste Befürchtung – daß Mrs. Dinsmoor tot im Bett lag – bestätigte sich nicht. Sie saß an ihrer Frisierkommode und streichelte den Monsterkater Tabby, der auf ihrem Schoß hockte. Sie starrte sich in einem überdimensionalen Vergrößerungsspiegel an, der von einem Kranz greller Glühbirnen eingefaßt war, und Jimmy sah, daß sie sich das Haar leuchtendrot gefärbt hatte.

»Mrs. Dinsmoor?« sagte er und wünschte, er hätte daran gedacht, Blumen oder eine Schachtel Pralinen mitzubringen.

Ohne sich umzudrehen fragte sie: »Ist der Tee fertig, Thomas?«

Er trat näher. »Nein, ich bin's, Jimmy.«

Nach langem, lastendem Schweigen drehte sie sich auf ihrem Stuhl um und sah ihn an. Sie musterte ihn im schwachen Licht aus zusammengekniffenen Augen, sagte jedoch nichts. Das Lied endete, aber sie schwieg weiter.

Er wußte, daß es bei ihm lag, das Schweigen zu brechen, das er ihnen vor so vielen Jahren auferlegt hatte. »Ich bin gekommen ...«, begann er und brach dann mitten im Satz ab. Wie sollte er ihr erklären, weshalb er gekommen war, nachdem er ihr noch nicht einmal erklärt hatte, warum er damals weggeblieben war?

»Du suchst Estella«, sagte sie schließlich. »Ich weiß. Der Haken sitzt tief in deinem Fleisch, nicht wahr, mein Junge?«

Sie hatte natürlich recht, obwohl sie es erst aussprechen mußte, ehe er das Offensichtliche selbst begriff. Aber sein Besuch galt nicht nur Estella. »Ich bin hier, weil ich Sie etwas fragen möchte«, entgegnete er leise.

»Ich verstehe«, sagte sie, und der scharfe Unterton, der in ihrer Stimme mitschwang, war nicht zu überhören. »Nach fast zehn Jahren, in denen du dich nicht hast blicken lassen, in denen ich kein Wort von dir gehört habe, kommst du her, um mich zu verhören. Reizend.«

Sie hatte wieder recht, und er konnte nichts anderes sagen als »Es tut mir leid. Es ist so vieles passiert.«

Seine Entschuldigung schien sie milder zu stimmen. Ihre wächsernen Züge verzogen sich zu einem breiten Lächeln, und sie nickte freundlich. »Ich weiß, was passiert ist. Die Liebe deines Lebens hat dich verlassen. Das schmerzt, nicht wahr? Komm her.« Sie zeigte mit einem langen, knochigen Zeigefinger auf ihn, dessen Nagel leuchtendgelb lackiert war. »Komm näher.«

Er bahnte sich einen Weg durch das Durcheinander persönlicher Gegenstände auf dem Boden und trat neben sie. Sie hatte, seit er das Zimmer betreten hatte, keine Sekunde aufgehört, Tabby zu streicheln, und er sah schockiert, daß eine Stelle auf dem Rücken des Katers bereits kahl war vom vielen Streicheln. Als er genauer hinsah, erlitt er jedoch einen noch größeren Schock. Der Kater war tot.

Er wollte fragen, wann und wie er gestorben war, sagte sich jedoch dann, daß er es gar nicht wissen wollte.

Mrs. Dinsmoor strich sich mit der freien Hand über das Haar. »Ich trage jetzt rot.«

»Das habe ich bemerkt«, entgegnete er, bemüht, nicht auf die tote Katze auf ihrem Schoß zu starren, die einen penetrant unangenehmen Geruch verströmte. »Es sieht hübsch aus.«

Sie ergriff seine Hand und zog ihn näher zu sich heran. »Und sieh dich an«, murmelte sie und strich ihm mit den Fingern über das Gesicht. »Ganz erwachsen. Ein Mann.«

Er befreite sich sanft aus ihrem Griff und kniete sich neben ihren Stuhl. Er hatte viel darüber nachgedacht, wie er es am besten anstellen sollte, sie zu fragen, was er unbedingt wissen mußte, und war zu dem Schluß gekommen, daß eine direkte Annäherung der beste Weg wäre. Aber jetzt, da er ihr nach so vielen Jahren von Angesicht zu Angesicht gegenüberstand, erwies sich das als schwerer als er erwartet hatte. »Mrs. Dinsmoor ... Ein Rechtsanwalt, ein Mann namens Ragno, hat mich aufgesucht«, begann er, nach den richtigen Worten suchend.

»Die Spinne.« Sie nickte.

»Sie kennen ihn?« fragte er, überrascht, daß sie so bereitwillig zugab, ihn geschickt zu haben.

»›Ragno‹ heißt Spinne auf Italienisch«, erklärte sie. »Du solltest wirklich Fremdsprachen lernen, James.«

Sie war so geschickt darin, Spielchen zu spielen. Aber er hatte auch das eine oder andere gelernt, seit er ein Kind gewesen war, ihr und ihren Launen hilflos ausgeliefert. »Dieser Rechtsanwalt, Ragno, sagte, er würde eine Galerieinhaberin aus New York vertreten. Angeblich wollen sie meine Arbeiten ausstellen.«

Sie wölbte eine sorgfältig gezupfte Braue und gab zu: »Malen kannst du wirklich. Du bist ein lausiger Tänzer, aber du kannst malen.«

»Was ich Sie fragen wollte ...« Er seufzte, richtete sich auf und rückte ein paar Schritte von ihr ab. »Haben Sie ... wissen Sie etwas darüber?«

Sie ließ den Kopf sinken und verbarg das Gesicht hinter ihrem Haar, so daß er ihren Ausdruck nicht sehen konnte. Als sie schließlich sprach – seine Frage ignorierend – verriet sie ihm genau das, was er zu hören gehofft hatte.

»Estella ist in New York.«

Irgendwie gelang es ihm, sich seine Erregung nicht anmerken zu lassen. Es kam ihm vor, als hätte Mrs. Dinsmoor ohnehin bereits einen unfairen Vorsprung ihm gegenüber, und er wollte ihr nicht noch mehr Munition liefern. »Ich hätte nicht gedacht, daß unsere Wege sich jemals wieder kreuzen würden«, sagte er ausdruckslos.

»Dann wirst du also nach New York gehen?«

»Meinen Sie, daß ich das tun sollte?« fragte er, überrascht, daß ihre Meinung ihn ehrlich interessierte.

Ihr Blick glitt von ihm zum Fenster, auf den ungepflegten Garten hinter dem Haus. »Ich erinnere mich, daß ich dich von eben diesem Fenster aus beobachtet habe. Eine verschreckte kleine Maus, die durch meinen Garten und durch die Tür in mein Haus huschte«, sagte sie. Dann wandte sie den Kopf und blickte ihm unverwandt in die Augen. »Und jetzt öffnet sich eine neue Tür. Was wird unsere Maus tun?«

Er haßte sie. Sie war eine grausame, boshafte alte Frau. Aber gleichzeitig liebte er sie auch, was ihm erst in diesem Moment bewußt wurde. Ob zum Guten oder Schlechten, sie hatte nicht unerheblich dazu beigetragen, die Persönlichkeit zu formen, die er geworden war. Er hätte wetten können, daß sie immer noch in seinem Leben mitmischte und kein anderer als sie sich diese Reise nach New York ausgedacht hatte. Und er würde nach New York gehen. Er konnte gar nicht anders. Die Aussicht, Estella wiederzusehen, war zu verlockend, als daß er sie sich hätte entgehen lassen können. Die Kunstausstellung rangierte nur an zweiter Stelle. Er hatte nicht viel, was er Erica Thrall zeigen konnte. Aber er hatte Estella einiges zu sagen.

»Danke, daß Sie mir Ihre Zeit geopfert haben«, sagte er höflich. »Ich muß jetzt gehen.«

»Die Gershwins haben in New York gelebt«, teilte sie ihm mit, als müsse er wissen, wer die Gershwins waren.

»Tatsächlich?«

»Juden«, fügte sie herablassend hinzu.

Sie war ein bigotter Snob. Jetzt begriff er, was er als Kind nicht hatte verstehen können. Sie war eine alte Frau und konnte einfach nicht anders. Die alte Gewohnheit war zu tief verwurzelt. Er fragte sich, wie viele ihrer Vorurteile Estella übernommen hatte. Bestrebt, von ihr wegzukommen, wich er zurück in Richtung Tür.

»Ich erwarte eine Einladung«, sagte sie.

»Wie bitte?«

»Zu deiner Ausstellung. Zur Vernissage.«

»Selbstverständlich«, entgegnete er, obwohl er sich nicht vorstellen konnte, daß sie Paradiso Perduto jemals verließ.

»Und eine für Tabby.« Sie hob die Pfote des toten Katers an die Lippen.

Jimmy verließ fluchtartig das Zimmer und schloß energisch die Tür hinter sich.

Cortez zu verlassen fiel ihm weitaus leichter, als er vermutet hätte. Seine Freunde gaben am Strand eine Abschiedsparty für ihn, bei der Unmengen von Bier getrunken und Berge von Garnelen und Muscheln gegessen wurden. Es wurde laute Musik gespielt und getanzt und der Ehrengast freundschaftlich hochgenommen. Die Party dauerte an, bis kurz vor Morgengrauen die Cops auftauchten und dem Treiben ein Ende machten. Als Jimmy zwölf Stunden später mit einem schlimmen Kater aufwachte, hatte er mehr als nur einen leisen Verdacht, daß es richtig gewesen war, Ragnos Angebot doch noch anzunehmen.

Am Morgen seiner Abreise drückte ihm Maggie, bevor sie zu ihrer Teilzeitstelle als Kassiererin im Lebensmittelladen aufbrach, einen Kuß auf die Wange und ermahnte ihn, sich anständig zu benehmen. Schwer fiel ihm lediglich der Abschied von seinem Onkel, der ihn zum Flughafen fuhr. Joe schien entschlossen, auf der ganzen Fahrt bis Tampa nur Small talk zu betreiben. Er schaltete das

Radio ein, das wie gewöhnlich auf einen Country-Western-Kanal eingestellt war, und sang mit Tammy Wynette, Tanya Tucker und Clint Black. Zwischen den einzelnen Songs hielt er einen detaillierten Monolog über seine Pläne, das Boot wieder auf Vordermann zu bringen, und brach dann abrupt ab, als wäre ihm gerade erst aufgegangen, daß Jimmy in den nächsten Monaten nicht da sein würde, um ihm zur Hand zu gehen.

Nachdem er den Truck vor dem Terminal geparkt hatte, sah er beklommen zu, wie Jimmy sein Gepäck hinten aus dem Truck hob. »Mit was für einer Maschine fliegst du?« fragte er und klimperte mit einigen Münzen in seinen Hosentaschen.

»Was?«

»Haben Sie dir einen Flug in einer großen Maschine spendiert? Einer 767?«

Jimmy sah auf seinem Ticket nach und zuckte dann die Achseln. »Keine Ahnung. Hauptsache, es bleibt oben.«

Ein Paar mit zwei Kindern und einem unglaublichen Berg von Gepäck zwängte sich zwischen ihnen vorbei und durch den Eingang zum Terminal. Joe sah auf seine Armbanduhr und räusperte sich. »Also, du solltest jetzt wohl besser ...«

»Was, wenn ich es nicht schaffe?« fragte Jimmy, von einer unerwarteten Panikattacke befallen. Er kam sich vor wie ein kleines Kind an seinem ersten Schultag, das sich fürchtete, alles Bekannte und Vertraute zurückzulassen. »Ich meine, was, wenn ich dort bin und nicht ...«

Joe legte ihm eine Hand auf die Schulter. »Es gibt nichts, was schwieriger wäre, als eine solche einmalige Chance wahrzunehmen«, sagte er.

Jimmy musterte seinen Onkel ein letztes Mal eingehend, sah die Falten um seine Augen und Lippen, die sonnengegerbten Runzeln auf seiner Stirn. Sie waren nur durch Heirat miteinander verwandt und keine Blutsverwandten, aber Joe war immer wie ein Vater – und manchmal auch eine Mutter – zu ihm gewesen. Jimmy wünschte, er wüßte, wie er ihm für alles danken konnte, was er für ihn getan hatte. Aber was immer er sagte, würde sie nur beide verlegen machen, und so lächelte er nur dankbar und begnügte sich mit den Worten: »Ich rufe dich an, sobald ich dort bin.«

Joe nickte. »Ich werde auf deinen Anruf warten«, sagte er und schloß Jimmy in die Arme.

Jimmy nahm sein Gepäck auf und ging in Richtung Terminal. Er drehte sich noch einmal um, als die automatischen Türen aufschwangen. Joe war noch da; er lehnte seitlich an seinem Truck. Das letzte, was Jimmy sah, bevor die Türen sich hinter ihm schlossen, waren Joes Lächeln und sein erhobener Daumen.

Nichts in seinem bisherigen Leben hätte ihn auf New York vorbereiten können. Die erste Hürde, die er zu überwinden hatte, bestand darin, vom Flughafen La-Guardia aus nach Manhattan zu gelangen. Jerry Ragno hatte ihn knapp in die Geographie New Yorks eingewiesen: der Flughafen, hatte er ihm erklärt, befände sich an der Grenze von Queens, einem ausgedehnten Stadtteil, der über mehrere Brücken und Tunnel mit Manhattan verbunden sei. Die billigste Möglichkeit, nach Manhattan zu kommen, war eine Kombination von Bus- und U-Bahn-Fahrt – die Haltestelle war nur einen Katzensprung von der Thrall Gallery in Midtown entfernt.

Was Ragno vergessen hatte zu erwähnen, war, wie überfüllt und unbequem die U-Bahn sein konnte, vor allem für jemanden, der einen Koffer, einen Seesack und einen Rucksack mit sich herumschleppte. Jimmy stand seitlich gegen eine Eisenstange gedrückt und bemühte sich nach Kräften, das Gleichgewicht zu bewahren, während der Zug durch die dunklen Tunnel raste und schlingerte. Sämtliche Fenster waren fest verschlossen, und es kam ihm vor, als würde die Luft kaum zum Atmen reichen. Bei jeder neuen Haltestelle stolperten zusteigende Fahrgäste über sein Gepäck und machten ihrer Wut mit zornigen Bemerkungen und drohenden Blicken Luft. Seine gemurmelten Entschuldigungen schienen sie kaum zu beschwichtigen, so daß er es schließlich aufgab und statt dessen versuchte, die gleiche ausdruckslose, desinteressierte Miene aufzusetzen wie die anderen Fahrgäste.

Ragno hatte ihn angewiesen, an der Haltestelle Fifth Avenue auszusteigen. Er kämpfte sich die Treppe hinauf und stellte fest, daß in der Stunde seit seiner Abfahrt vom LaGuardia-Flughafen ein sintflutartiger Regen eingesetzt hatte. Es schüttete wie aus Eimern, und der Bürgersteig war mit Pfützen übersät. Böiger Wind wehte Zeitungsblätter dicht an seinem Gesicht vorbei, und leere Getränkedosen rollten über den Gehweg. Menschen hasteten vorbei und stießen ihn rücksichtslos mit ihren Schirmen an, als wäre er unsichtbar.

Zu seiner Rechten befand sich eine niedrige Steinmauer, und dahinter erstreckte sich eine bewaldete Grünfläche – der Central Park, wie er annahm. Auf der anderen Seite der Fifth Avenue ragten Wolkenkratzer auf, die sich glühend vom dunklen Abendhimmel abhoben.

Autos, Busse und Taxen schoben sich hupend in einer Kakophonie, die außer ihm niemanden zu stören schien, in der Dämmerung vorbei.

Jimmy stellte sich mit gespreizten Beinen über sein Gepäck, zog die Kapuze seines Sweatshirts über den Kopf und knöpfte seine abgewetzte Lederjacke zu. Er rief sich noch einmal Ragnos Wegbeschreibung ins Gedächtnis und studierte die Straßenschilder. Dann nahm er sein Gepäck wieder auf, senkte den Kopf, um seine Augen vor dem Regen zu schützen, und hastete durch das Unwetter – wie er hoffte, in die richtige Richtung.

Er war völlig durchweicht und zitterte vor Kälte, als er schließlich die Galerie erreichte, die in einem ebenerdigen Ladenlokal zwischen der Madison und der Park Avenue gelegen war und deren Fassade aus riesigen Fenstern bestand, die vom Boden bis zur Decke reichten. Durch die Scheiben hindurch konnte er Menschen sehen, die in kleinen Grüppchen beisammenstanden, sich unterhielten und die Gemälde an den reinweißen Wänden betrachteten. Er sah mehrere uniformierte Ober mit Tabletts voller Appetithäppchen und Weingläsern umhergehen.

Auf einem kleinen handgeschriebenen Schild an der Tür stand: *»Heute Vernissage. Zutritt nur mit Einladung.«* Er schob sich die Kapuze vom Kopf, versuchte, etwas von dem Regen von seiner Jacke zu schütteln und stieß die Tür auf.

Der Eingang wurde von einem runden Tisch verstellt, an dem drei wunderschöne sehr schlanke junge Frauen in kurzen schwarzen Kleidern saßen, die ihre perfekt geformten Körper betonten. Eine der Frauen hatte langes rotes Haar, das in dicken Ringellocken ihr Gesicht umrahmte; die beiden anderen trugen das Haar so kurz und streng zurückgekämmt, daß es aussah wie aufgemalt. Als Jimmy vor ihnen stand und den Tisch volltropfte, starrten ihn alle drei an, als wäre er ein Penner, der irrtümlich hereingestolpert war.

Die Rothaarige griff nach einem Blatt Papier und schob es demonstrativ von ihm fort. »Sie wünschen?« fragte sie kühl.

Jimmy trat von einem Fuß auf den anderen und wünschte, es wäre ihm egal, daß er Jeans und aufgeweichte Turnschuhe trug anstatt eines eleganten Abendanzugs wie die anderen Herren. »Ich bin gerade erst angekommen«, sagte er und kam sich schrecklich dumm vor, weil er unangemeldet hereingeschneit war. »Ich soll mich bei Mrs. Thrall melden.«

Die Frau in der Mitte trommelte mit rotlackierten Fingernägeln auf die Tischplatte. »Name?« fragte sie.

»Bell. Jimmy«, entgegnete er. Er hörte seine eigene Stimme, und der Klang gefiel ihm gar nicht. Wie ein Kind vom Lande. Noch feucht hinter den Ohren und völlig fehl am Platze. Allein sein Name war verräterisch. Wer hatte je von einem Künstler gehört, der Jimmy hieß? Er beschloß spontan, seine Identität ein wenig aufzuwerten, und sagte: »James Bell. Ich bezweifle, daß ich auf irgendeiner Liste stehe. Ich soll nur ...«

»Nein«, unterbrach ihn die Rothaarige nach einem Blick auf die Gästeliste. »Sie stehen nicht drauf. Bedaure.«

»Sie erwartet mich. Sie wird mich sehen wollen.«

Die Frau seufzte und schürzte die Lippen. Sie wandte sich der jungen Frau am anderen Ende des Tisches zu und sagte: »Marci?«

Marci stöhnte sichtlich verärgert. Kopfschüttelnd stand

sie auf. Er folgte ihr mit dem Blick, als sie sich in Richtung des hinteren Galerieabschnitts entfernte.

»Wären Sie so freundlich?« sagte die Rothaarige und bedeutete ihm mit einem Wink, vom Tisch zurückzutreten, als weitere geladene Gäste hereinkamen.

Er wich vom Eingang zurück und trat wieder hinaus in den Regen, der immer noch in Strömen vom Himmel fiel. Durch die Fensterscheibe sah er, wie die Frau namens Marci sich durch die gutgekleidete Menge einen Weg zu einer anderen, ebenso schlanken Frau bahnte. Sie trug ein enges weißes Kostüm, und ihr rabenschwarzes Haar war so frisiert, daß es an einen Helm erinnerte. Die Frau war in eine lebhafte Unterhaltung mit einem gutaussehenden älteren Mann und einer viel jüngeren, überaus eleganten Frau vertieft. Marci wartete, bis die Frau im weißen Kostüm ausgeredet hatte, ehe sie ihr diskret eine Hand auf den Arm legte und ihr etwas ins Ohr flüsterte.

Die weißgekleidete Frau, bei der es sich, wie er vermutete, um Erica Thrall handelte, nickte Marci zu und blickte in seine Richtung. Er winkte. Sie erwiderte den Gruß mit einem unterkühlten Lächeln und einem vagen Blick des Wiedererkennens. Dann sagte sie etwas zu Marci und nahm ihre Unterhaltung wieder auf.

Jimmy rief sich ins Gedächtnis, daß er auf ihre persönliche Einladung hin hergekommen war, die ihm von Ragno überbracht worden war. Er mochte nicht angemessen gekleidet sein und auch nicht aussehen wie die reichen Leute drinnen, aber er sollte einer von Erica Thralls Künstlern werden und bald seine eigene Ausstellung bekommen, vielleicht sogar mit einer ebenso glamourösen Vernissage wie dieser. Ungeduldig, sie kennenzulernen, hob er seinen Seesack vom Boden auf und warf ihn sich über die Schulter.

Er hörte ein lautes Stöhnen und fühlte gleichzeitig, wie der Sack gegen etwas Hartes stieß. Er drehte sich um und sah, daß der Seesack einen der Gäste ins Gesicht getroffen hatte. Der Mann glitt zu Boden und landete auf seinem Hinterteil.

Jimmy kniete sich sofort neben ihn. »Himmel! Das tut mir aufrichtig leid!«

Dem Mann lief Blut aus der Nase, und er zuckte vor Schmerz zusammen, als er sie vorsichtig abtastete. Benommen strich er sich eine blonde Strähne aus den Augen und starrte zu Jimmy auf, als versuche er zu begreifen, was passiert war.

»Ich kenne Sie«, sagte Jimmy, verblüfft, hier in New York ein bekanntes Gesicht zu sehen. Ein bekanntes Gesicht, das er dazu noch unbeabsichtigt verletzt hatte.

Der Mann blinzelte und versuchte, ihn einzuordnen. »Scheiße!« rief er schließlich aus. »Sie sind der Kerl, mit dem Estella ausgegangen ist. Unten in Sarasota!« Er stöhnte erneut und rappelte sich auf, immer noch eine Hand über die Nase gelegt.

»Richtig. Hören Sie, es tut mir schrecklich leid.«

Der Mann schenkte ihm ein schiefes Lächeln. »Scheiß drauf. Ich bin Owen Tulp«, sagte er. Er fischte ein Taschentuch aus seiner Hosentasche, zwirbelte es und schob sich das Ende in einen Nasenflügel, um die Blutung zu stillen.

»James Bell«, entgegnete Jimmy.

Owen Tulp lachte schwach. »Nun, schön, daß wir uns wieder mal begegnet sind, auch wenn ich andere Umstände vorgezogen hätte.« Er trat durch die Galerietür und blieb stehen, um Marci, die gerade wiederaufgetaucht war, zu umarmen. Als Jimmy ihm hineinfolgen wollte, versperrte die junge Frau ihm den Weg und sagte: »Mrs. Thrall bittet Sie, morgen vorbeizukommen.«

»Oh.« Er versuchte, sich seine Enttäuschung nicht anmerken zu lassen, und plötzlich wurde ihm bewußt, wie hungrig und müde er nach der langen Reise war. Die Szene im Inneren der Galerie wirkte so warm und einladend. »Hat sie gesagt ...?« Er war zu entmutigt, den Satz zu beenden.

»Sie hat gesagt: ›Willkommen in New York.‹«

Ragno hatte ihm erklärt, daß tausend Dollar nach viel Geld klingen mochten, in New York ein Hotelzimmer jedoch leicht hundertfünfzig Dollar die Nacht kosten konnte und ein Hamburger ganze sieben, ohne Pommes oder auch nur eine Scheibe Schmelzkäse. Der Rechtsanwalt hatte ihn gewarnt, daß wenn er nicht sehr aufpaßte, ihm das Geld zwischen den Fingern zerrinnen und er zurück in Cortez sein würde, noch ehe seine Bräune verblaßt war.

Ragnos Warnung noch im Ohr, beschloß Jimmy, auf ein Taxi zu verzichten und trotz des anhaltenden Regens zu Fuß zu dem Hotel Ecke Eighth Avenue und Zweiundvierzigster zu gehen, das einer seiner Kumpel ihm empfohlen hatte. Sein Freund, der eine Woche in New York verbracht hatte, hatte das Carter Hotel als eine Absteige beschrieben, deren Portier sich lieber tanzende nackte Mädchen mit großen Brüsten im Kabelfernsehen ansah als einem Touristen zu erklären, wie man zum Empire State Building kam. »Paß auf deine Brieftasche auf«, hatte sein Freund ihm noch geraten.

Jimmy hatte geglaubt, daß er nach all den Jahren, in denen er sich mit Haien und Barrakudas angelegt hatte – ganz zu schweigen von Maggie – für alles gewappnet wäre, was ihm in New York begegnen konnte. Trotzdem blieb ihm fast das Herz stehen, als er an einer Straßenecke anhielt, um zu warten, daß die Ampel auf Grün umsprang, und hinter sich eine Stimme rufen hörte »Du bist tot, Mann!«

Er drehte sich um und sah an einem öffentlichen Fernsprecher einen Mann in einem Anzug und mit einer Aktentasche zwischen den Füßen stehen, der in den Hörer brüllte.

»Nein! Nein, du hörst mir zu!« schrie der Mann. »Du bist erledigt, hörst du? ... Ja, das ist ... Du willst wissen, woher ich das weiß? Weil ich dich Arschloch eigenhändig umbringen werde!«

Der Mann lauschte einen Moment der Person am anderen Ende der Leitung, setzte zu einer Erwiderung an und brüllte dann: »Scheiße!« Er sah sich suchend um, und sein Blick fiel auf Jimmy. »Hey!« rief er.

»Ja bitte?« entgegnete Jimmy und wischte sich den Regen aus dem Gesicht.

»Kannst du einen Dollar wechseln?«

Die Ampel war gerade auf Grün umgesprungen, und Jimmy konnte das Hotelschild auf der anderen Straßenseite sehen. Er war naß bis auf die Knochen und todmüde. Er wollte nur endlich ins Warme und Trockene. Aber der Mann klang so verzweifelt, daß es schwerfiel, seine Bitte zu ignorieren. Seufzend stellte er sein Gepäck ab und kramte in seiner Hosentasche nach Münzen. Er zählte gerade einen Dollar ab, als ein Mann in einem gelben Regenmantel auf einem Fahrrad um die Ecke schoß und in sein Gepäck raste, das durch den Aufprall auf die überflutete Straße geschleudert wurde. Der Fahrradfahrer fing sich wieder und bedachte Jimmy mit einem Schwall von Flüchen, ehe er ebenso schnell, wie er gekommen war, den Block hinunter verschwand.

Der Zusammenstoß hatte jedoch seine Spuren an Jimmys Seesack hinterlassen. Das Segeltuch war aufgeplatzt, und Jimmys Habe lag auf der Zweiundvierzigsten verstreut. Seine Zeichnungen – sein Lebenswerk, das er so sorgfältig eingerollt hatte, um es Erica Thrall zu zeigen – waren über die ganze Straße verteilt. Er stürzte auf die Fahrbahn und hetzte hakenschlagend über den Asphalt, um die Bilder aufzusammeln, bevor sie unter den Rädern des anfahrenden Verkehrs vernichtet werden würden. Nachdem er auch das letzte Bild aufgehoben hatte, stolperte er zurück an den Straßenrand.

»Was ist jetzt?« Der Mann am Telefon wartete immer noch auf das Kleingeld.

Jimmy warf ihm einen Vierteldollar zu. *Willkommen in New York*, dachte er bitter. Haie zu fangen war das reinste Zuckerschlecken im Vergleich dazu, im Big Apple zu überleben.

Kapitel 6

Der Empfang, der ihm am folgenden Morgen in der Thrall Gallery bereitet wurde, entsprach ganz und gar nicht seinen Erwartungen. Eine der dürren jungen Frauen vom Vorabend führte ihn wortlos in Erica Thralls steif eingerichtetes, reinweißes Büro. Die Galerieinhaberin saß an einem sehr modernen weißen Schreibtisch und sprach auf Französisch in ein kleines schnurloses Telefon. Sie hatte sich die Brille auf die Stirn geschoben, und an ihren Ohrläppchen baumelten Diamantohrringe. Mehrere breite goldene Armreifen klirrten an ihrem Handgelenk, als sie immer wieder denselben Stapel bereits perfekt aufeinandergeschichteter Unterlagen auf dem ansonsten leeren Schreibtisch zurechtrückte.

Owen Tulp saß ihr gegenüber in einem der zwei Besucherstühle. Er lächelte, als Jimmy hereinkam, und zeigte auf seine leicht geschwollene Nase. Wie sich herausstellte, arbeitete Owen in der Galerie.

Nach einer scheinbar endlos langen Zeit beendete Erica Thrall endlich ihr Telefonat. Ohne kostbare Zeit auf irgendwelche Nettigkeiten zu verschwenden, wandte sie ihre Aufmerksamkeit der Begutachtung von Jimmys Arbeiten zu.

Sie runzelte ärgerlich die Stirn, als sie das oberste

Gemälde sah, ein Ölbild von Joes rostigem Truck. »Nein.« Verächtlich legte sie die Leinwand beiseite und sah die restlichen Arbeiten durch, wobei Owen ihr über die Schulter schaute. »Nein«, sagte sie kopfschüttelnd zu jedem der Bilder, die er als seine besten Stücke betrachtete. »Nein. Niemals.«

Was immer Erica Thrall Mrs. Dinsmoor versprochen haben mochte, sofern die alte Dame überhaupt seine heimliche Gönnerin war, schien sie dies inzwischen wieder vergessen zu haben.

Zu bestürzt, seine Enttäuschung zu verbergen, sagte Jimmy: »Ich verstehe nicht.«

»Das sind hübsche Bilder. Brav und unschuldig.« Erica Thrall schnitt eine Grimasse. »Haben Sie schon einmal daran gedacht, in die kommerzielle Kunst zu gehen, Darling?«

»Keine Gefahr«, sagte Owen. »Das ist das Ende des Jahrtausend, um Himmels willen.«

Gefahr? Jahrtausend? Jimmy schüttelte den Kopf. Wovon zum Teufel sprach Owen eigentlich? Gefährlich war ein verletzter Hai, der einen angriff, wenn der Elektroschocker ausgefallen war. Gefährlich war es, in einem Gewitter draußen auf See zu sein, gefährlich war ein Hurrikan, der ohne Vorwarnung auf die Küste zuraste.

»Was ist denn das?« fragte Erica Thrall plötzlich. Sie starrte auf ein Bild, das er von den Rhinebold-Schwestern gemalt hatte, als sie noch auf der High School gewesen waren. Die Leinwand war nach dem Mißgeschick am vergangenen Abend fleckig und rissig. Die Ölfarbe war stellenweise abgesplittert, und ein Reifenabdruck verunzierte die obere linke Ecke.

»O Scheiße.« Jimmy griff hastig nach dem Bild. »Das sollte nicht ...«

»Es ist großartig«, erklärte Erica Thrall.

»... ganz unten sein, sondern ganz oben liegen«, improvisierte Jimmy.

Sie hielt das Bild so, daß Owen es begutachten konnte. »Ausgezeichnet«, pflichtete er ihr bei.

»Das ist ...« Jimmy suchte nach einer Erklärung für die Divergenz zwischen seinen beiden Stilen. »Ich arbeite seit einiger Zeit an dieser neuen Technik ...«

»Wunderbar.« Erica Thrall nickte begeistert. »Haben Sie noch mehr davon?«

»Mehr?«

»Mehr Bilder wie dieses. Haben Sie noch mehr solcher Bilder?« fragte sie ungeduldig.

Er schnappte den Bilderstapel und sah ihn durch.

»Ich möchte nur Porträts«, sagte die Galerieinhaberin. Das Telefon klingelte. »Einen Moment bitte ...« Sie griff nach dem Handy. »Liebchen! Guten Morgen! Hast du immer noch diesen Picasso? Den rot-grünen?«

Verdammt! Es war sonst nichts dabei, das ihren kritischen Test bestehen würde. Soviel zu seiner brillanten Künstlerkarriere. Ach, was soll's, sagte er sich. Er liebte seine Arbeit als Fischer und nach allem, was er bisher gesehen hatte, war ein Leben in New York so erstrebenswert nicht. Er würde bleiben, bis ihm das Geld ausging, Estella suchen und sich vielleicht sogar bemühen, sie zu überreden, mit ihm zurück nach Cortez zu kommen. Er sackte auf seinem Stuhl in sich zusammen und wappnete sich in Gedanken dafür, Erica Thrall die schlechte Nachricht zu verkünden.

»Ich glaube nämlich, daß ich einen Interessenten gefunden habe«, teilte sie der Person am anderen Ende mit.

Owen begegnete seinem Blick und formte mit den Lippen stumm die Worte *Keine Angst.*

»Das kann ich noch nicht sagen«, fuhr Erica Thrall fort. »Nur den Picasso. Sprechen Sie mit ...« Sie nickte und fuhr dann fort. »Fabelhaft. Danke.« Sie beendete das Gespräch und wandte sich ihm erwartungsvoll zu. »Entschuldigen Sie die Unterbrechung. Wo waren wir stehengeblieben?«

Er schüttelte den Kopf. »Es sind keine weiteren Porträts dabei.«

Sie warf Owen einen Blick zu und zuckte die Achseln, als wolle sie sagen: Was soll ich jetzt tun? Dann beugte sie sich über den Schreibtisch und sagte nicht unfreundlich: »Hören Sie, Darling, Geschmack ist eine sehr persönliche Angelegenheit. Jemand anders ist vielleicht von allen Bildern begeistert. Dieses eine Gemälde entspricht einer Richtung, die meiner Klientel gefallen wird. Liefern Sie mir noch, sagen wir fünfzehn solcher Porträts, und ich denke, ich kann Ihnen weiterhelfen. Ich hätte aber auch vollstes Verständnis dafür, wenn Sie es vorziehen würden, mit einer anderen Galerie zusammenzuarbeiten.«

Aber keine andere Galerie hatte Interesse an seiner Arbeit bekundet. Hier stimmte etwas nicht. Er erinnerte sich noch genau an das, was Ragno gesagt hatte: »Meine Klientin, Erica Thrall, möchte sie zu einer Exklusivausstellung in ihrer Galerie nach New York holen.« War sie nicht verpflichtet, sich an ihr Versprechen zu halten?

»Nun?« fragte sie.

Jimmy hatte sich in seinen siebenundzwanzig Jahren schon manchem Risiko gestellt, darunter der Begegnung mit einem entflohenen Sträfling. Und doch machte ihm irgend etwas an Erica Thrall mehr angst als alle lebensbedrohlichen Situationen in seinem bisherigen Leben zusammen. Sie kam ihm fremdartiger vor als jeder Fisch, den er je gesehen hatte. Er wollte sie an ihr Versprechen erinnern, aber da sie ihn einschüchterte, sagte er nur: »Es könnte Monate dauern, fünfzehn neue Bilder zu malen.«

Sie zuckte die Achseln. »Lassen Sie sich alle Zeit, die Sie brauchen. Ich bin derzeit ohnehin ziemlich ausgebucht. Wer weiß? Vielleicht finden Sie hier neue Inspiration.« Das Telefon klingelte erneut. »Denken Sie darüber nach. Melden Sie sich wieder bei mir, sobald Sie ...«

»Ich werde es tun«, unterbrach er sie und überraschte sich selbst. »Ich kann es schaffen.«

»Gut. Holen Sie sich von Marci einen Vertrag«, sagte sie zu Owen. Dann wandte sie sich wieder Jimmy zu. »Rufen Sie mich an, wenn Sie fertig sind.« Sie griff nach dem Telefon. Die Besprechung war beendet.

Die Wirklichkeit holte ihn ein, sobald er die Galerie verlassen hatte. Jimmy stürmte die Siebenundfünfzigste Straße hinunter, ohne einen Schimmer zu haben, wohin er ging und was er tun sollte. Das Gewitter vom Vorabend war vorbeigezogen, und die Sonne schien. Auf dem Gehweg drängten sich so viele Fußgänger, daß es eine Weile dauerte, ehe er registrierte, daß Owen an seiner Seite war. Er freute sich über die Gesellschaft, weil er einiges zu sagen hatte und Owen der einzige Mensch in New York war, den er kannte.

»Für wen zum Teufel hält die sich eigentlich?« fragte er seinen neuen Freund. »Wie kann sie mich den ganzen Weg bis hierher anreisen lassen, und mir dann die kalte Schulter zeigen? ›Geschmack, Darling.‹ Wie würde ihr wohl das hier schmecken?« Er zeigte Owen in einer obszönen Geste den Mittelfinger und beschleunigte sein Tempo.

»Wohin gehen Sie?« fragte Owen, der sichtlich Mühe hatte, mit Jimmy Schritt zu halten, keuchend.

Jimmy funkelte ihn böse an. »Ich weiß es nicht. Ich dachte, ich sehe mir vielleicht eine Show an. Ziehe durch ein paar Clubs.« Dann verließ ihn der Mut, und er gab achselzuckend zu: »Nach Hause. Im übrigen könnten wir uns ruhig duzen, oder?«

»Wenn du jetzt zurückgehst, kommst du nie wieder. Du mußt bleiben«, sagte Owen eindringlich.

Jimmy lachte bitter. Owen hatte gut reden. Seine Familie war reich, er hatte einen Job, die richtigen Kleider und Beziehungen. »Willst du mich solange aushalten?«

Owen klopfte ihm freundschaftlich auf den Rücken. »Vielleicht. Ich weiß, wie du richtig Kohle machen kannst. Kostet mich nur einen Anruf. Das wird dich nur ein paar Wochen Arbeit kosten. Aber das muß unter uns bleiben. Mir wäre es lieber, wenn die Thrall nichts davon erfährt.«

Ein händchenhaltendes Paar stieß mit Jimmy zusammen, als er abrupt stehenblieb und Owen ungläubig anstarrte. Der Mann warf ihm einen bösen Blick zu und schien eine Schlägerei anfangen zu wollen, aber die Frau zog ihn weiter. Jimmy schob Owen aus dem Passantenstrom und fragte: »Was ist das für eine Arbeit?«

»Ein Porträt. Ich kann dafür sorgen, daß du viel Geld dafür bekommst, ein Porträt zu malen.«

Obgleich Jimmy kein logischer Grund einfiel, warum er Owen Tulp trauen sollte, glaubte er fest daran, daß Owen sein Versprechen, ihm Arbeit zu beschaffen, wahr machen würde. Vielleicht bewog ihn reine Verzweiflung, sein Vertrauen in jemanden zu setzen, der für ihn praktisch ein Fremder war. Vielleicht lag es aber auch daran, daß ihre Bekanntschaft mit Estella sie verband. Tatsache war, daß er in New York bleiben wollte, zumindest solange, bis er Erica Thrall bewiesen hatte, was er konnte. Sie hatte ihn herausgefordert, und er hatte sich noch jeder Herausforderung gestellt. Er wollte sich ihr beweisen. Und er wollte sich Estella beweisen. Und vielleicht, mit etwas Glück, würde Owen ihn zu ihr führen.

Er beschloß, die Stadt zu erkunden, bis Owen sich bei ihm meldete. Er verbrachte die folgenden zwei Tage damit, sich soviel als möglich von der Stadt anzusehen: Die Upper East Side mit all ihren alteingesessenen reichen Familien und Schickimicki-Boutiquen; SoHo, das In-Viertel Downtown, wo schwarze Jeans und Lederjacke Standardkluft all jener zu sein schienen, die in der Kunst- und Modewelt Fuß fassen wollten; den Times-Square-Bezirk mit seinen bunten Lichtern und seiner hektischen Betriebsamkeit; das Empire State Building, die Freiheitsstatue und den Central Park, wo er glückliche Stunden damit verbrachte, von einem überraschend friedlichen Fleckchen Grün mit Namen Sheep Meadow aus die Cityskyline zu zeichnen. Am besten gefielen ihm die vielen Museen – das Metropolitan, das Museum of Modern Arts und das Guggenheim –, wo er von den riesen Sälen voller Meisterwerke, deren Schönheit sämtliche seiner Erwartungen noch bei weitem übertraf, gleichzeitig inspiriert und entmutigt wurde.

Er kam gerade vom Metropolitan zurück, als Owen anrief und ihm mitteilte, daß er am kommenden Abend mit einem Mann namens Walter Plane verabredet sei. Owen erklärte, daß Walter sich für einen großen Kunstmäzen hielt und genügend Geld hatte, eine ganze Armee von Künstlern zu unterhalten. Außerdem habe er viele Winter in Florida verbracht und würde jemandem, der versuchte, dem zu entkommen, was Plane gern als »hinterwäldlerische Südstaatenmentalität« beschrieb, besonders wohlgesonnen sein.

Jimmy sollte sich mit Plane im Metropolitan Club in der East Sixtieth treffen. Er würde ihn im Fitneßraum vorfinden, wo er gerade sein Training abgeschlossen haben würde. Ja, gab Owen zu, das wäre tatsächlich ein ungewöhnlicher Treffpunkt. Aber Plane wäre auch ein sonderbarer Kauz. Ach ja, und da wäre noch etwas. Plane war ebenfalls mit ihrer gemeinsamen Freundin Estella Dinsmoor bekannt.

Der Fitneßraum war mit einer beeindruckenden Anzahl modernster Bodybuildinggeräte ausgestattet, aber Walter Plane befand sich nicht unter den Männern, die dort trainierten. Jimmy sah unter den wachsamen Blicken eines uniformierten Angestellten in der Umkleide nach und fand Plane schließlich in einem Schwimmbecken olympischer Ausmaße, in dem er seine Bahnen schwamm. Jimmy schätzte Plane auf Mitte Vierzig, und nach allem, was Jimmy von dem Körper sehen konnte, der sich im Schmetterlingsstil durch das Wasser arbeitete, war er ein kraftvoller, gutgebauter Mann mit breiten, muskulösen Schultern.

Sie waren für sieben Uhr verabredet, aber es war fast halb acht, als Plane sein Schwimmtraining beendete und aus dem Pool stieg, wobei er Jimmys Schuhe durchnäßte.

Ein Clubmitarbeiter eilte herbei, um Plane ein riesiges Handtuch um die Schultern zu legen, und zog sich sofort wieder diskret zurück. Plane strich sich das lichter werdende Haar zurück und musterte Jimmy mit unverhohlener Neugier.

»Sie sehen aus wie ein Künstler«, sagte er abschließend.

Jimmy hatte das Gefühl, daß Plane das nicht als Kompliment meinte. Er öffnete den Mund, um sich vorzustellen. »Ich ...«

»Lassen Sie sich von Edward ein Jackett geben und kommen Sie dann zu mir in den Speisesaal«, fiel Plane ihm knapp ins Wort und ging an ihm vorbei zum Umkleideraum.

»Wie Sie meinen«, sagte Jimmy in die Leere, wo Plane noch vor einer Sekunde gestanden hatte. Aber wer war Edward? Und warum brauchte er ein Jackett?

Als er Edward, der sich als stellvertretender Restaurantmanager entpuppte, endlich gefunden und seine Lederjacke gegen ein marineblaues Sakko mit zu kurzen Ärmeln getauscht hatte (»Weil unsere Kleiderordnung es so verlangt«, hatte Edward ihm steif erklärt.), saß Walter Plane bereits im elegant dekorierten Speisesaal des Clubs. Obwohl der Raum gut zur Hälfte besetzt war, sprachen die Gäste so still und leise, daß Jimmy sich, als er Edward über den dickflorigen Teppich zu Planes Tisch folgte, zwang, ein Niesen zu unterdrücken, um die gedämpfte Atmosphäre nicht zu stören.

Aber er konnte nicht anders, als die schweren elfenbeinfarbenen Vorhänge mit den roten Samtkordeln zu bewundern, die an den Fenstern hingen, und über die passenden elfenbeinfarbenen Tüchern auf den Tischen zu staunen, die mit feinstem, goldgerändertem Porzellan, blitzendem Silberbesteck und mehreren unterschiedlich großen Kristallgläsern vor jedem Teller eingedeckt waren. Riesige Ölgemälde, allesamt mit nautischen Motiven, bedeckten die Wände, und von der Decke hing ein glitzernder Kristallüster herab. Flackernde Kerzen in den verschnörkelten Haltern verstärkten noch die Illusion, daß die Gäste ins vergangene Jahrhundert versetzt worden waren.

Owen hatte ihm erzählt, daß Plane so gut wie zugestimmt hatte, ein Porträt von sich in Auftrag zu geben, und er Jimmy nur kennenlernen wollte, um sicherzugehen, daß sie miteinander auskamen in den Stunden, die es dauern würde, die Vorabskizzen anzufertigen. Es bestünde kein Grund zur Sorge, hatte Owen ihm versichert. Plane wäre faktisch soweit, auf der gestrichelten Linie zu unterschreiben.

Drei Tage zuvor, frisch aus dem Flieger, hätte er Owens Rat vielleicht befolgen können. Aber in der kurzen Zeit, die Jimmy in New York verbracht hatte, war er dem Charme der Metropole erlegen. Auf seinen Wanderungen durch die Straßen hatte er den Puls der Stadt gefühlt, das Summen ihrer Energie gehört, ihre verschiedenen Geschmäcker gekostet. Er wollte bleiben und alles kosten, was diese Stadt zu bieten hatte. Nach Cortez konnte er immer noch zurückkehren. Der Job an Bord von Joes Fischerboot war ihm auf Lebenszeit sicher. Plane jedoch stellte eine Chance dar, ein völlig neues Leben kennenzulernen und sich den Kindertraum zu erfüllen, von dessen Existenz er bis jetzt nichts geahnt hatte.

Und so konnte er nicht anders, als nervös zu sein, als

er sich Planes Tisch näherte. Aber Owen hatte nicht erwähnt – vielleicht hatte er es selbst erst erfahren, als es bereits zu spät war, ihn zu warnen –, daß er und Plane beim Abendessen nicht allein sein würden. Jimmy stieß als letzter zu der Gruppe, zu der neben Owen und Plane noch Lois Marx, eine Frau mittleren Alters mit Pferdegesicht und wieherndem Lachen gehörte, sowie eine hübsche junge Frau namens Estella, die aussah wie eine Prinzessin und ihn begrüßte wie einen verschollenen Freund, nach dem sie ihr ganzes Leben gesucht hatte.

Ob aus Zufall oder absichtlich, der einzige noch freie Stuhl war der neben ihrem, und Jimmy mußte seine ganze Selbstbeherrschung aufbieten, nicht ihre Hand zu ergreifen. Die Jahre, die sie in Europa verbracht hatte, hatten sie gezeichnet. In den zehn Jahren, seit er sie das letzte Mal gesehen hatte, hatte sie sich von einem bemerkenswert hübschen Mädchen in eine junge Frau formvollendeter Klasse und Grazie verwandelt. Aber er würde sich gedulden müssen, sie neu kennenzulernen, da Walter Plane eine Geschichte erzählen wollte und es offensichtlich gewohnt war, seinen Willen durchzusetzen.

Er hatte für alle Rotwein bestellt, und während er sprach, schenkte ein Ober Jimmy ein, ohne sich vorab nach seinen Wünschen zu erkundigen.

»Vor langer Zeit lebten einmal zwei brillante Künstler«, begann Plane. »Wahre Genies, alle beide. Eines Tages war einer der beiden Künstler im Wald und malte, als er plötzlich ein kleines Hündchen erblickte, das sich verirrt hatte und winselte.«

»Ein Welpe?« fragte Owen.

»Bitte.« Plane runzelte die Stirn, verärgert über die Unterbrechung. Der zurechtgewiesene Owen griff nach seinem Glas und leerte es zur Hälfte.

»Der Maler nahm den kleinen Hund also auf den Arm«, nahm Plane den Faden wieder auf, »und brachte ihn zurück in die Stadt, um seinen rechtmäßigen Besitzer zu suchen. Wie sich herausstellte, handelte es sich hierbei um den Prinzen, den Herrscher über das gesamte Königreich.«

Er begegnete Jimmys Blick und zwinkerte ihm zu. »Der Künstler übergab dem dankbaren Prinzen seinen bereits schmerzlich vermißten Hund. Der Name des Malers war Michelangelo. Von dem zweiten Maler hörte man nie wieder.«

Lois applaudierte, und Owen lachte anerkennend. Plane blickte auf Estella, die wie gebannt auf die Gemälde ihr gegenüber starrte. Jimmy sah, wie Plane über den Tisch langte und ihren bloßen Arm berührte. Estella schaute ihn an und lächelte, aber Jimmy konnte an ihren Augen ablesen, daß seine Geschichte sie ebensowenig amüsiert hatte wie ihn selbst.

»Das ist so wahr, Walter«, bemerkte Lois, um das lastende Schweigen zu brechen. »Ich erinnere mich, daß de Kooning mir einmal erzählt hat . . .«

»Das reicht, Lois. Wir alle kennen deine De-Kooning-Geschichten«, unterbrach Owen sie seufzend.

Jimmy fischte seine Zigaretten aus der Jackettasche und sah, daß nur noch eine übrig war. Er wollte sie gerade anzünden, als er bemerkte, daß Estella sie unverwandt anstarrte. »Möchtest du sie?« fragte er.

Sie schüttelte den Kopf. »Es ist deine letzte.«

»Nimm sie«, sagte er. Die Zigarette war gar nichts.

Wußte sie denn nicht, daß er ohne Zögern sein Leben für sie gegeben hätte?

Er lehnte sich vor, um ihr Feuer zu geben, und als er das Streichholz anriß, legte sie die Hände um seine. Die Geste war so selbstverständlich und doch so intim, daß es ihm vorkam, als würde die Luft zwischen ihnen plötzlich knistern vor Spannung.

Sie inhalierte tief und gab ihm die Zigarette dann zurück. Sie ließ sich nicht anmerken, ob sie den ärgerlichen Blick bemerkt hatte, mit dem Plane den Austausch verfolgte. Er schnippte mit den Fingern und zeigte dem Ober die leere Zigarettenpackung. Seine Botschaft war klar: Wenn es nach ihm ging, würde Estella ihre eigenen verdammten Zigaretten rauchen. Und geht es nach ihm? fragte sich Jimmy. Sind die beiden ein Paar? Oder existiert ihre Beziehung nur in Planes Phantasie?

Plane wandte sich ihm zu und sagte: »Sie sind auch aus Florida?«

Er nickte.

»Ist das nicht wunderbar?« ließ sich Owen vernehmen.

»Ich habe als Kind zu viele Winter in Palm Beach verbracht«, knurrte Plane.

»Jimmy und ich waren Kindheits ...« Estella lächelte Jimmy an. »Was genau waren wir eigentlich? Ich schätze, du warst wohl meine erste Liebe.«

»Wenn du es sagst«, entgegnete er und hoffte, daß er sich gelassener anhörte, als er sich fühlte. Er hatte ewig darauf gewartet, sie diese Worte sagen zu hören. Es gab so vieles, was er sie fragen und ihr sagen wollte. Er wollte allein mit ihr sein, fort von all diesen Leuten. Fort von Walter Plane, der Estella anstarrte, als wäre sie sein Eigentum.

Estella schien sich Planes Irritation nicht bewußt. Den Blick immer noch auf Jimmy gerichtet, sagte sie: »Er hat ein Porträt von mir gemalt, als ich zehn Jahre alt war. Es war wunderschön.«

»Ich habe auch mal für ein Porträt Modell gesessen. Eine elektrisierende Erfahrung«, verkündete Lois.

»Großartig, du hast mit de Kooning geschlafen«, bemerkte Owen. »Können wir jetzt zur Tagesordnung übergehen?«

Jimmy erwiderte Estellas Blick. Es war ihm gleich, daß er sich möglicherweise seine Chance verdarb, für Plane zu arbeiten und so in New York als Künstler Fuß zu fassen. »Ich würde dich gern wieder malen«, sagte er.

»Wirklich?« Estellas Frage war wie eine Liebkosung.

»Ich würde gern dein Porträt malen.«

Sie drehte sich leicht zur Seite und fragte Plane: »Was meinst du, Liebster?«

Ein Schlag ins Gesicht hätte ihn nicht mehr schmerzen können, als zu hören, wie sie Plane mit dieser intimen Anrede ansprach.

Lois, die zu empört war von Owens letztem Kommentar, um der weiteren Unterhaltung zu folgen, verkündete mit einem Mal laut: »Ich habe nie mit Willy geschlafen!«

Aber sie hätte ebensogut zu sich selbst reden können. Aller Augen, einschließlich Owens, waren auf Plane geheftet. Der nippte bedächtig an seinem Wein und sagte: »Kommt drauf an. Berechnen Sie Ihr Honorar nach Quadratzentimetern oder Stunden?«

Owen, der an diesem Abend in die Rolle des professionellen Schmeichlers geschlüpft war, lachte herzlich. Estellas Züge blieben ausdruckslos.

Verblüfft von Planes Frage, entgegnete Jimmy: »Wie bitte?«

Plane nahm eine Brotstange und brach sie entzwei. »Berechnen Sie den Preis für Ihre Arbeit nach der Größe – Sie wissen schon, nach Zentimetern – oder nach der Zeit, die Sie brauchen, um sie fertigzustellen?«

Owen lachte erneut, diesmal lauter, und Lois stimmte mit ein. Estella schenkte Plane ein nachsichtiges Lächeln. Jimmy versuchte, belustigt dreinzublicken, vermochte seine Verletztheit und seinen Zorn jedoch kaum zu verbergen.

Für den Rest des Abendessens schaltete er den Autopiloten ein, antwortete höflich, wenn jemand eine Frage an ihn richtete, und nickte und lächelte, wenn es angebracht erschien. Aber unter der Maske der Freundlichkeit kochte er vor Wut und Verwirrung. Estella spielte wieder ihre alten Spielchen. Zwischen ihnen hatte sich nichts geändert. Sie hatte ihn in Sicherheit gewiegt, um sich dann daran zu weiden, wie er brutal auf den Boden der Tatsachen zurückgeholt wurde.

Er erinnerte sich an das, was Mrs. Dinsmoor an jenem Tag unten am Strand gesagt hatte: »Estella wird Männer zum Weinen bringen.« Aber nicht Jimmy Bell. Er war nicht gewillt, ihretwegen auch nur eine Träne zu vergießen. Es interessierte ihn nicht, was zwischen ihr und Walter Plane lief. Zum Teufel mit Plane, und zum Teufel mit ihr.

Er konnte es kaum erwarten, von ihnen wegzukommen. Als Plane vorschlug, sie sollten im Salon des Clubs noch einen Cognac trinken, lehnte er dankend ab und sagte, er hätte bereits andere Pläne. Dann stürmte er aus dem Club und überlegte sich ausgeklügelte, unmögliche Rachepläne, um sich an Plane zu rächen – wenngleich er selbst nicht so recht wußte, wofür. Und was Estella betraf, er hatte seine Gefühle für sie schon einmal begraben. Und er würde es wieder tun, diesmal aber so tief, daß sie niemals wieder hervorbrechen konnten, um ihn zu quälen.

Er war bereits zur Hälfte den Block herunter, als er jemanden rufen hörte. »Sir! Entschuldigen Sie bitte, Sir!« Er blickte zurück und sah einen der Ober aus dem Restaurant hinter ihm herlaufen. »Was wollen Sie?« fragte er, als der Mann näherkam.

»Das Jackett, Sir.« entgegnete der Ober.

Die ultimative Demütigung: Er riß sich das Jackett vom Leib, tauschte es gegen seine eigene Lederjacke und tauchte dann mit großen Schritten in die Nacht ein.

Er schlief und träumte von Estella. Sie tanzte bei Sonnenuntergang mit ihm am Strand. Der Himmel war eine wolkenlose Palette von Rosa- und Blautönen, und sie lag in seinen Armen, und ihre Lippen streiften immer wieder seine Wange. Er konnte nicht aufhören, sie zu küssen, und sie schien nicht zu wollen, daß er aufhörte. Er war so glücklich – er konnte sich nicht erinnern, je so glücklich gewesen zu sein – und er fühlte tiefe, aufwallende Dankbarkeit gegenüber Mrs. Dinsmoor, dafür, daß sie sie wieder zusammengeführt hatte. Plötzlich stieg ein Mann aus dem Wasser und kam auf sie zu. Er bewegte sich sehr langsam, als hätte er Schmerzen, und dann sah Jimmy, daß seine Hände an seine Taille gekettet waren.

Der Mann trug einen dunklen Anzug und eine Krawatte, so wie Walter Plane beim Abendessen. Jimmy wußte – so wie man in Träumen Dinge einfach weiß –, daß Estella ihn eingeladen hatte. Er war wütend auf sie:

warum mußte sie ihren bis dahin perfekten Abend verderben? Warum mußte sie immer alles verderben? Aber als der Mann näherkam, erkannte Jimmy, daß es nicht Plane war, sondern Onkel Joe, der ihn nach Cortez zurückholen wollte.

Joes eiserne Fesseln klirrten. Jimmy schlug die Augen auf. Im ersten Moment wußte er nicht, wo er sich befand. Dann fiel ihm ein, daß er in New York war, im Carter Hotel. Er stöhnte leise. Er wollte zurück an den Strand und Estella wieder im Arm halten. Aber jetzt war er zu wach, und das Geräusch, das er in seinem Traum gehört hatte, war real – das Quietschen des Türknaufs seiner Zimmertür. Er versuchte, die Schläfrigkeit abzuschütteln, und sah, wie die Tür gerade weit genug geöffnet wurde, daß jemand hereinschlüpfen konnte. Die Tür schloß sich wieder, und ein Zimmerschlüssel landete auf der Bettdecke. Jimmy setzte sich auf und sah, daß Estella am Fußende seines Bettes saß.

»Nun?« sagte sie, als wäre es das Normalste der Welt, daß sie in seinem schäbigen Hotelzimmer saß, zurechtgemacht für eine lange Nacht in den feinen Clubs der Stadt.

»Was tust du hier?« fragte er und tastete nach seiner Armbanduhr.

Estella ging zum Fenster und öffnete die Klappläden. Strahlendes Sonnenlicht strömte durch die Lamellen. Er starrte blinzelnd zu ihr auf und versuchte zu begreifen, was er sah. Die Sonne schien. Es mußte bereits Morgen sein. Warum trug sie dann dieses verführerische kurze Kleidchen? Und noch wichtiger: Was machte sie hier?

Sie nahm seinen Zeichenblock und einen Stift vom Tisch und reichte ihm beides. Dann nahm sie seine

Kleider von dem Stuhl, der dem Bett gegenüber stand, setzte sich und schlug die Beine übereinander. »Zeichne mich«, forderte sie ihn auf.

Er rieb sich den Schlaf aus den Augen und gähnte. »Jetzt?«

»Du bist engagiert. Du hast den Job.«

Er mußte dringend auf die Toilette. Er brauchte eine Tasse Kaffee und wünschte, sie hätte daran gedacht, ihm welchen mitzubringen. Er war versucht, ihr zu sagen, sie solle sich zum Teufel scheren. Statt dessen lehnte er sich in die Kissen und begann, ihr Gesicht zu skizzieren. Ihre Züge waren ihm schmerzlich vertraut und doch hatten sie sich – natürlich – verändert, waren zu denen einer erwachsenen Frau gereift. Der Babyspeck an ihren Wangen war verschwunden; ebenso der schmollende Zug um den Mund. Ihre Augen verrieten immer noch sehr wenig über das, was sie fühlte, aber er glaubte doch, in ihnen eine Weichheit, eine Art Verwundbarkeit zu sehen, die früher nicht dagewesen war.

Einige Minuten verstrichen. Dann sagte sie: »Das ist langweilig. Laß uns einen Akt daraus machen.«

Er sah zu wie sie ihre Schuhe auszog und dann langsam ihr Kleid aufknöpfte. Sie ließ es zu Boden gleiten und hielt dann inne, wie um ihm Gelegenheit zu geben, sie halbbekleidet zu betrachten. Er sagte kein Wort, als sie ihren BH aufhakte und ihren Slip abstreifte. Dann stand sie nackt vor ihm, eine goldene Göttin im Morgenlicht. »Willst du, daß ich stehenbleibe oder soll ich mich setzen?« fragte sie.

Er wollte sie auf jede erdenkliche Art. Er schluckte hart. »Egal. Wie du willst. Beides.«

Sie blieb stehen. Er hob den Stift, legte sich den

Zeichenblock auf die Knie und versuchte, sich zu sammeln. Sie trat ans Fenster und blickte hinaus. Staubpartikel wirbelten über ihre Haut, während er anfing, die Konturen ihres Körpers zu zeichnen: Die Rundung ihrer Brust, den Schwung ihrer Hüfte, den Puls, der so sichtbar an ihrem Halsansatz pochte. Er verlor jedes Gefühl für seine Umwelt und blendete sämtliche Geräusche aus, ganz darauf konzentriert, ihr Wesen einzufangen.

Sie hatte eine Pose eingenommen, die er nur zu gut kannte: Ihr Gewicht ruhte auf ihrem rechten Bein, während sie das linke leicht vorgeschoben hatte, so daß ihr Körper ihm leicht zugeneigt war. Anstatt linkisch zu wirken, sah sie in dieser Haltung aus wie eine Tänzerin, die zu einer Reihe von Pirouetten über den Tanzboden ansetzte.

Er sagte sich, daß er sich später, wenn sie gegangen war, gestatten würde, darüber nachzudenken, wie schön sie war und wie verzweifelt er sich danach sehnte, ihre nackte Haut auf der seinen zu fühlen. Aber für den Augenblick, während seine Hand über das Papier flog, mußte er seine Gefühle und Wünsche abstellen. Als er mit der ersten Skizze fertig war, riß er das Blatt aus dem Block und begann sofort mit der nächsten; die Bilder drängten so schnell nach, daß er keine Sekunde den Blick von ihr löste, nicht einmal um zu sehen, was er zeichnete.

Sie wirkte unruhig, ging vom Fenster zum Stuhl und von dort zur Tür, wobei sie vorsichtig über den Stapel Zeichnungen hinwegstieg, die auf dem Fußboden verstreut lagen. Sie hatte sich gerade auf sein Bett gesetzt, als das unverkennbare Zwitschern eines Handys die Stille störte. Sie zuckte die Achseln, wie um sich für die

Störung zu entschuldigen, und kramte das Telefon aus ihrer Handtasche.

»Ja?« sagte sie und runzelte dann die Stirn. »O Mist! Wo? Wann? ... Wo?«

Während sie nackt dasaß und plauderte, fing er den Ausdruck auf ihrem Gesicht so selbstverständlich ein, als hätte er sie schon tausendmal unbekleidet gesehen.

Sie schüttelte den Kopf und sagte: »Nein, geh du nur und ... Genau. Ich komme bald nach ... Ich bin in Midtown.« Sie warf Jimmy einen Blick zu und lächelte. »Bei einem Freund.« Ohne sich von ihrem Gesprächspartner zu verabschieden, stellte sie das Telefon ab und sagte: »Ich habe eine Verabredung zum Frühstück.«

Er ließ den Stift sinken und starrte sie verständnislos an. »Jetzt?«

»Es ist Morgen«, entgegnete sie und schlüpfte hastig wieder in ihre Kleider. »Die Tageszeit, zu der man ein Frühstück gewöhnlich einnimmt.«

»Aber was ist mit ...?« stammelte er.

Sie hatte bereits wieder ihre Schuhe übergestreift und war an der Tür, ehe er an ein Wiedersehen dachte. »Ich brauche noch ein paar Sitzungen.«

»Ich denke, das schaffst du auch aus dem Gedächtnis«, erwiderte sie lächelnd. Dann öffnete sie die Tür und war fort, ließ ihn allein in dem schäbigen Zimmer zurück. Wären die zahlreichen Skizzen auf dem Fußboden nicht gewesen, hätte er vielleicht glauben können, er habe sich ihren Besuch nur eingebildet. Er blinzelte und fragte sich eine verrückte Sekunde lang, ob er sie vielleicht zurückholen konnte wie einen Flaschengeist. Niedergeschlagen hob er eins der Blätter auf und betrachtete seine Arbeit. Und plötzlich wußte er, was er zu tun hatte.

Er zerknüllte das Papier und sprang aus dem Bett. Er stieg in seine Jeans und stürmte so überstürzt aus seinem Zimmer, daß er bereits die Treppe hinunter und in der Hotellobby war, ehe er merkte, daß er die Schuhe vergessen hatte. Aber er konnte keine Zeit darauf verschwenden, kehrtzumachen, und so rannte er barfuß hinaus auf die belebte Straße. Er drehte sich auf der Stelle und hielt Ausschau nach Estella. Als er sah, wie sie gerade an der Straßenecke in ein Taxi stieg, sprintete er den Block hinunter und raste durch den Passantenstrom wie ein Querfeldeinläufer bei den Olympischen Spielen, der es auf eine Goldmedaille abgesehen hatte.

Ihre Hand lag auf dem Griff, und sie wollte gerade die Tür zuziehen, als er sich neben sie auf den Rücksitz fallen ließ.

»Hey!« protestierte der Taxifahrer.

»Ist schon in Ordnung, fahren Sie los«, sagte Estella.

Der Fahrer stellte die Uhr an und raste los.

»Was hast du vor?« fragte Jimmy.

»Nun«, entgegnete sie keck, »ich fahre nach Hause, um mich umzuziehen. Und dann ...«

Er war so wütend, daß er sie am liebsten geohrfeigt hätte. »Du weißt genau, was ich meine. Was tust du mir an?«

Sie zeigte auf seine Füße. »Du hast deine Schuhe vergessen.«

Seine ganze angestaute Bitterkeit und Wut, die er so lange Jahre unterdrückt hatte, daß sie sogar ihn selbst in ihrer Intensität überraschten, brachen aus ihm hervor. »Findest du das witzig?« fragte er barsch und mühsam beherrscht. »Macht es dir Spaß, mir weh zu tun? Was empfindet man dabei, so gefühllos zu sein?«

Sie zuckte zusammen, und es bereitete Jimmy eine gewisse Genugtuung zu sehen, daß es ihm gelungen war, ihren gewöhnlich so undurchdringlichen Panzer zu durchbrechen. Sie wandte das Gesicht von ihm ab, und er zwang sich, zu schweigen und ihre Antwort abzuwarten. Er betrachtete ihr Profil, während sie durch das Fenster die Menschen beobachtete, die in die hoch aufragenden Bürogebäude strömten.

Er wollte gerade ungeduldig das Schweigen brechen, als sie sich ihm wieder zuwandte und leise sagte: »Sagen wir, es gab einmal ein kleines Mädchen, das von dem Augenblick an, da es in der Lage war zu verstehen, gelehrt wurde, das Tageslicht zu fürchten. Ihm wurde gesagt, der Tag wäre sein Feind. Er würde ihr weh tun. Und dann, an einem sonnigen Nachmittag, forderst du dieses Mädchen auf, rauszugehen und zu spielen, und es will nicht. Das kannst du ihm doch nicht verübeln, oder?«

Die Tränen, die sie sich weigerte zu vergießen, stimmten ihn milder. »Ich war da«, entgegnete er und wünschte, er könnte ihren Schmerz fortküssen. »Ich habe das Leben in den Augen des kleinen Mädchens gesehen. Und egal, was du sagst oder tust, ich sehe es immer noch.«

Sie schüttelte den Kopf und blickte wieder aus dem Fenster. »Was du liebst, bin nicht ich, und was du haßt bin nicht ich. Aber beides zusammen bin ich.«

»Das glaube ich nicht. Wir sind hier. Du und ich.« Er legte ihr eine Hand auf die Schulter und drehte sie zu sich herum. »Estella, sieh mich an«, forderte er.

»Ich sehe dich, Jimmy Bell«, sagte sie, und eine Träne, die sie nicht zu unterdrücken vermochte, rann über ihre Wange. »Wir sind, wer wir sind. Wir ändern uns nicht.«

Er wischte die Träne sanft mit einem Finger fort und sagte leise: »Ich kann mich ändern.«

Sie starrte ihn einen Moment unverwandt an, und ihre Züge – die Züge, die er so gut kannte und so sehr liebte – verrieten, wie sehr sie sich danach sehnte, ihm glauben zu können. Aber Mrs. Dinsmoor hatte sie zu gründlich unterwiesen, als daß sie einem Mann hätte trauen können, erst recht nicht einem Mann, der versprach, sie zu lieben. »Nichts ändert sich«, konstatierte sie düster.

Er nahm ihre Hand, und zu seiner Überraschung gestattete sie ihm, die Finger zwischen ihre zu schieben. Sie entzog ihm ihre Hand erst, als das Taxi vor Mrs. Dinsmoors Backsteinhaus in der Dreiundachtzigsten ganz in der Nähe der Park Avenue hielt.

»Also«, sagte sie und stieg aus. Sie zögerte, als ginge ihr etwas durch den Kopf, das sie ihm gern mitteilen würde. Aber dann schloß sie mit einem leichten Kopfschütteln die Tür und sah ihn durch das offene Fenster an. »Danke, daß du mich nach Hause gebracht hast. Du bist immer noch ein wunderbarer Begleiter«, sagte sie.

Er sah ihr nach, als sie über den Gehsteig und ins Haus hastete, bestrebt, dem Tageslicht zu entfliehen.

Offenbar war es sein Besuchertag. Er arbeitete gerade an einer seiner Skizzen von Estella, wobei er von der Spätnachmittagssonne profitierte, als an seine Tür geklopft wurde.

»Herein«, rief er, darauf konzentriert, gelbrosa Aquarellfarbe auf Estellas Schenkel aufzutragen. Als er aufblickte, sah er, daß Estellas Freund über seine Schulter schaute.

»O, hallo ...« Plötzlich konnte er sich nicht mehr an den Namen des Mannes erinnern.

»Walter«, sagte Plane und ließ den Blick über die Dutzende von Aktskizzen von Estella schweifen, die auf Jimmys Bett verstreut lagen.

Jimmy grinste. »Richtig. Hi.« Er reichte Plane die Hand. »Was machen Sie denn hier?«

»Estella hat mir erzählt, daß sie hier war und für Sie posiert hat. Ich war ...« Er zuckte die Achseln und nahm eine der Zeichnungen vom Bett. »... neugierig. Ich hoffe, ich störe Sie nicht bei der Arbeit.«

»Nein, kein Problem.« Jimmy zündete sich eine Zigarette an und sah zu, wie Plane eine Skizze von Estella betrachtete, auf der sie auf der Bettkante saß, zurückgelehnt und auf die Ellbogen gestützt. Sie hatte den Kopf gehoben, und Hals und Schultern wurden durch die Pose betont.

»Wow«, sagte Plane schließlich. »Sie sind wirklich sehr gut.«

Jimmy spürte, daß Plane es aufrichtig meinte. Er glaubte sogar, daß Plane wußte, wovon er sprach. Aber das Kompliment aus dem Mund jenes Mannes, den er als seinen Rivalen betrachtete, bedeutete ihm nichts. Er glaubte keine Sekunde, daß Estella Plane liebte; viel wahrscheinlicher war sogar, daß sie ihn nicht einmal leiden konnte. Aber er war weltgewandt, reich und mächtig, und sie hatte ihn als Mittel zum Zweck ihrer Selbstzerstörung gewählt.

Er erkannte heute viel deutlicher als mit siebzehn, welchen Schaden Mrs. Dinsmoor Estella zugefügt hatte. Vor etwas über dreißig Jahren hatte ein Mann eine einsame Frau mittleren Alters grausam verlassen, die er glauben gemacht hatte, vor ihr läge ein wundervolles neues, glückliches Eheleben. Mrs. Dinsmoor hatte den

Schock nie verwunden und Estella zum Instrument ihrer Rache bestimmt.

»Ich habe ein gutes Modell«, entgegnete er.

»Sie ist unglaublich.« Plane schüttelte den Kopf und nahm auf dem Stuhl Platz. »Ich muß verrückt sein.«

»Warum?« fragte Jimmy, dem nicht entging, daß Plane es sich sehr bequem machte für jemanden, der nicht zum Bleiben aufgefordert worden war. Aber er gehörte wohl zu jenen Leuten, die sich überall wie zu Hause fühlten.

»Zu riskieren, sie zu verlieren.« Er nahm einen Stapel Skizzen vom Bett und blätterte sie durch. »Heiland, sehen Sie sich das an! Und ich kann mich immer noch nicht entschließen? Das ist krank!«

»Auf mich machen Sie keinen kranken Eindruck.«

Plane lehnte sich vor und senkte die Stimme, als wolle er Jimmy eine sehr wichtige und vertrauliche Information mitteilen. »Ich komme mir vor wie einer dieser Klippenspringer. Sie wissen schon, unten in Acapulco. Ich stehe am Rand. Der Wasserstand ist ideal. Der optimale Moment für den Absprung. Und ich glaube, Estella hat mir gerade einen Stoß gegeben.«

Jimmy scherte sich nicht im mindesten darum, was aus Plane wurde, aber er glaubte nicht, daß er jemals aufhören würde, Estella zu lieben. Obgleich er sich vor der Antwort fürchtete, fragte er: »Was meinen Sie damit?«

»Das hier ...« Plane nickte in Richtung der Skizzen. »Sie. Sie versucht, mich wachzurütteln. Das ist mir klar. Ich bedaure, daß Sie mit hineingezogen wurden. Sie will Sie nicht verletzen. Glauben Sie mir, Sie bedeuten Estella sehr viel. So ist sie nun mal, aber ich liebe sie dennoch.« Er seufzte. Dann sah er Jimmy wieder an. »Sie kennen sie, Sie beide sind alte Freunde. Darf ich Sie um Rat bitten?«

Jimmy inhalierte, blies einen Rauchring an die Decke und starrte Plane an. Für jemanden, der so reich war, war er wirklich dämlich. Oder aber er war ein listiger Fuchs.

»Was sollte ich Ihrer Meinung nach tun?« drängte Plane, Jimmys Widerstreben, zu antworten, einfach ignorierend. »Was mich und Estella betrifft. Ich vertraue auf Ihr Urteil.«

Jimmy zog ein letztes Mal an seiner Zigarette, ehe er diese im Aschenbecher ausdrückte. »Ich denke, Sie beide passen perfekt zueinander.«

Plane musterte ihn eindringlich. Sofern er nach Anzeichen dafür suchte, daß Jimmy log, fand er auf seinen Zügen keine. Jimmy sagte die Wahrheit, oder zumindest eine Version der Wahrheit.

»Danke«, sagte Plane schließlich. Er stand auf und klopfte sich die Knitterfalten aus dem Anzug. »Okay, James. Ich werde Sie jetzt wieder arbeiten lassen. Ich danke Ihnen für Ihre Geduld. Sie sind ebenso talentiert wie klug. Ich freue mich schon auf Ihre Ausstellung.«

»Gut.« Jimmy nickte. Er wartete, bis Plane die Tür hinter sich geschlossen hatte, dann nahm er den Stapel Zeichnungen, die solchen Eindruck auf Plane gemacht hatten, und betrachtete sie lange eingehend. Ja, er besaß Talent. Das konnte sogar er in diesen rohen Skizzen sehen. Es hatte der Intervention Jerry Ragnos und seiner gar nicht so anonymen Gönnerin bedurft, die alte Zeichenleidenschaft neu zu wecken. Schon allein dafür war er ihnen zu Dank verpflichtet. Er zweifelte nicht länger daran, daß er seine Ausstellung bekommen würde. Er war fest entschlossen, alles Erforderliche zu tun, diesen Traum wahrwerden zu lassen.

Kapitel 7

Ragno hatte Jimmy im Hotel eine ebenso knappe wie unmißverständliche Nachricht hinterlassen: Er sollte sich am Mittwoch Punkt acht Uhr abends mit dem Rechtsanwalt unter einer Adresse in TriBeCa treffen, einem ehemaligen Industrieviertel am Ende der Lower West Side, das inzwischen »geadelt« worden war. Jimmy traf pünktlich vor dem Gebäude ein, das von außen aussah wie ein altes Lagerhaus. Im ersten Stock war einem Schild an der Wand zufolge die Masala Chai Company untergebracht. Der kräftige, süßliche Duft von Kräutern und Tee begleitete ihn, als er in dem altmodischen Fahrstuhl, der an einen Käfig erinnerte, in den vierten Stock hinauffuhr.

Oben war nur eine Tür, und die stand offen. »Hallo?« rief Jimmy und fragte sich, ob er die Adresse vielleicht falsch notiert hatte.

»Hier herein«, antwortete Ragno.

Er folgte Ragnos Stimme einen schmalen Flur hinunter, der zu einem riesigen, spärlich möblierten Loft führte, wo Ragno und Erica Thrall in ein angeregtes Gespräch vertieft waren.

Ragno winkte ihn herüber. »Nun, was denken Sie?«

»Nett«, entgegnete Jimmy, beeindruckt von der Größe

der Räumlichkeiten. Durch die nach Südwesten ausgerichteten Fenster konnte er die Skyline von Downtown Manhattan sehen sowie die funkelnden Lichter von New Jersey am anderen Ufer des Hudson River. Er stellte sich den Raum bei Tag vor, durchflutet von Sonnenlicht.

»Gut«, sagte Ragno. »Das ist Ihr neues Zuhause.«

Jimmy blickte von ihm zu Erica. »Wovon reden Sie?«

Ragno zeigte auf eine Flasche Dom Perignon in einem Eiskübel auf dem Küchentresen am anderen Ende des Raumes. »Ihre Vernissage findet in zehn Wochen statt.«

»Wenn Sie bis dahin nicht fertig sind«, fiel Erica Thrall hoffnungsvoll ein, »können wir einen anderen Termin . . .«

Jimmy war noch vollauf damit beschäftigt, Ragnos verblüffende Neuigkeit bezüglich seines neuen Studios und seiner neuen Unterkunft zu verdauen. Offenbar hatte Estella Mrs. Dinsmoor davon überzeugt, daß er angemessenere Räumlichkeiten und mehr Geld brauchte. »Ich werde rechtzeitig fertig sein«, versicherte er Erica Thrall hastig.

»Das Datum ist verbindlich«, entgegnete sie in enttäuschtem Tonfall.

»Sie werden hier einziehen«, erklärte Ragno. »Es ist alles da. Lebensmittel, Farben, Leinwand.« Er zählte die einzelnen Posten an den Fingern an. »Wenn Sie sonst noch etwas brauchen, wenden Sie sich an Erica.«

Wenn sie erwartete, daß er den unterwürfigen Bittsteller markierte, hatte sie sich getäuscht. »Gut. Erica, ich brauche Geld«, sagte er und klang dabei, als würde er nur etwas verlangen, das ihm zustand. »Für die Lebenshaltungskosten.«

Sie schürzte mißbilligend die Lippen. »Ich glaube nicht, daß ich dafür . . .«

»Geritzt«, unterbrach Ragno sie. »Was noch?«

»Was ist mit Werbung für die Ausstellung?«

Ragno lächelte Erica Thrall an wie ein stolzer Vater. Sein Gesichtsausdruck war leicht zu deuten: *Der Junge lernt schnell*.

Erica Thrall zeigte sich weniger enthusiastisch. »Niemand hat je von Ihnen gehört. Das könnte schwierig werden.«

Aber Jimmy hatte seine Hausaufgaben gemacht und von Owen Tulp erfahren, daß – vom Talent einmal abgesehen – der Schlüssel zum Erfolg Marketing lautete. Wenn er in einem interessanten Paket präsentiert wurde, war die Wahrscheinlichkeit größer, daß Magazine wie *People* und *W* über ihn berichteten. »Ein Fischer von der Golfküste landet in den Künstlerkreisen von New York City. So oder so ähnlich stelle ich mir den Aufhänger vor.«

»Sind wir vielleicht ein bißchen mediensüchtig?« fragte Erica Thrall, die schon nicht mehr ganz so abweisend klang.

Er lächelte sie an. »Wir lernen schnell.«

Aber noch war sie nicht gewillt, mit ihm Freundschaft zu schließen. Sie zeigte auf den Champagner. »Stoßen Sie ohne mich an. Ich muß dringend weg.« Ihre hohen Absätze klapperten über den nackten Holzboden, als sie ihn mit Ragno allein ließ.

»Sie kann mich nicht ausstehen«, sagte Jimmy, aber noch während er sprach, wurde ihm bewußt, daß ihm das nicht viel ausmachte.

Ragno zuckte die Achseln. »Ein Künstler hat sie hängen lassen. Es war eine Vernissage geplant, aber ...«

Jimmy unterbrach ihn. »Jemand möchte diesen Frosch in einen Prinzen verwandeln.«

»Ich verstehe nicht«, sagte Ragno.

»Sieht aus, als hätte ich eine gute Fee zur Patin.«

»Keine Ahnung.« Ragno klappte den Deckel seiner Aktentasche zu und ließ die Schlösser zuschnappen.

»Wie Sie meinen, Spiderman.« Als er Ragnos verständnislosen Blick sah, erklärte er: »Ragno bedeutet Spinne auf italienisch.«

»Richtig.« Ragno nickte, aber Jimmy sah ihm an, daß der Rechtsanwalt nicht sonderlich daran interessiert war, neue Sprachen zu lernen. »Wir sehen uns bei der Vernissage.«

Er wartete, bis er hörte, wie Ragno die Tür hinter sich zuknallte, ehe er sein neues Heim in Augenschein nahm. Die Wohnung bestand aus einem riesigen Raum, der sich über die gesamte Länge des Gebäudes erstreckte. Hinter einem hohen Paravent an einem Ende des Lofts standen ein Futon und ein Fernseher. Einige prall gepolsterte Sofas, ein Tisch und zwei Lampen kennzeichneten den Wohnbereich, dazu gab es eine schmale Küche, der Rest der Fläche sollte als Atelier dienen. Jimmy hätte sich kein perfekteres Studio vorstellen können.

Nachdem er seinen Rundgang beendet hatte, ließ er den Korken des Dom Perignon knallen und trank direkt aus der Flasche. Der Champagner war schon zur Hälfte geleert, als er beschloß, das ganze Gebäude zu erforschen. Er fuhr mit dem Fahrstuhl in den obersten Stock und entdeckte eine Tür, die auf das Dach führte. Als er durch die Tür nach draußen trat, gönnte er sich noch einen großen Schluck Champagner, und als er an der Dachkante stolperte, wurde ihm bewußt, daß er betrunken war. Er blickte hinunter und vor ihm erstreckte sich New York mit all seiner Verheißung und seinem Schmerz.

Die Stadt lag ihm zu Füßen. Warum fühlte er sich dann innerlich so leer, so verzweifelt? Er hielt die Flasche verkehrt herum über den Rand des Gebäudes und sah zu, wie der letzte Rest Champagner in die Dunkelheit tropfte. Er wünschte, er hätte die Flasche nicht geöffnet, sondern statt dessen für eine besondere Gelegenheit aufbewahrt. Eine Party für einen allein machte keinen Spaß.

Der Schmerz in seiner Brust trieb ihn dazu, zu handeln. Er lehnte sich zurück und schleuderte die Flasche mit aller Kraft ins Dunkel. Sie segelte in einem hohen Bogen durch die Luft und verschwand dann kreisend über den Rand des Daches, hinunter auf die Straße. *Estella*, dachte Jimmy und flüsterte gleich darauf ihren Namen in die Nacht. Aber die einzige Antwort war das durchdringende Heulen der Sirene eines Krankenwagens, der einem anderen zur Rettung eilte.

In den folgenden drei Wochen verließ Jimmy seinen Loft nur einmal täglich für einen zügigen Spaziergang den Broadway hinunter zum Battery Park und zurück. An manchen Tagen war er so in seine Arbeit vertieft, daß er gar nicht aus dem Haus ging. Wenn er hungrig war, ließ er sich chinesische Gerichte bringen oder öffnete eine der Dosen, die Ragnos Sekretärin im Supermarkt für ihn besorgte. Bei den seltenen Gelegenheiten, da das Telefon klingelte, ließ er den Anrufbeantworter laufen. Wenn ihm Farben oder Papier ausgingen, rief er Ragno an, und dieselbe gehetzte Sekretärin, die ihm die Lebensmittel besorgte, lieferte ihm das Gewünschte frei Haus.

Er malte fieberhaft, aus dem Gedächtnis, Porträts all jener Menschen, die ihm im Laufe seines Lebens am meisten bedeutet hatten. Oft wachte er mitten in der Nacht auf und konnte nicht wieder einschlafen. Dann warf er die Bettdecke zurück, griff zum Pinsel und malte bis lange nach Tagesanbruch, um dann irgendwann über der Staffelei einzuschlafen. Er konnte sich nicht erinnern, sich je so erschöpft – oder so euphorisch – gefühlt zu haben.

Die einzigen Unterbrechungen seiner Routine, die er sich gestattete, waren Interviews und Fotosessions. Erica Thralls Publizistin hatte sich ins Zeug gelegt und sämtliche ihrer Medienkontakte angerufen, um ihnen das erstaunlichste neue Talent in New York zu präsentieren, seit Jean-Michel Masquiat dabei erwischt worden war, wie er Graffiti an die Wände von Downtown Manhattan sprühte: James Bell, der Fischer, der zum Künstler mutiert war und dessen Arbeit Erica Thrall so begeistert hatte, daß sie *persönlich* nach Florida geflogen war, um ihm eine Ein-Mann-Ausstellung anzubieten.

Jimmy wurde bald zum Profi im Umgang mit den zahlreichen Fotografen und Stylisten, die mit Taschen voller Ausrüstung sein Loft betraten und ihre ureigensten Visionen des Images, das er projizieren sollte, mitbrachten. Er hatte sogar seine Biographie ein wenig geschönt, um seinen Interviewern eine dramatischere Version seiner Kindheit liefern zu können – eine Version, die Erica als »sexyer« bezeichnete.

An einem Tag, der so heiß war, daß ihn Heimweh nach Cortez befiel, rief die Galerieinhaberin an, um ihm mitzuteilen, daß sie mit einem Kunden vorbeikommen würde, der möglicherweise daran interessiert wäre, ein oder zwei seiner Porträts zu kaufen. Er habe doch sicher nichts dagegen, wenn sie ihm eine ihrer Assistentinnen vorbeischickte, damit sie ihm half, sich auf den Besuch vorzubereiten. Es sei ein besonderes Entgegenkommen. Weil das alles noch so neu für ihn wäre.

Er hatte sehr wohl etwas dagegen, und Marci, die Assistentin, die ihn an jene unangenehme, regnerische Nacht erinnerte, da er uneingeladen in der Galerie erschienen war und die Gästeliste vollgetropft hatte, schien ebensowenig begeistert. Egal, wie oft er ihr die exakte Reihenfolge darlegte, in der er seine Arbeiten zeigen wollte, sie konnte – oder wollte – es einfach nicht richtig machen.

»Nein, Marci.« Er stand an der Küchenspüle, wusch seine Pinsel aus und beobachtete von dort aus, wie sie die Sequenz durcheinanderbrachte, die er selbst als die logischste empfand. Wieder listete er sie für sie auf. »Dinsmoor. Maggie. Joe, und dann Estella. In dieser Reihenfolge.«

Aber verdammt, sie brachte es einfach nicht fertig. Er bezweifelte, daß sie es je richtig machen würde. Er ließ die restlichen Pinsel in die Spüle fallen und ging steifen Schrittes zu ihr hinüber. »Stop!« brüllte er. »Hör auf! Und jetzt sieh her.« Er riß ihr die Gemälde aus der Hand und stellte sie in der einzigen Reihenfolge auf, die ihm sinnvoll erschien.

»Genau so wollte ich es doch machen«, entgegnete sie schmollend.

»Wie wäre es damit?« Er funkelte sie böse an und drückte ihr einen tropfnassen Pinsel in die Hand. »Du spielst die überarbeitete Künstlerin, und ich den zerstreuten Assistenten.«

Er sah ihr an, daß sie gedachte, ihm seinen Tonfall durch noch schlechtere Laune zu vergelten, als es plötzlich klingelte. »Na großartig«, brummte er. Hier kam die nächste Nervensäge in Gestalt von Erica Thrall.

Marci eilte zur Tür und kehrte gleich darauf in Begleitung ihrer Chefin und eines stämmigen Mannes in einem Dreiteiler und mit Cowboystiefeln an den Füßen zurück.

»James Bell, das ist Ted Fabinowitz, ein lieber Freund und großer Kunstsammler«, machte Thrall die beiden Männer miteinander bekannt. »Mr. Fabinowitz ist aus Fort Worth, Texas.«

»Freut mich«, sagte Fabinowitz mit schleppendem, texanischem Akzent.

Jimmy schüttelte dem Texaner knapp die Hand und machte sich dann wieder daran, seine Pinsel zu reinigen.

»Teddy, James Gemälde hängen dort drüben an der Wand«, sagte Thrall. Sie warf Jimmy hinter dem Rücken des Kunden einen Blick zu, der ihn an Maggie erinnerte und soviel bedeutete wie: *Ich warne dich ... wehe du benimmst dich nicht anständig!* »Lassen Sie sich Zeit. Ich bin gleich wieder bei Ihnen«, sagte sie zu Fabinowitz.

Sie beauftragte Marci, Fabinowitz alle eventuellen Fragen zu beantworten, und drückte dann Jimmy eine Ausgabe des *W*-Magazins in die Hand. »Seite siebenunddreißig. Wunderbar. Sehen Sie, wie sich alles fügt? Ganz so wie ich es versprochen habe. Die Leute sind im James-Bell-Fieber. Präsentation ist alles. Stellen Sie sich nur vor, was erst passiert, wenn sie Ihre Arbeiten in natura zu sehen bekommen.«

Erica holte eine Kopie des Artikels aus ihrer Handtasche hervor und befestigte sie an der Pinnwand in der Küche, an der bereits andere Storys, Artikel und Bilder von Jimmy hingen, die in der Vergangenheit in der

Klatschkolumne des Boulevardblattes *Village Voice* und in anderen Lokalzeitungen erschienen waren.

Jimmy zuckte nur unverbindlich die Schultern, als er den Artikel mit der Überschrift »Ein Mann angelt sich den Erfolg: die goldenen Hände des Malers James Bell« überflog. Auf der Gegenseite war eine Schwarzweißfotografie seiner Hände abgebildet. Er machte sich nicht die Mühe, Erica daran zu erinnern, daß die Werbekampagne seine Idee gewesen war und nicht ihre. Er brauchte die Anerkennung hierfür nicht – ihn interessierten die Resultate.

Erica griff in ihre Handtasche und fischte zwei Umschläge heraus. »Ihre geliebte Tagesgage und eine Einladung zur Wohltätigkeitsveranstaltung zugunsten des Hamilton Museums.«

Er steckte den Scheck ein und ignorierte den zweiten Umschlag. »Das können Sie wegwerfen. Wohltätigkeitsveranstaltungen interessieren mich nicht. Ich habe keine Zeit, reichen Arschlöchern wie Plane den Hintern zu küssen.«

»Ich habe einem Publizisten das Messer an die Brust gesetzt, um diese Einladung zu bekommen«, entgegnete Erica und drückte ihm die geprägte Einladung in die Hand. »Das ist *das* Ereignis der Saison, Darling. Nur die oberen Zehntausend. Leute mit Riesenvermögen. Neureiche und alteingesessener Geldadel. *Alle* werden dort sein.«

Jimmy dachte über den Begriff der Arbeitsteilung nach: Seine Aufgabe bestand darin, die Gemälde zu liefern; bei Galaveranstaltungen zu glänzen und Kontakte zu knüpfen fiel in Ericas Zuständigkeitsbereich. Er wollte ihr gerade mitteilen, wo sie sich ihren Geldadel hinstecken könne, als das Telefon klingelte. Während er rüberging, um abzunehmen, hörte er, wie Erica auf Fabinowitz einredete.

»Ted, jetzt sehen Sie, warum ich so aus dem Häuschen bin. Dies ist ein neues ... nun, ein völlig neues Kapitel der Kunst zu porträtieren, finden Sie nicht auch?«

Jimmy nahm ab. »Hallo?«

»Jimmy?«

Er brauchte ein paar Sekunden, um sich von dem Schock zu erholen, ihre Stimme zu hören. »Estella«, sagte er.

Er hatte im vergangenen Monat mehrfach von ihr geträumt; es war immer wieder derselbe Traum gewesen, in dem sie engumschlungen am Strand miteinander tanzten. Aber in seinem Innersten hatte sich etwas verändert seit jenem Tag, da er ihr barfuß nachgelaufen war. Er war ihretwegen und nicht um seiner Kunst willen nach New York gekommen. Jetzt, da er wieder malte, hatte er jedoch das Stadium des liebeskranken Jungen überwunden, der sein Leben gegeben hätte, um das traurige kleine Mädchen aus dem dunklen Turm zu befreien.

Jemand – und wer sollte es sonst sein als Mrs. Dinsmoor? – hatte ihm eine Chance eingeräumt, sich einen Namen zu machen. Er hatte keine Zeit mehr darauf zu verschwenden, mit Estella zu tanzen – außer in seinen Träumen. Er war viel zu sehr damit beschäftigt, sich selbst als Künstler wiederzuentdecken. Jede seiner Forderungen wurde erfüllt. Man erwartete Großes von ihm. Das stand in jedem Artikel an der Pinnwand. Und wenn man den eigenen Presseberichten nicht glauben konnte, wem sollte man dann glauben?

»Ich habe mich gefragt ...« Sie brach mitten im Satz ab und geriet ein wenig ins Schleudern. »Sicher bist du sehr beschäftigt. Aber ich dachte, wir könnten uns vielleicht trotzdem treffen. Ich würde dich gerne sehen, wenn ...«

Er blickte durch den Raum auf Erica, die ihn Fabinowitz anpries. »Das ist wirklich ein ungünstiger Zeitpunkt. Es dauert nicht mehr lange bis zu meiner Ausstellung. Vielleicht hinterher.«

»Bitte«, sagte sie, so leise, daß er beinahe glaubte, sich verhört zu haben.

Es gab etwas, das sie so dringend von ihm brauchte, daß sie gewillt war, darum zu betteln. Er mußte sie sehen, sei es auch nur, um seine Neugier zu befriedigen.

Sie wollte ihn zum Mittagessen ins Boathouse Café im Central Park einladen, aber er entgegnete, er sei zu beschäftigt, und so einigten sie sich schließlich auf einen Spaziergang im Park. Er schob sie zwischen zwei Terminen ein: einer Fotosession, für die Erica ihm zwei elegant geschnittene Anzüge geschickt hatte, und einem Interview mit einem Reporter von *Artforum*. Estella schlug die Bow Bridge als Treffpunkt vor. Als sie anfing, ihm den Weg dorthin zu beschreiben, unterbrach er sie, weil Erica ihm signalisierte, er solle das Gespräch beenden und sich mit Fabinowitz unterhalten.

Er sagte Estella, sie solle sich keine Sorgen machen, er werde sie schon finden. Als er jedoch am Boathouse am Ostende des Sees, in Höhe der Zweiundsiebzigsten Straße, angelangte, konnte er weit und breit keine Brükke sehen. »Folgen Sie einfach dem Weg an dem Engel vorbei«, erklärte ihm ein Teenager auf Rollerblades vage.

Er brauchte fünf Minuten, um den Engel zu finden, eine imposante Steinstatue, die über die gepflasterte

Plaza wachte, und weitere fünf Minuten, um herauszufinden, wohin er sich von dort aus wenden mußte. Er hastete einen unbefestigten Weg in der, wie er hoffte, richtigen Richtung entlang, bis er eine kleine, sanft geschwungene Brücke entdeckte, die einen schmalen Seitenarm des Sees überspannte. Estella stand mit den Ellbogen aufgestützt am Geländer und starrte ins Wasser. Das Mädchen aus seiner Kindheit hätte ihn beschimpft wegen seiner Verspätung, aber die Frau, zu der sie herangereift war, schien zu tief in Gedanken versunken, die Verspätung überhaupt zu bemerken.

»Nicht springen«, rief er, als er sich ihr näherte.

Sie wandte sich ihm zu und lächelte. »Würdest du mich retten?«

»Nicht in diesem Anzug«, entgegnete er, als er sie erreichte.

Sie trat einen Schritt zurück und musterte ihn eingehend. »Sehr elegant. Sieht aus, als würden sich deine Träume erfüllen.«

»Erica Thrall ist glücklich«, sagte er und freute sich insgeheim mehr über ihr Kompliment, als er sich eingestehen wollte. »Sie meint, die Ausstellung würde gute Kritiken bekommen. Ich möchte nichts riskieren.«

Er hatte gedacht, er wäre über sie hinweg. Warum war es ihm dann beinahe unerträglich, an ihrer Seite zu stehen? Er fuhr mit den Händen über die gestrichene Steinbalustrade der Brücke und versuchte, sich durch die Betrachtung der Szenerie abzulenken. Eine Trauerweide wölbte sich anmutig über das Seeufer, wo eine Entenfamilie auf Futtersuche im Kreis schwamm. Ein älteres Ehepaar, das die warme Sonne an diesem lauen spätsommerlichen Nachmittag genoß, schlenderte Hand in

Hand den Pfad hinunter, der am Wasser entlangführte. Die Atmosphäre war so friedlich und idyllisch, daß, wenn die eleganten Gebäude, die im Osten und Westen über den Park hinausragten, nicht gewesen wären, er hätte glauben können, er befände sich irgendwo auf dem Land, auf einer Wiese, die die Menschen aufgesucht hatten, um zu picknicken.

Als die Stille zwischen ihnen zu drückend wurde, fragte er: »Was ist mit dir? Ich schätze, du bist wohl kein großer Träumer?«

Sie lächelte wieder und begann, in Richtung Westufer zu gehen. »Auch ich habe ein paar Träume«, sagte sie.

Sie sah ihn an, und er wußte, was sie dachte: *Kann ich es wagen, dir meine Träume anzuvertrauen?* »Ich würde gern das Haus meiner Tante restaurieren lassen«, sagte sie endlich und führte ihn einen schmalen Pfad entlang, der von Bäumen und Büschen gesäumt war, die so dicht standen, daß sie eine undurchdringliche grüne Mauer bildeten.

Das war das letzte, womit er gerechnet hätte. »Warum?« fragte er und ergriff ihre Hand, als sie über eine hervorstehende Baumwurzel stolperte.

»Es ist unglaublich. Ein bißchen unheimlich. Und ganz zweifellos schrecklich heruntergekommen. Aber das sind nur Äußerlichkeiten. Es ist nur ... einsam. Alles, was das Haus braucht, ist ein wenig Leben. Jemand, der sich kümmert, verstehst du, jemand, der es liebt. Es würde wieder in seinem alten Glanz erstrahlen. So wunderschön, wie es früher einmal war.«

Während sie sprach, fühlte er sich dorthin versetzt, sah Paradiso Perduto plötzlich mit völlig anderen Augen. Sie hatte recht. Das Haus *war* einsam und vernachlässigt. Und doch spürte er, daß sie von weit mehr sprach als nur von dem Haus. Sie hatte seine Hand wieder losgelassen, nachdem sie ebeneren Grund erreicht hatten, aber er konnte noch den warmen, feuchten Abdruck ihrer Finger auf den seinen fühlen.

»Fragt sie je nach mir?« fragte er. »Deine Tante?«

»Das braucht sie nicht. Sie weiß über alles, was du tust, Bescheid.«

»Wie das?« fragte er, obwohl er ziemlich sicher war, die Antwort bereits zu kennen. Über Ragno natürlich. Ganz sicher schickte der Anwalt ihr wöchentlich einen Bericht über seine Fortschritte.

Sie zuckte die Achseln. Während sie einen leichten Hang hinabstiegen, fragte er sich, wann sie das letzte Mal zu Hause gewesen war. Sie gelangten an den Fuß des Hügels und konnten zwischen zwei Wegen wählen, die sich vor ihnen auftaten. Estella wandte sich nach links und führte sie in einen großen Tunnel, der auf einen der Hauptwege des Parks mündete.

Sie hatten beinahe das andere Ende des Tunnels erreicht, als sie sagte: »Walter möchte mich heiraten.«

Sie blieb so abrupt stehen, daß er beinahe gegen sie geprallt wäre. Ihre Worte hallten in dem Tunnel wider: *Mich heiraten. Mich heiraten.*

Und doch war er nicht sicher, ob er sie richtig verstanden hatte. Er schüttelte den Kopf, und sie wiederholte: »Er hat mir einen Heiratsantrag gemacht.«

»Tatsächlich.« Es klang wie eine Feststellung und nicht wie eine Frage. Er war nicht im mindesten überrascht. Tatsächlich schien Estella von Planes Antrag überraschter zu sein als er.

»Das heißt, er hat mich nicht gefragt, sondern fast angefleht. Es war irgendwie peinlich für ...«

»Warum erzählst du mir das?« unterbrach er sie.

»Weil ... weil wir ...« Sie schüttelte den Kopf, als wäre sie von ihrer Offenheit noch verwirrter als er. »Ich dachte, du würdest ...«

»Richtig«, sagte er knapp und suchte nach den passenden Worten. »Nun, ich gratuliere. Ich hoffe ... ich bin sicher, daß ihr sehr glücklich werdet.«

Sie starrte ihn im dämmrigen Licht eindringlich an. Wieder hatte er das Gefühl, daß sie ihn anflehte, aber er wußte immer noch nicht, was sie von ihm wollte, und er war das Rätselraten leid. Plötzlich verspürte er das Bedürfnis, Distanz zwischen sich und Estella Dinsmoor zu schaffen. Er drückte ihr einen flüchtigen Kuß auf die Wange und sagte: »Ich habe eine Verabredung. Eine Reporterin von *Artforum*. Geschäftlich.«

Er bewegte sich zügig auf das Licht am Ende des Tunnels zu.

»Warte«, rief sie, und als er sich umwandte, flehten ihre Augen um Verständnis. »Hör zu. Ich weiß, daß Walter seine Eigenheiten hat. Aber er liebt mich aufrichtig.«

Sie hatte mit keinem Wort erwähnt, ob sie ihn auch liebte. Es spielte keine Rolle. Jimmy wußte, daß sich an ihren Gefühlen für ihn nichts ändern würde. Und er war nicht gewillt, auszusprechen, wie es in seinem Herzen aussah.

»Ich komme zu spät«, sagte er und lächelte gezwungen. Er kehrte ihr den Rücken zu, damit sie den Schmerz nicht sah, der sich zweifellos auf seinen Zügen spiegelte.

»Viel Glück«, rief sie ihm nach.

Er winkte, ohne sich umzudrehen, und zwang sich, weiterzugehen, bis er ans Ende des Tunnels gelangte. Ein Ball rollte ihm vor die Füße. Einige Meter entfernt schwenkten ein Mann und ein kleiner Junge die Arme und bedeuteten ihm, er solle den Ball zurückwerfen. Als er sich bückte, um ihn aufzuheben, hörte er in der Ferne dumpfes Donnergrollen. Im Westen konnte er eine schmale Linie dunkler Wolken sehen, die sich der Stadt näherten. Er warf den Ball zurück und rannte los. Es war ein Unwetter angesagt, und er wollte zu Hause sein, ehe es losbrach. Manche Situationen ließen sich umgehen, aber es gab andere, vor denen er wohl niemals lernen würde, sich zu schützen.

»Ich war Waise«, sagte Jimmy in den Kassettenrecorder.

Ruth Shepard, die hübsche, etwa dreißigjährige Reporterin von *Artforum*, die ihn interviewte, nickte ermutigend.

»Mein Onkel Joe hat mich aufgezogen«, fuhr er fort und zeigte auf sein Porträt von Joe. »Er war ein Drogenschmuggler.«

Regentropfen trommelten in einem Stakkato gegen die Fensterscheiben. Der Abendhimmel draußen wirkte düster und drohend, aber im Inneren des Lofts war es hell und gemütlich. Jimmy schenkte Ruth Shepard ein Lächeln, von dem er hoffte, daß sie die Tapferkeit des kleinen Jungen darin sah, der er einmal war. Sie schien ein netter Mensch zu sein, warmherzig und freundlich. Auf seinen Vorschlag hin hatte sie die nassen Schuhe ausgezogen, und ihre Schritte in den Seidenstrümpfen klangen wie die von Katzenpfoten, als sie ihm durch den Raum folgte.

»Joe saß die meiste Zeit in der Rainford Strafvollzugsanstalt. Als ich dreizehn war, fand ich Joe tot im Wohnzimmer. Eine Überdosis.« Er wandte den Blick ab, um ihr den Eindruck zu vermitteln, daß die Erinnerung an seine Trauer noch frisch war.

Die ersten Male, die er die Geschichte erzählt hatte, die tatsächlich die seines Nachbarn in Cortez gewesen war, war er über Kleinigkeiten gestolpert. Inzwischen hatte er die Story so oft erzählt, daß er beinahe selbst daran glaubte. »Ich ... ich mußte aus der Wohnung raus und habe zwei Jahre in einem Schrottauto gehaust.«

»Mein Gott«, rief sie aus und streichelte mitfühlend seinen Arm.

Er glaubte Tränen in ihren dunklen, warmen braunen Augen zu sehen, und versicherte ihr hastig: »So schlimm war es gar nicht. Es war ein großer Wagen. Ein 68er Riviera.«

Als er noch ein kleiner Junge gewesen war, war der Riviera sein Traumauto gewesen, türkisblau mit langen, spitzen Heckflossen und einer riesigen, breiten Karosserie. Er hatte jahrelang ein Bild dieses Modells bei sich getragen und davon geträumt, sich eines Tages sein Traumauto zu kaufen.

Er legte Ruth eine Hand auf den Rücken und führte sie weiter zu Mrs. Dinsmoors Porträt. Er fühlte, wie die Reporterin sich leicht gegen seine Hand lehnte. Sie war zierlich und dunkelhaarig und hatte nicht die geringste Ähnlichkeit mit Estella. Vielleicht war es das, was ihm so gut an ihr gefiel.

Das Telefon klingelte. »Der Anrufbeantworter ist eingeschaltet«, sagte er, um die Atmosphäre des Augenblicks nicht zu stören.

»Und was geschah nach dem Tod Ihres Onkels?« fragte sie.

»Irgendwann schlich ich mich an Bord eines Panamafrachters und landete schließlich hier.«

Seine Bandansage endete, und Erica Thralls Stimme hallte durch den Raum. »Gut, Sie sind nicht zu Hause. Ich hoffe, das bedeutet, daß Sie Ihren Smoking tragen und auf der Hamilton-Gala mit Ihrem Charme die High Society um den Finger wickeln. Vergessen Sie nicht, zu lächeln, Darling, und rufen Sie mich morgen früh an.«

»Erica.« Er stöhnte und verdrehte die Augen.

»Sie lächeln ja wahrhaftig«, sagte die Reporterin, als sie an Mrs. Dinsmoors Porträt vorbeiging und vor Estellas Bildnis stehenblieb. »Wundervolle Augen. Wer ist sie?«

»Ein Mädchen aus Florida«, entgegnete er. Er stand kurz davor, seine Story über das Mädchen aus Florida zum besten zu geben – er hatte es geliebt, als sie beide noch Kinder gewesen waren, aber als sie sich dann als Erwachsene wiederbegegnet waren, hatte er – leider – feststellen müssen, daß sie sehr oberflächlich war und ganz und gar nicht sein Typ.

Aber ehe er davon anfangen konnte, war das Band in Ruths Recorder am Ende. »Eine Sekunde«, bat sie und nahm das Band heraus. Sie durchwühlte ihre Handtasche nach einer leeren Kassette, fand eine und ließ sie fallen, als sie versuchte, sie einzulegen.

Jimmy bückte sich, um die Kassette aufzuheben. Ihre Hände berührten sich, als sie das Band entgegennahm, und es schien, als würde ihre Hand ein wenig länger verweilen als unbedingt nötig. Jimmy konnte sich des Gedankens nicht erwehren, daß es schön wäre, diese Nacht nicht allein zu verbringen.

»Diese Narben«, sagte sie, den Blick auf seine Hände gerichtet.

»Ein Tigerhai«, entgegnete er.

Ihre Augen weiteten sich, als sie mit dem Daumen

über die fünf Zentimeter lange Narbe strich, die er sich zugezogen hatte, als er zu hastig nach einem Zerlegmesser gegriffen hatte. Ihre zärtliche Berührung war fast so gut wie ein Versprechen. Im Kühlschrank stand eine Flasche Wein. Er wollte ihr gerade ein Glas anbieten, als sein Blick über Ruths Schulter hinweg auf Estellas Porträt fiel.

»Tut es noch weh?« fragte Ruth.

»Ja«, entgegnete er leise, Estella anstarrend.

Sie folgte seinem Blick. »Stimmt etwas nicht?«

Nichts stimmte, aber vielleicht konnte er es wieder in Ordnung bringen. Man konnte einem Mann nicht vorwerfen, daß er sich an die Hoffnung klammerte. »Wie spät ist es?« fragte er.

»Kurz vor sieben. Warum?«

Die Hamilton-Gala hatte um halb sieben mit Cocktails begonnen. Wegen des Regens würde er kein Taxi bekommen, und er mußte sich noch umziehen. Erica würde ihn umbringen.

»Ich muß weg«, teilte er Ruth mit.

Er hatte ihr reichlich Material geliefert. Das Interview war offiziell beendet.

Er hatte noch nie zuvor einen Smoking getragen. Als er die Treppe zum Hamilton Museum hinaufstieg, zupfte er an dem Kummerbund um seine Taille. Er dachte an die Cary-Grant- und Fred-Astaire-Filme, die er in seiner Kindheit gesehen hatte. Sie hatten in ihren Abendanzügen immer so entspannt und lässig gewirkt. Er für seinen Teil kam sich eingezwängt vor wie ein Grillhähnchen. Und da stand Erica, oben auf der Treppe, und sah aus, als würde sie ihn aufs Feuer werfen und grillen wollen.

»Nun, Sie haben sich offenbar schon den unhöflichen Hang zur Unpünktlichkeit zu eigen gemacht, wie er im Trend liegt«, zischte sie, sobald er in Hörweite war. »Hören Sie, es gibt Unmengen von Leuten, die Sie unbedingt kennenlernen müssen.«

Er ging an ihr vorbei und hastete in die Eingangshalle des Museums, ihre empörten Aufforderungen, auf sie zu warten, ignorierend.

Das Hamilton war in einem Herrenhaus im Beaux-Art-Stil untergebracht, das früher einmal einer der wohlhabendsten Gründerfamilien New Yorks gehört hatte. Das Haus sowie zahlreiche der bedeutendsten Ausstellungsstücke waren dem Museum von den Hamiltons gestiftet worden, und mehrere Familienmitglieder waren heute noch im Vorstand aktiv. Die Gäste der Wohltätigkeitsveranstaltung dieses Abends waren eine heterogene Mischung aus alternden Aristokraten und ihrer neu arrivierten Elite. Die gemeinsamen Nenner zwischen ihnen waren Geld und Macht. Weißhaarige Witwen plauderten mit Immobilienhaien; Wall-Street-Tycoone tranken Champagner mit Supermodels, die kaum dem Kindesalter entwachsen waren.

Der ganze Saal stank förmlich nach Status und Glamour. Als Jimmy sich einen Weg durch die Menge bahnte, riefen einige Gäste ihn an, begrüßten ihn mit Namen und gratulierten ihm. Trotzdem fühlte er sich wie ein Eindringling, der sich den Zutritt erschlichen hatte. Offenbar war er bereits berühmt, obwohl noch keiner der Anwesenden seine Arbeiten gesehen hatte. Sie waren ganz wild darauf, ihn in ihre Reihen aufzunehmen, und das alles nur, weil die Werbemaschinerie ihn zum Kronprinzen der Welt des Glanzes und Glitters hochstilisiert hatte.

An jedem anderen Abend hätte er Ericas Befehle befolgt und sich gehorsam unters Volk gemischt. An diesem Abend hatte er jedoch eine Mission zu erfüllen. Er suchte Estella.

Als er Walter Plane entdeckte, wußte er, daß er richtig war. Estella konnte nicht weit sein. Plane, der sich in Gesellschaft von Owen und Lois Marx sowie eines sehr dicken Mannes befand, den Jimmy noch nie zuvor gesehen hatte, winkte ihn zu sich.

Jimmy nickte zum Gruß und entfernte sich in die entgegengesetzte Richtung. Er fürchtete, die Beherrschung zu verlieren und Plane eins auf die Nase zu geben.

»James, warten Sie einen Moment«, rief Plane. Er kämpfte sich durch die Menge zu Jimmy vor und sagte: »Ich wollte sie anrufen. Um Ihnen zu Ihrem Erfolg zu gratulieren. Jesus, Sie sind in aller Munde. Der Mann der Stunde. Wir sind beide sehr stolz auf sie.«

Es war das »wir beide«, das ihn am meisten aufregte. Plane hatte wirklich Nerven, für Estella zu sprechen.

»Entschuldigen Sie mich«, entgegnete er und versuchte nicht einmal höflich zu klingen. Aber noch bevor er das weite suchen konnte, wurde ihm der Weg von Planes Begleitern versperrt.

»James, ich bin ja so froh, dich zu sehen«, sagte Owen und schüttelte ihm überschwenglich die Hand. »Ein guter Freund von mir dekoriert sein erstes Haus. Haus? Himmel, es ist ein richtiges Schloß. Jedenfalls braucht er dringend Kunstwerke ...«

Lois beugte sich vor und küßte ihn flüchtig auf beide Wangen. »Frag ihn nach seiner Provision«, raunte sie ihm zu.

»Miststück!« konterte Owen.

»Wir haben gerade die Einladung von Erica Thrall bekommen. Das ist ja so aufregend«, schwärmte Lois.

»Der Junge mit den goldenen Händen! Ich habe die Artikel über Sie gelesen. Anton La Farge«, stellte der Mann in Schwarz sich vor.

»Seien Sie nett zu Anton, James«, sagte Plane. »Er hat viele leere Wände.«

»Ich lasse mir auch Zeit damit, sie zu füllen«, erklärte Anton Jimmy.

»Du bist ein Geizkragen. Keine Bange, James hat noch vernünftige Preise.« Plane wandte sich an Jimmy. »Ich habe vergessen, wie Sie Ihre Honorare berechnen? War es nach der Leinwandgröße oder nach Litern Farbe?«

Er lächelte strahlend, als sein kleiner Hofstaat ihn mit Gelächter belohnte. Jetzt richtig in Fahrt, fuhr Plane fort: »Oder war es nach Masse? Sie wissen schon, im Dutzend billiger. Wie T-Shirts. Fließbandware.«

Jimmy schwor sich, Plane bei Gelegenheit zu demonstrieren, wie Haifischer aus Cortez ihre offenen Rechnungen beglichen. Aber diese Demonstration hatte Zeit. Er war aus dem alleinigen Grund hier, Estella zu finden. Nichts, nicht einmal Planes erbärmliche Versuche, auf seine Kosten Witze zu reißen, um geistreich zu wirken, konnte ihn von seinem Vorhaben ablenken.

»Los doch, James, helfen Sie mir auf die Sprünge«, dröhnte Plane. »Wie bestimmen Sie den Wert eines Ihrer Werke?«

»Nach seiner Schönheit«, entgegnete Estella, die in diesem Moment hinter Jimmy trat. »Berührt es dich? Willst du es haben? Kannst du noch ohne es leben?«

»Da bist du ja.« Plane lächelte und griff nach ihrer Hand.

Jimmy wandte sich ihr zu. »Ich muß dich sprechen«, sagte er dringlich.

»Ein andermal«, sagte Plane. »Wir haben eine Verabredung und müssen aufbrechen.«

»Wir sind doch gerade erst gekommen«, protestierte Estella.

Plane schüttelte den Kopf. »Dinner. Die Barrows warten im Perfume.« Er legte ihr einen Arm um die Schultern und klopfte Jimmy freundschaftlich auf den Rücken. »Sag auf Wiedersehen«, forderte er Estella auf.

Wortlos gestattete sie Plane, sie hinauszuführen. Als sie an der Tür war, warf sie Jimmy über die Schulter hinweg einen Blick zu.

»Schönes Paar«, bemerkte Anton.

Erica führte einen weißhaarigen Mann am Ellbogen auf Jimmy zu. »Senator, das ist der junge Künstler, von dem ich Ihnen erzählt habe«, teilte sie ihrem Begleiter mit.

Jimmy ließ sie stehen, noch ehe Erica Gelegenheit hatte, die Männer persönlich miteinander bekannt zu machen. Völlig in seinen Wahn verstiegen, Estella aus den Fängen des Ungeheuers Plane befreien zu müssen, schritt er durch die dichtgedrängte Schar der Gäste zur Tür.

Plötzlich tauchte Owen vor ihm auf und verstellte ihm den Weg. »Darf ich dich mit meinem Inneneinrichter-Freund Burton bekannt machen?« fragte er.

»Entschuldige mich«, entgegnete Jimmy und versuchte an Owen vorbeizukommen.

Aber Owen hatte seine eigenen Ziele und ließ sich nicht so leicht abwimmeln. »Ich glaube, Erica ist die beste. Aber du hast ja keine Vorstellung davon, wen ich in dieser Stadt alles kenne, James. Ich könnte dir ...«

»Tut mir leid«, fiel Jimmy ihm ins Wort.

»Es ist alles eine Frage der Beziehungen«, fuhr Owen fort. Er packte seinen Arm, aber Jimmy riß sich ungeduldig los. Als er versuchte Owen aus dem Weg zu schieben, verlor Owen die Balance und stürzte vornüber auf den Marmorboden. Das war nun schon das zweite Mal, daß Jimmy ihn unbeabsichtigt in die Knie zwang.

Aber er hatte keine Zeit, sich mit Entschuldigungen aufzuhalten. Er hastete nach draußen und sah gerade noch, wie Plane Estella in eine langgestreckte Limousine half, die vor dem Museum auf sie gewartet hatte. Er sah, wie die Limousine sich in Bewegung setzte. Regen strömte auf ihn herab, aber es kümmerte ihn nicht. Er konnte Estella nicht gehen lassen, nicht kampflos.

Sie wollte vor Plane gerettet werden. Er hatte den flehenden Ausdruck in ihren Augen gesehen, als sie ihn über die Schulter hinweg angesehen hatte. Egal, wie selbstsicher sie sich gab, sie verstand es nicht, sich selbst zu schützen, und so mußte er es für sie tun. Der Schutzschild, hinter dem sie sich verbarg, war nicht undurchdringlich.

Mrs. Dinsmoor hatte sich hinter den einstürzenden Mauern der Villa verschanzt, aber sie hatte aus ihrem Leben eine einzige Hölle gemacht. Das war ihre eigene Wahl gewesen, ihre freie Entscheidung. Estella hatte etwas Besseres verdient. Sie war als unschuldiges, kleines Mädchen in Mrs. Dinsmoors Obhut gegeben worden. Tag für Tag, Jahr für Jahr, war ihr eine abstoßende Maske irregeleiteter Gefühle vorgehalten worden. Mrs. Dinsmoors verzerrte Sichtweise war so allgegenwärtig gewesen, daß Estella sie übernommen hatte.

Sie war in einer Welt der Gegensätze aufgewachsen.

Sie hatte Mrs. Dinsmoors verdrehte Logik angenommen: Schwarz war weiß, Liebe war Haß, schlecht war gut. Und als sie alt genug und ausreichend unterwiesen gewesen war, hatte Mrs. Dinsmoor sie mit einer einzigen Überzeugung ausgestattet in die Welt hinausgeschickt: Männer mußten büßen.

Aber Mrs. Dinsmoor hatte in ihrer Verbitterung nicht erkannt, daß ihr Rachefeldzug zum Scheitern verurteilt war. Indem sie Planes Herz erobert hatte, hatte Estella nur ihr eigenes Schicksal als Opfer besiegelt. Jimmy durfte nicht zulassen, daß so etwas geschah. Wenn er auch sonst im Leben nichts erreichte, wollte er wenigstens die Gewißheit haben, alles Menschenmögliche getan zu haben, sie zu retten.

Wegen des Regens staute sich der Verkehr auf der Madison Avenue. Die Limousine reihte sich in die stehende Schlange von Fahrzeugen ein, die bereits vor einer roten Ampel warteten. Jimmy lief auf den Wagen zu und hoffte, ihn zu erreichen, ehe die Ampel umsprang. Aber er kam zu spät. Die Limousine fuhr an, bog nach links ab auf die Fifth Avenue und beschleunigte.

Jimmy riß einen Arm hoch, um ein Taxi heranzuwinken, aber es war kein freier Wagen in der Nähe. Also rannte er wieder los und behielt dabei die Limousine im Auge, für den Fall, daß der Fahrer eine Richtungsänderung signalisierte. Die Beine stampften wie Kolben, und die Arme kreisten wie Windmühlenflügel in einem Sturm, als er den Gehweg hinunterpreschte, während die Limousine sich langsam in südliche Richtung bewegte. Plane hatte gesagt, sie wären im Perfume verabredet. Jimmy vermutete, daß es sich hierbei um ein Restaurant handelte, aber er hatte keine Ahnung, wo es liegen mochte. Vielleicht weit weg, Downtown in SoHo, oder sogar in seinem eigenen Viertel TriBeCa.

Er jagte der Limousine mehrere Blocks weit hinterher, am Trump Tower und der St. Patricks Cathedral vorbei, an der Hauptstelle der New York Public Library und am Empire State Building. Er war sich nur vage der Strecke bewußt, die er gerannt war, und noch weniger nahm er seine Umgebung wahr. Er registrierte weder den anhaltenden Regen noch die Blase, die sich an seiner rechten Ferse bildete. Sein ganzes Sein war völlig darauf konzentriert, die Limousine nicht aus den Augen zu verlieren.

Irgendwo südlich der Einundzwanzigsten bog der Wagen nach links ab und fuhr dann noch einige Minuten weiter, ehe er vor einem unscheinbaren Gebäude hielt. Das Wort »Perfume« prangte in gelben Lettern über der ausgebleichten, grünen Markise, die den von Löschbetonblöcken eingefaßten Eingang des Restaurants schützte. Je eine Reihe Limousinen säumte den Block auf beiden Straßenseiten. Während Jimmy versuchte, wieder zu Atem zu kommen, sah er, wie der Chauffeur der Limousine einen Schirm über Estella und Plane hielt, damit sie auf ihrem Weg zum Restauranteingang nicht naß wurden.

Er gab ihnen eine Minute, um Platz zu nehmen, und sich selbst die gleiche Zeit, um seine Atmung zu normalisieren. Dann folgte er ihnen hinein. Er entdeckte sie sofort in einer Nische in der Mitte des kleinen, intimen, mit asiatischen Motiven dekorierten Speisesaales. Die junge Frau am Empfangstresen versuchte, ihn aufzuhalten, aber er schob sie einfach beiseite und durchquerte zügig den Raum.

Estella und Plane saßen mit einem anderen Paar am

Tisch. Plane hatte gesagt, daß sie mit den Barrows zum Essen verabredet wären. Estella blickte als erste auf, als Jimmy sich der Nische näherte. Ihre Augen weiteten sich, und sie schüttelte kaum merklich den Kopf, wie um ihn zu warnen.

»Regnet es?« fragte Plane. Er lächelte und zeigte auf die feuchte Stelle, wo Wasser von Jimmys Smoking auf den Tisch getropft war. »Ich würde Ihnen ja einen ...«

Er hätte ebenso gut mit sich selbst reden können, da Jimmy ihm nicht die geringste Aufmerksamkeit schenkte.

»Darf ich um diesen Tanz bitten?« fragte er Estella.

Die Barrows tauschten einen unbehaglichen Blick. Plane blickte von Jimmy zu Estella, aber Estella ignorierte ihn. »Kannst du denn überhaupt tanzen?« entgegnete sie und starrte zu Jimmy auf, als könnte sie nie wieder den Blick von ihm abwenden.

Er lächelte breit. »O ja, ich kann tanzen.«

Sie stand auf und sagte, ohne Plane auch nur einen Blick zu gönnen: »Entschuldigt mich.«

Leise Musik spielte im Hintergrund, als er sie in die Mitte des Raumes führte. Der Speisesaal war klein und nicht zum Tanzen gedacht, als sie ihm jedoch ihre Hand reichte, fühlte er sich zurückversetzt in den Ballsaal von Paradiso Perduto, wo er schon in Kindertagen ihr Tanzpartner gewesen war. Er lächelte sie an, und sie erwiderte das Lächeln. Über ihre Schulter hinweg konnte er sehen, daß Plane sie beobachtete.

Estella lehnte den Kopf an seine Schulter und seufzte. Ihr Atem strich wie eine laue Brise über seine Wange. »Du riechst nach ...«, flüsterte sie.

Er rückte leicht von ihr ab und lächelte.

»Nach Meer«, beendete sie den Satz und lächelte ebenfalls. Ihre Augen verrieten ihm, daß sie an dasselbe dachte wie er – an seinen allerersten Besuch auf Paradiso Perduto.

Sie wirbelten über die Tanzfläche, wiegten und drehten sich, wie sie es so viele Stunden unter Mrs. Dinsmoors kritischem Blick getan hatten. Ein Jahrzehnt war vergangen, seit er sie das letzte Mal in den Armen gehalten und mit ihr zu den sanften Klängen eines Liebesliedes getanzt hatte. Aber die Jahre schienen wie weggewischt. Sie waren wieder siebzehn, und sie hatten noch ihre Kindheitsträume und -phantasien.

Als sie sich an ihn schmiegte, fühlte es sich an, als würden ihre Körper miteinander verschmelzen. Sie bewegten sich in perfekter Harmonie, als hätten sie diese Situation tagelang geprobt. Obwohl alle im Saal sie anstarrten, nahmen sie ihr Publikum gar nicht wahr. Dieser Tanz gehörte nur ihnen, und es war ihr bisher bester Auftritt.

Jimmy wirbelte sie noch ein letztes Mal herum, als das Lied ausklang. Estella knickste, und er verneigte sich artig. Die anderen Gäste applaudierten anerkennend, und sogar Plane versuchte zu lächeln.

Jimmy reichte Estella die Hand, und sie gingen gemeinsam in Richtung Ausgang. Der Regen hatte nur kaum merklich nachgelassen, und keiner von ihnen hatte daran gedacht, sich einen Regenschirm aus dem Ständer zu nehmen, bevor sie das Lokal verließen. Aber Estella schien es nichts auszumachen, naß zu werden. Sie legte den Kopf in den Nacken, streckte dem Regen die Zunge heraus und fing an zu lachen. Ihr Gelächter war so ansteckend, daß Jimmy bald einstimmte. Sie sah so wunderschön und glücklich aus, daß er sie einfach anfassen mußte. Er strich ihr das nasse Haar aus der Stirn und küßte sie auf die Augenlider. Estella hörte auf zu lachen und wurde plötzlich sehr ernst. Jimmy trat näher und küßte sie hungrig auf die Lippen.

Als sie seinen Kuß erwiderte, wußte er, daß, was auch immer geschehen mochte, sie in dieser Nacht zusammen sein würden. Sie würden einander lieben, und er würde versuchen, ihr ohne Worte all das zu sagen, was er ihr mitzuteilen hatte. Hinterher würde sie sich dann entscheiden müssen – ob sie mit ihm ins Tageslicht treten oder bei Walter Plane im Dunkel bleiben wollte.

Als er am nächsten Morgen aufwachte, war der Himmel bleiern, und der Regen hämmerte an die Fensterscheiben seines Lofts. Estella lag neben ihm im Bett. Sie lächelte, als er sich umdrehte, um sie anzusehen.

»Was ist?« fragte er und griff nach ihrer Hand.

Sie streichelte seine Wange und fuhr mit einem Finger über seine Lippen. »Ich kenne dieses Gesicht«, sagte sie leise.

Er küßte ihre Handfläche und hob sie an seine Wange. Er wünschte, dieser Augenblick könnte ewig währen. Aber sie schob bereits die Bettdecke beiseite und stieg aus dem Bett, ehe er sie daran hindern konnte.

Sehnsucht stieg in ihm auf, als er zusah wie sie nackt durch den Raum ging und sich wie ein kleines Kind in einem Sessel vor dem Fenster zusammenrollte.

»Jimmy«, sagte sie und seufzte dann. »Ich muß für etwa eine Woche weg. Nach Hause. Ich bin meiner Tante einen Besuch schuldig.«

Beunruhigt davon, daß sie fort wollte, sagte er: »Aber du kommst doch ...«

»Zu deiner Ausstellung?« kam sie ihm zuvor. »Ja, natürlich.«

Sie zündete sich eine Zigarette an, inhalierte und blies eine Rauchwolke gegen die kalte Fensterscheibe. Beinahe als würde sie zu sich selbst sprechen, sagte sie: »Ich liebe deine Art zu tanzen.«

Die vergangene Nacht war die Erfüllung all seiner Träume gewesen, sein Glück so unbeschreiblich, daß er lieber gegen die Müdigkeit angekämpft hatte, als sich auch nur eine Sekunde davon entgehen zu lassen. Bei Tagesanbruch war er dann doch eingenickt, die Arme fest um sie geschlungen, und hatte gewagt zu träumen, daß sie aus seiner Kraft schöpfen und entscheiden würde, bei ihm zu bleiben. Jetzt, da er sie im düsteren, grauen Licht des stürmischen Tages betrachtete, sah er, daß sie von Melancholie ergriffen schien. Ihr Gesichtsausdruck ließ nicht darauf schließen, daß sie die richtige Wahl treffen würde. Er konnte nur hoffen, daß die vergangenen Stunden, die sie gemeinsam verbracht hatten, sie von dem überzeugt hatte, was er längst wußte: daß sie einander liebten. Was konnte wichtiger sein als das?

Kapitel 8

In den letzten hektischen vier Wochen vor seiner Ausstellung lehnte Jimmy sämtliche Interviewanfragen ab, ignorierte das häufig klingelnde Telefon und machte sich nur selten die Mühe, die Nachrichten abzuhören, die sich auf seinem Anrufbeantworter häuften. Er verließ seinen Loft kein einziges Mal. Er aß kaum etwas. Er schlief kaum noch. Der Sommer ging in den Herbst über, die Hitze wich beißender Kälte, und das Laub der Bäume im Central Park färbte sich leuchtendgelb, rot und violett. Er versäumte den gesamten Jahreszeitenwechsel. Seine Wirklichkeit wurde von Leinwand und Farbe bestimmt sowie von den Erinnerungen, die seine Kreativität nährten.

Er wühlte tief in seiner Kindheit und fand Splitter verdrängter Erinnerungen: seine Mutter, die an einem windigen Tag Wäsche zum Trocknen aufhängte; sein Vater, der den Wagen wusch, in dem Jimmys Eltern verunglückt waren; ein Fischer, dem gerade mitgeteilt worden war, daß sein Boot von einem Sturm aufs offene Meer gezerrt und gekentert war; ein betrunkener Seemann mit gerötetem Gesicht, der versucht hatte, eine Schlägerei mit Joe anzuzetteln; die Mutter der Rhinebold-Zwillinge, das Gesicht eingefallen vor Sorge, nachdem sie erfahren hatte, daß ihr Mann bei einer Kneipenschlägerei schwer verletzt worden war; ein dicker, schwitzender Mann, der seine Hosenträger überstreifte, als er Maggies Schlafzimmer verließ.

Erica hatte seine Arbeit als zu brav bezeichnet, und wenigstens hierfür war er ihr zu Dank verpflichtet. Er hatte sich selbst dazu angehalten, bei seiner Malerei risikofreudiger zu sein und jede neue Leinwand mit einem Gefühl völliger Freiheit und unendlicher Möglichkeiten anzugehen. Er hatte zu einem markanten, unverwechselbaren Stil gefunden. Die Resultate waren sogar für ihn überraschend und verblüffend.

Ein Klecks roter Farbe landete auf der Wange seiner Mutter. Dem dicken Mann war plötzlich ein drittes Bein gewachsen. Sein Zorn auf Walter Plane zeigte sich auf dem Gesicht des betrunkenen Seemannes. Seine Sorge um Estella spiegelte sich in Louise Rhinebolds Zügen wider. Seine Porträts waren geprägt vom Spektrum seiner Emotionen. Und er hatte für sich selbst eine neue Dimension dessen erschlossen, was Gefahr bedeutete. Gefahr reichte weit über die Ebene körperlicher Bedrohung hinaus. Gefahr war auch, was in Walter Planes Augen glitzerte, als er Jimmy dabei beobachtet hatte, wie er mit Estella tanzte.

Erica hatte gesagt, daß sie für seine Ausstellung fünfzehn weitere Porträts haben wolle. Angetrieben von Motivationen, die er nicht verstand – oder nicht weiter ergründen wollte –, trieb er sich bis an die Grenzen seiner künstlerischen Energie und schaffte in zehn Wochen etwas, das normalerweise mindestens sechs Monate in Anspruch genommen hätte. Er arbeitete beinahe bis zu der Minute, da Ericas Männer eintrafen, um seine

Bilder in die Galerie zu bringen, und konnte sogar mit zwei Gemälden mehr als vereinbart aufwarten.

Die Zeit reichte gerade noch aus, schnell zu duschen, sich umzuziehen und ein Bier in sich hineinzuschütten, ehe die Limousine eintraf, um ihn zur Vernissage zu fahren. Als er im Fond der Limousine nach Uptown fuhr und den Champagner trank, den Erica so aufmerksam bereitgestellt hatte, machte ihn die Aussicht, der Star des Abends zu sein, bei weitem nicht so nervös wie die Aussicht, Estella wiederzusehen. Er hatte im Delirium der vergangenen Wochen sehr oft an sie gedacht. Manchmal hatte er sogar gehört, wie sie ihm ins Ohr flüsterte: *Das ist gut, Jimmy. Das gefällt mir.* Aber er hatte sie nicht mehr gesehen und auch nicht mehr mit ihr gesprochen. Jedoch von diesem Abend an würde zwischen ihnen alles anders werden.

Draußen vor der Galerie gestattete er sich eine Zigarettenpause und blickte durch die Fenster auf die Menschen, die gekommen waren, um seinen Erfolg zu feiern. Alle bis auf eine Handvoll waren Fremde – wohlhabende Freunde von Erica, potentielle Käufer, Kunstliebhaber und Kritiker. Sie alle würden lächeln und ihm alles Gute wünschen, aber er wußte, daß sie, sobald er ihnen den Rücken kehrte, über seine Technik herfallen, seine Farbenwahl kritisieren und seinen Erfolg schlechtmachen würden. Das aber kümmerte ihn nicht, solange sie seine Bilder kauften und ihn ihren Freunden als den neuen David Salle vorstellten, den besten Maler seit Julian Schnabel.

Wie sehr sich alles verändert hatte seit jenem Abend, an dem er in New York eingetroffen und in der Galerie abgewiesen worden war. Er holte tief Luft und schlenderte auf den Eingang zu. Eine Gruppe von Gästen, die ihn wiedererkannten, teilte sich vor ihm, um ihn durchzulassen, als wäre er eine königliche Hoheit. Und da kam Marci, ihre Gästeliste in der Hand, um ihn persönlich in die heiligen Hallen der Galerie zu geleiten.

Sie küßte ihn auf die Wange und sagte: »Eine großartige Party. Herzlichen Glückwunsch!«

»Danke«, entgegnete er abwesend. »Haben Sie Estella gesehen? Ist sie schon da?«

Sie sah auf ihrer Liste nach und schüttelte den Kopf. »Noch nicht. Ich schicke sie zu Ihnen, sobald sie eintrifft.«

»Na, James.« Ragno tauchte an seiner Seite auf. »Haben sich alle Ihre Träume erfüllt?«

Er nickte ganz automatisch, obgleich er die Frage nur am Rande registriert hatte, und betrat die Galerie. Die erste Person, die er sah, war Erica, die vor seinem Porträt von Maggie stand. Sie warf ihm durch den Raum eine Kußhand zu und hob ihr Champagnerglas in Anerkennung dessen, was er bewerkstelligt hatte. Sie war in eine Unterhaltung mit Anton La Farge vertieft, den er im Hamilton Museum kennengelernt hatte. Anton ... der Mann mit den vielen leeren Wänden. Anton nickte und nippte an seinem Champagner. Hatte er bereits ein Porträt ausgewählt, das er bei sich daheim aufhängen wollte?

Jimmy bewegte sich durch die Menge, lächelte, schüttelte Hände und sonnte sich in dem ungewohnten, beflügelnden Gefühl, der Ehrengast zu sein. Er entdeckte Lois Marx, die sich angeregt mit den Barrows unterhielt. Als er an ihr vorüberging, hörte er, wie sie sich rühmte, schon seit vielen Jahren mit ihm befreundet zu sein, und sein Bild des betrunkenen Seemannes lobte.

James Bell ... Sein Name war in aller Munde. Sogar jene, die sich nicht damit brüsten konnten, ihn persönlich zu kennen – und dazu gehörten fast alle Anwesenden –, sprachen über seine Familie und seine Kindheit, als hätten sie ihn selbst aufwachsen sehen. Die New Yorker huldigten den Medien, und er war der Medienliebling der Stunde. In einer Woche würde er vermutlich schon als Schnee von gestern gehandelt. Heute abend genoß er jedoch die fünfzehn Minuten Ruhm, die Andy Warhol jedem versprochen hatte, der es wagte, nach den Sternen zu greifen.

Eine kleine dunkelhaarige Frau tippte ihm auf die Schulter. Er brauchte einen Moment, sie einzuordnen. Ruth Shepard von *Artforum*. Die Frau, mit der er beinahe geschlafen hätte. Sie umarmte ihn und flüsterte ihm ins Ohr: »Rufen Sie mich an.«

Er nickte freundlich und wäre fast über Erica gestolpert, die unbemerkt hinter ihn getreten war. »Sie sind meine ganz persönliche Gottheit«, verkündete sie und reichte ihm ein Glas Champagner.

Jimmy fragte sich zynisch, wie häufig sie wohl konvertierte, und formulierte dann die Frage, die ihn am meisten beschäftigte. »Haben Sie Estella gesehen?«

Erica schüttelte stirnrunzelnd den Kopf. »Oh-oh. Sie haben ganz andere Sorgen.«

Er blickte über die Schulter und sah Owen in Begleitung eines gebeugten Mannes mit sauertöpfischer Miene auf sie zukommen. »Carter MacLeish«, zischte Erica. »Der Kunstkritiker der *New York Times*.«

Als Jimmy sich umwandte, um MacLeish zu begrüßen, starrte er ungläubig auf das vertraute Gesicht, das sich von außen an die Fensterscheibe drückte. Sein Onkel Joe beobachtete die Party von draußen. Onkel Joe hier in New York! Jimmy hatte ihm und Maggie eine Einladung geschickt, hätte aber nicht in einer Million Jahren damit gerechnet, daß einer von ihnen sich tatsächlich blicken ließ. Er hätte es besser wissen müssen. Joe war hier, und er trug einen geborgten Smoking, der einige Nummern zu groß zu sein schien, so daß eine gewisse Ähnlichkeit mit einem Zirkusclown, der vergessen hatte, seine Schminke aufzutragen, nicht zu leugnen war.

Jimmy seufzte. »Na großartig«, brummte er in sich hinein.

Er konnte sich lebhaft den Streit zwischen seiner Tante und seinem Onkel vorstellen, als Joe verkündet hatte, daß er nach New York fahren würde. Maggie mußte wütend gewesen sein, weil er »gutes Geld zum Fenster rauswarf«, wie sie es formuliert haben würde, um irgendwo seinen Auftritt zu haben, wo er nicht hingehörte. Aber offensichtlich hatte Joe sich auf seine stille Art durchgesetzt. Vielleicht hatte er sogar versucht, sie zu überreden, ihn zu begleiten. Aber trotz all ihrer Faszination für die Reichen und Berühmten hätte Maggie dem niemals zugestimmt. Ihre Ängste, falsch angezogen zu sein oder etwas Falsches zu sagen, hätten sie umgebracht. Ganz sicher hatte sie auf Joe herumgehackt und versucht, ihm den Besuch auszureden, ihm wieder und wieder vorgehalten: »Wir passen einfach nicht zu seinen eleganten, neuen Freunden.«

Er wünschte, Joe hätte auf sie gehört. Ausnahmsweise einmal hatte sie recht gehabt.

»Der Mann der Stunde« stellte Erica ihn dem Kritiker der *Times* vor, als MacLeish und Owen zu ihnen stießen. »James, darf ich Ihnen Carter MacLeish von der *Times* vorstellen.«

Die beiden Männer schüttelten einander die Hand. »Ruth kennen Sie ja bereits«, fuhr Erica fort.

»Ja«, bestätigte Jimmy. »Wir sind alte Freunde.«

Es fiel ihm schwer, sich auf die Diskussion um ihn herum zu konzentrieren. Seine Aufmerksamkeit war auf Joe gerichtet, der versuchte, an Marci vorbeizukommen. Sie war gewohnt kalt und unnachgiebig, und Jimmy konnte nur beten, daß es Joe nicht gelang, sie einzuwickeln.

Gewissensbisse plagten ihn. Onkel Joe, der einzige Mensch auf der Welt, der ihn bedingungslos liebte. Der ihm sein Heim und sein Herz geöffnet hatte. Der ihn so viele Jahre vor Maggies bissigen Kommentaren und Schlägen beschützt hatte. Der seine Tränen weggewischt und ihn bei jeder Gelegenheit gelobt hatte. Jimmy hatte seit Wochen nicht mehr mit ihm oder Maggie gesprochen ... oder waren es schon Monate? Er hatte ihnen am Empire State Building eine Postkarte gekauft, aber jetzt, da er darüber nachdachte, wußte er nicht einmal, ob er sie abgeschickt hatte. Er hatte so verdammt viel zu tun gehabt. Er hatte sich gesagt, daß Joe das verstehen würde.

Warum verstand sein Onkel dann nicht, daß er an diesem Abend nichts in der Galerie verloren hatte? Er brauchte nur den Mund aufzumachen, und alle würden wissen, daß er ein ungebildeter Prolet aus einem hinterwäldlerischen Fischerdorf war, ohne jede Kultiviertheit oder Weltgewandtheit. Nicht, daß Jimmy sich seiner geschämt hätte. Joe war ein großartiger Mensch. Aber er hätte daheim in Cortez bleiben sollen, anstatt herzukommen und sich selbst und Jimmy der Lächerlichkeit preiszugeben.

Er wandte sich ab, so daß Joe seinem Blick nicht begegnen konnte, und lächelte MacLeish an, der gerade das Wort an ihn richtete.

»Also, mein Porträt werden Sie ganz sicher nicht malen«, sagte der Kritiker.

»Ach nein?« Jimmy warf Erica einen Seitenblick zu und versuchte, ihre Reaktion auf MacLeishs Kommentar abzuschätzen. Die *Times* hatte einen sehr großen Einfluß auf die Galeriebesucher und potentiellen Käufer. Eine vernichtende Kritik des renommiertesten Kunstkenners der Zeitung konnte seinen beginnenden Ruhm mit einem Schlag zunichtemachen. War MacLeishs Bemerkung ein Hinweis darauf, daß er Jimmys Arbeit nichts abgewinnen konnte?

»Sie könnten sich gar keins leisten«, bemerkte Erica leichthin.

MacLeish lachte leise. »Ich bin auch ohne ihn schon häßlich genug.«

Erica und Owen stimmten in sein Gelächter ein, und Jimmy gelang ein schwaches Lächeln der Erleichterung. Ein Scherz von Carter MacLeish war ein gutes Zeichen. Die Erleichterung wandelte sich jedoch in Panik, als Jimmy nur wenige Zentimeter entfernt eine Stimme ausrufen hörte: »Chub-Chub!«

Plötzlich war Onkel Joe da und rief Jimmys Spitznamen aus Kindheitstagen, die Arme ausgebreitet, um ihn zu umarmen. »Tut mir leid«, sagte Marci, die Joe gefolgt war. »Ich habe versucht ...«

»Ist schon gut«, sagte Jimmy unglücklich.

Onkel Joe schien zu spüren, daß Jimmy nicht in der Stimmung war für Umarmungen, und so ließ er linkisch einen Arm sinken und hielt den anderen ausgestreckt, um ihm statt dessen die Hand zu schütteln. »Jimmy. Na, was sagt man dazu!« dröhnte er.

Jimmy wünschte, Joe würde leiser sprechen. Sie waren doch nicht draußen auf See, um Himmels willen. Die Leute starrten bereits herüber. Joe machte sich zum Gespött.

»Hey«, sagte er mit aller Begeisterung, derer er fähig war. »Was machst du denn hier?«

Joes wettergegerbtes Gesicht glühte vor Stolz. »Wo sollte ich sonst sein? Sieh sich einer dich an, Jimmy!«

»Ja«, entgegnete Jimmy. Ihm war überdeutlich bewußt, daß Erica und die anderen um ihn herum neugierig waren, zu erfahren, wer dieser sonderbare Kauz mit dem komischen Akzent und dem schlechtsitzenden Smoking war. Bildete er sich das nur ein oder verströmte Joe wirklich einen nicht eben dezenten Fischgeruch?

»Ich ... ich mußte mich umziehen, weißt du, in einem Wagen«, sagte Joe, der angesichts von Jimmys Zurückhaltung langsam nervös wurde. »Dieser Smoking ... Diane sagte, ich solle mir einen Smoking borgen, also habe ich ...«

Jimmy nickte. Diane ... das mußte eine von den Rhinebold-Zwillingen sein. Was hatte sie mit Joes Garderobe zu tun? Er konnte den Gedanken nicht ertragen, daß seine neuen Freunde die Einzelheiten von Joes Kleidersorgen hörten, und so sagte er, ehe Joe weitere Details preisgeben konnte: »Steht dir gut.«

Joe wandte sich den Umstehenden zu und streckte jedem die Hand hin. »Joe Coleman«, stellte er sich vor. »Jimmys Onkel.«

»Aus Florida?« fragte MacLeish.

Die Erkenntnis einer bevorstehenden Katastrophe

überkam Jimmy in dem Augenblick, da Joe lächelnd entgegnete: »Genau der.« All die Lügen, die er den Interviewern aufgetischt hatte und die sie so zuvorkommend in ihren Artikeln gedruckt hatten ... All die Geschichten über seine Kindheit und Joes angebliche kriminelle Vergangenheit ...

»Onkel Joe? Der Drogenschmuggler?« Ruth Shepard schüttelte verwirrt den Kopf. »Ich dachte, Sie wären tot.«

»Drogen?« sagte Joe verständnislos. »Nein, ich nehme keine ...«

»Nein.« Jimmy mischte sich ein, in dem Bemühen, seinen Ruf zu retten. Verzweifelt nach einer plausiblen Erklärung suchend, stammelte er: »Sehen Sie, das ist ...«

Erica schien intuitiv zu spüren, daß sie sich auf dünnem Eis bewegten. Bestrebt, das Thema zu wechseln, sagte sie: »James, Carter kann gar nicht glauben, daß das Ihre erste Ausstellung ist.«

»Ist es auch nicht«, prahlte Joe, begierig, diesen Punkt richtigzustellen. »Jimmy hatte eine große Kunstausstellung in der Washington Federal ...«

Jimmy stöhnte innerlich und sagte: »Das war keine richtige ...«

»Washington Federal? Diese Galerie kenne ich gar nicht«, sagte MacLeish und klang verblüfft, von einer Galerie zu hören, deren Existenz ihm bislang entgangen war.

»Nein, eine Bank«, erklärte Joe. »Spar- und Darlehensbank.«

»Ja, aber das hier ist meine erste Ausstellung in einer Galerie«, sagte Jimmy, der am liebsten von diesen Leuten fortgelaufen wäre, so weit ihn seine Beine trugen. Er wagte es nicht, Erica oder Ruth anzusehen, aus Angst, er würde an ihren Gesichtern ablesen, daß er als Lügner und Betrüger entlarvt war.

Nur Carter MacLeish schien nicht bewußt zu sein, welches Drama sich vor seinen Augen abspielte. »Sie sind Autodidakt?« fragte er.

»Es war ein Geschenk. Es wurde Jimmy in die Wiege gelegt«, antwortete Joe stolz anstelle seines Neffen. »Als er zwei Jahre alt war, haben seine Tante und ich ihn mit an den Strand genommen, und er hat dagesessen und im Sand gemalt.«

»Daran kann ich mich nicht erinnern«, sagte Jimmy. Er machte sich eine gedankliche Notiz, dieses Detail bei seinem nächsten Interview zum besten zu geben. Die Geschichte war so genial, daß man hätte glauben können, Joe habe sie sich ausgedacht, wenn sein Onkel nicht unfähig gewesen wäre zu lügen, erst recht, wenn es etwas so Wichtiges betraf wie Jimmys Kindheit.

Ermutigt von dem sichtlichen Interesse seiner Zuhörer, erwärmte sich Joe für das Thema und erzählte von einer seiner liebsten Erinnerungen. »Eines Nachts – er war, glaube ich, in der dritten Klasse – hat er sich Maggies bestes Parfüm genommen und damit draußen auf der Straße gemalt, um seine Farben anzufeuchten und zu verteilen. Er hat alles ausgeschüttet und anschließend angezündet! Das verdammte Zeug ging in Flammen auf, und die hübschen Bilder brannten lichterloh. Einfach so ... wusch!«

Grinsend breitete er die kräftigen Arme aus, um einen Bogen anzudeuten wie jenen, den das Feuer damals vor dem Haus beschrieben hatte. Er konnte nicht wissen, daß ein Ober mit einem Tablett voller Champagnergläser ausgerechnet in diesem Moment vorbeikommen würde.

Sein rechter Arm traf den Ober gegen die Brust, das Tablett fiel diesem aus der Hand, und die Gläser zerbarsten klirrend auf dem Boden.

»O Scheiße!« fluchte Jimmy, der sich gedemütigt fühlte von der Vorstellung seines Onkels. Er wünschte von ganzem Herzen, Joe möge sich irgendwie einfach in Luft auflösen. Als er sich jedoch bückte, um die Glassplitter aufzuheben, war Joe an seiner Seite und versuchte, sich nützlich zu machen.

»Laß es!« zischte Jimmy.

Aber Joe konnte es nicht lassen. Ihm war es entsetzlich peinlich, die Gläser zerbrochen zu haben, und jetzt wollte er sein möglichstes tun, seinen Fehler wiedergutzumachen.

»Es ist okay, Joe!« Grob stieß Jimmy Joes Arm fort. »Laß gut sein!«

Joe öffnete leicht den Mund und schloß ihn wieder. Er blickte von Jimmy auf die Glasscherben vor ihnen auf dem Fußboden. Dann sah er wieder Jimmy an, als wolle er sichergehen, daß er auch denselben Jimmy Bell vor sich hatte, den er aus Cortez, Florida, kannte. Als er sich langsam aufrichtete, schien ihm eine wichtige Erkenntnis zu kommen. »Hör zu, es tut mir leid«, sagte er zu niemandem ins besondere. Dann machte er auf dem Absatz kehrt und steuerte hastig die Tür an.

So sehr Jimmy sich auch wünschte, daß er ging, konnte er ihn doch nicht so fortlassen, nicht, ohne sich zu verabschieden. Ohne zumindest einen Versuch zu unternehmen, die Angelegenheit zwischen ihnen zu bereinigen. Joes unerwarteter Anwesenheit in der Galerie war Jimmy einfach nicht gewachsen gewesen. Es würde schwer sein, Gemeinsamkeiten zwischen seiner Vergangenheit und der Gegenwart zu finden. Er jonglierte bereits mit zu vielen Bällen. Aber er liebte Joe und wollte ihm nicht weh tun.

Also lief er ihm nach und rief: »Joe, warte!«

Gäste, die gerade eingetroffen waren, starrten ihn an, als er an ihnen vorbeihastete, um Joe einzuholen.

»Hör zu, ich gehe besser«, sagte Joe und rieb die Schuhsohle an der Bordsteinkante. »Ich komme um vor Hunger. Ich denke, ich werde mir einen McDonald's suchen. Geh du nur wieder rein. Wir reden später.«

Sie würden nicht später reden. Sie wußten beide, daß Joe auf direktem Wege zum LaGuardia-Flughafen fahren und im nächsten Flugzeug nach Tampa sitzen würde. Jimmy fiel einfach nichts ein, was er hätte sagen können, um die ganze Situation für ihn oder seinen Onkel erträglicher zu machen.

Nach einer Ausrede suchend, sagte er: »Das ist ... es ist Arbeit, weißt du ... und ...« Er schüttelte den Kopf. Die Worte klangen sogar in seinen Ohren lahm.

Aber Joe, großzügig wie immer, gab vor, ihm zu glauben. »Natürlich, ich verstehe. Los, mach schon, zeig es ihnen.« Er erlaubte sich eine Umarmung, einen kurzen Moment der Nostalgie, der Erinnerung an andere Zeiten. »Ich bin stolz auf dich, James«, sagte er. »Das bin ich immer gewesen.« Darauf wandte er sich ab und ging die Straße hinunter. Ohne zurückzublicken hob er die Hand zu einem stummen Gruß.

Jimmys Kehle war wie zugeschnürt, als er in die Galerie zurückkehrte. Er fühlte sich verlassen, so, als hätte er seinen besten Freund verloren. Und doch war es das vernünftigste, daß Joe ging. Er gehörte nicht hierher. Er konnte diesen neuen Abschnitt in Jimmys Leben nicht mit ihm teilen. Jimmy hatte ihn nicht gebeten zu gehen. Diese Entscheidung hatte Joe ganz allein gefällt. Und es war die richtige Entscheidung gewesen. Trotzdem waren ihm diese vernünftigen Schlüsse im Moment nur ein geringer Trost.

»Chub!« rief Joe.

Jimmy wandte sich noch einmal um.

Aus einem halben Block Entfernung rief Joe: »Frag sie, ob sie wissen, wie man einen Schwertfisch räuchert.«

Der Rest des Abends verstrich in Champagner- und Tequiladunst. Jimmy nahm alle Gläser an, die man ihm reichte. Nach dem dritten oder vierten hörte er auf zu zählen, aber es schien ihm einfach nicht gelingen zu wollen, sich zu betrinken, wie sehr er sich auch wünschte, seine Gefühle auszuschalten. Die Party nahm um ihn herum mit Wellen von Gelächter und Gesprächen ihren Lauf. Er schnappte Fetzen von Komplimenten auf, die in seine Richtung gerufen wurden, Fragmente von Lobreden, Tributen an sein Talent. Menschen versuchten, ihn in ein Gespräch zu verwickeln, aber er konnte nicht lange genug stillstehen, um sich auf das zu konzentrieren, was sie sagten. Er kreiste unablässig durch den Raum und lächelte und nickte, als würden ihre Worte und ihre Gegenwart ihm etwas bedeuten. Aber tatsächlich wollte er nur eins: Estella sehen.

Die Gästeschar hatte sich beträchtlich gelichtet, als Erica und Owen ihn in der Bar fanden, wo er einen weiteren Tequila bestellte.

»Gratuliere«, sagte Erica.

Owen grinste breit. »Du hast es geschafft.«

Verwirrt fragte Jimmy: »Was habe ich geschafft?«

»Sie sind alle verkauft. Jedes einzelne Gemälde. Sie haben jedes einzelne Bild gekauft!« verkündete Erica triumphierend.

»Wirklich? Sie sind alle verkauft?«

»Sie sind ein Hit, Darling«, versicherte sie ihm. »Und jetzt kommen Sie, holen Sie Ihre Sachen.«

Er konnte sie reden hören, registrierte jedoch den Sinn dessen, was sie sagte, nicht mehr, weil er Estella entdeckt hatte, die mit dem Rücken zu ihm draußen vor der Galerie stand. Ein strahlendes Lächeln erhellte seine Züge. Er trat vor und blieb abrupt stehen, als sie sich ihm zuwandte. Seine Einbildung hatte ihm einen Streich gespielt. Die Frau, die er vor sich hatte, sah Estella nicht im geringsten ähnlich, abgesehen davon, daß sie blond und in etwa gleich groß war.

Erst jetzt begriff er, daß sie nicht kommen würde. Er nahm die Flasche Tequila von der Bar.

Als er sich an Erica vorbeischob, sagte sie: »Lassen Sie uns in die Innenstadt fahren und richtig feiern.« Dann, als sie sah, daß er die Tür ansteuerte, rief sie ihm nach: »Wo wollen Sie denn hin?«

»Fangen Sie ohne mich an!« entgegnete er, dann war er fort.

Es schneite leicht. Es war der erste echte Schnee, den Jimmy sah – außerhalb eines Kinos. Der Bürgersteig unter seinen Füßen war vereist und rutschig, und ein kräftiger Wind wehte ihm ins Gesicht, als er nach Uptown hastete. An der Neunundfünfzigsten beschloß er, anstatt der Fifth Avenue zu folgen, einen Umweg durch den Central Park zu machen. Ihm kam gar nicht der Gedanke, daß er sich in Gefahr begeben könnte, wenn er sich um diese Zeit in den dunklen, verlassenen Park wagte. Der Alkohol hatte ihn mutig gemacht. Er fühlte sich unbesiegbar, wie Superman, unverwundbar bis auf eins, das ihn in die Knie zwingen konnte. Für Superman war es Kryptonit; für ihn war es die Abwesenheit Estellas in seinem Leben.

Die Wolken hatten die Sterne, die auch in klaren Nächten wegen der zahlreichen Lichter der Stadt schwer zu sehen waren, vollständig verdeckt. Aber er besaß die Fähigkeit eines alten Seebären, sich an einem Minimum vertrauter Fixpunkte zu orientieren. Er hielt sich an die Straße, die am Park entlangführte, und nutzte das Scheinwerferlicht der vorbeifahrenden Wagen, um den Engel am Bethesda-Brunnen zu finden. Von dort aus brauchte er nur wenige Minuten, um die Bow Bridge zu erreichen, wo er und Estella sich getroffen hatten, damit sie ihm von Walter Planes Antrag erzählen konnte.

Er stand allein in der Mitte der schneebedeckten Brükke und blickte in den Himmel. Obwohl er sich nicht als gläubigen Menschen betrachtete, stellte er sich gern vor, daß eine übergeordnete Macht den Lauf des Universums regelte. Er zitterte, aber nicht aus Furcht, wenngleich die meisten Menschen der Ansicht gewesen wären, daß ein nächtlicher Ausflug allein in den Central Park durchaus Grund genug war, sich zu fürchten. Ebensowenig zitterte er vor Kälte, obgleich die Temperatur in dem Maße fiel, in der der ungewöhnlich frühe Sturm an Heftigkeit zunahm.

Die wirren Ereignisse des vergangenen Abends hatten ihm ein Gefühl des Ausgeliefertseins und der Haltlosigkeit vermittelt. Noch nie zuvor hatte er innegehalten, um sich zu fragen: *Was jetzt?* Die Umstände hatten ihn stets vorangetrieben. Der tödliche Unfall seiner Eltern, Mrs. Dinsmoors Einladungen, der Job bei Joe auf dem Boot, Ragnos Angebot einer Ausstellung. Jetzt fragte er sich, wie er die Punkte verbinden sollte, die das Muster seines Lebens bildeten, sofern die höhere Macht, die über ihn wachte, seinem Leben überhaupt ein erkennbares Muster vorgegeben hatte.

Vielleicht, sagte er sich, war die Lektion eben die, daß niemand je wußte, was als nächstes kommen würde. Vielleicht war das Beste, was man tun konnte, seinen Träumen hinterherzujagen und sich seinem Schicksal zu stellen. Er setzte die Flasche Tequila an und sprach in Gedanken einen Toast aus: *Auf uns, Estella.* Als die Glut des Alkohols seinen Magen erreichte, überquerte er die Brücke und steuerte Mrs. Dinsmoors Stadthaus an.

Das Haus war völlig dunkel. Kein einziges Licht war hinter den von schweren Vorhängen verhangenen Fenstern zu sehen. Er öffnete das schmiedeeiserne Tor vor dem Haus, stieg die Treppe hinauf und läutete.

Im Inneren des Hauses rührte sich nichts. Er klingelte ein zweites Mal. Als sich immer noch nichts rührte, begann er, mit den Fäusten gegen die Tür zu hämmern.

»Laß mich rein!« schrie er. »Laß mich rein! Ich habe es geschafft! Ich bin ein Star! Ich habe alle verkauft, alle meine Bilder. Du brauchst dich meiner nicht mehr zu schämen. Ich bin reich. Ist es nicht das, was du wolltest? Ist das nicht großartig? Endlich können wir glücklich werden! Nach all den Jahren. Begreifst du denn nicht?«

Gegenüber flog ein Fenster auf, und nebenan flammte ein Licht auf. In diesem Viertel war man keine lauten Stimmen oder nächtlichen Störungen gewöhnt. Die Leute waren neugierig. Sie wollten wissen, was los war. Sie wollten, daß der Lärm ebenso bald endete, wie er begonnen hatte.

Jimmy wollte Estella. Nichts und niemand würde ihn aufhalten, bis sie ihm die Tür öffnete und ihn hereinließ. Sie mußte zu Hause sein. Sie mußte einfach. Und falls sie noch nicht begriffen hatte, würde er es ihr aufmalen. Er nahm einen letzten Schluck Tequila, drehte die Flasche auf den Kopf und kippte den restlichen Alkohol auf den Treppenabsatz vor der Tür.

»Ich habe das alles nur für dich getan, alles, was an mir Besonderes ist, bist du!« brüllte er. »Alles, was möglicherweise gut ist an mir, bist du!«

Er fischte sein Feuerzeug aus der Hosentasche, ließ es aufflammen und warf es in die Alkoholpfütze. Der Tequila fing sofort Feuer. Die Flammen nahmen Gestalt an – ein loderndes Herz mitten in Manhattan.

Was er mit Worten nicht hatte bewirken können, war ihm mit seinem brennenden Liebesgruß gelungen. Der Türsummer wurde betätigt und signalisierte ihm, daß er eintreten konnte. Jimmy drehte den Türknauf und betrat das Backsteinhaus.

Er blinzelte mehrmals, um sich an die Dunkelheit zu gewöhnen, die noch schwärzer war als die Nacht. Schließlich konnte er eine gewundene Treppe erkennen, die sich zu einem schmalen Streifen blassen gelben Lichts im ersten Stock hinaufwand. Eine Hand auf dem Geländer, hastete er die Stufen hinauf. Das Licht schimmerte unter einer geschlossenen Tür oben auf dem Treppenabsatz hindurch.

Sein Herz raste. Er holte tief Luft, um sich zu beruhigen. Estellas Name lag auf seinen Lippen, als er die Tür aufstieß.

»Welch nette Überraschung«, sagte Mrs. Dinsmoor.

Sie lag auf dem Bett und streichelte ihre tote Katze.

Der Schock verschlug ihm die Sprache. Sie lächelte und wartete geduldig, daß er sich von seiner Überraschung erholte. Endlich brachte er genügend Geistesgegenwart auf, zu fragen: »Was machen Sie hier?«

»In diesem Haus?« Sie lachte fröhlich, als hätte er ihr soeben einen köstlichen Witz erzählt. »Es gehört mir. Ich bin hier geboren. Ich war eine Ewigkeit nicht mehr hier, aber …«

»Wo ist Estella?«

»… aber nachdem ich zu dem großen Ereignis herkommen mußte«, fuhr sie unbeirrt fort, »dachte ich mir, ich könnte ebensogut in dem alten Haus wohnen. Tabby liebt es. Stimmt's, mein Süßer?«

»Welches große Ereignis?« fragte Jimmy und sah sich im Schlafzimmer um, als rechnete er damit, daß Estella sich in einer dunklen Ecke versteckt hielt wie in den alten Tagen auf Paradiso Perduto. »Meine Vernissage? Die kümmert mich keinen Dreck.«

»Aber, aber«, schimpfte Mrs. Dinsmoor. »Es hat dir doch Spaß gemacht. Du brauchst dich mir gegenüber nicht zu verstellen. Und ich habe dich schon vor Jahren gewarnt. Das hätte ich nicht tun müssen. Ich sagte: ›Sie wird dir entsetzlich weh tun.‹ Oder etwa nicht? Aber du wolltest ja nicht hören. Nun, sieh es doch von der positiven Seite. Wir drei sind vereint. Verbunden. Du, Estella und ich. Eine Pyramide des Leids. Es ist keine Liebe, aber es ist ein Band. Wir sind verbunden.«

Er hatte immer gewußt, daß sie grausam war, und er war schon vor langer Zeit dahintergekommen, daß sie nicht mehr ganz bei sich war. Aber jetzt erkannte er, daß sie vollständig dem Wahn verfallen war, daß der Haß sich ihrer Seele bemächtigt und jeden Rest von Menschlichkeit vernichtet hatte. Sie hatte ihre Trauer kultiviert und genährt und sie wuchern lassen wie die Vegetation auf ihrem Anwesen. Es war kein Platz mehr für den geringsten Hauch von Mitgefühl oder menschlicher Güte.

Er hatte gar nicht versucht, sein Herzensleid vor ihr zu verbergen. Aber sie konnte sich nur über seinen Schmerz lustigmachen und triumphieren, weil ihre Prophezeiung sich erfüllt hatte. Sie schien beinahe freudig erregt angesichts seiner Qualen, während sie dalag und ihn hinter ihrer grotesken Maske anlächelte.

Er war versucht zu gehen. Aber er konnte nicht, nicht ohne einen letzten Versuch zu unternehmen, sie seinen Schmerz fühlen zu lassen. Er wäre zufrieden, wenn sie auch nur das geringste Anzeichen davon zeigte, daß sie sich der Qualen bewußt war, die sie ihm und Estella auferlegt hatte.

»Geben Sie mir Ihre Hand«, sagte er.

Verblüfft von seiner Aufforderung, zögerte sie. Sie war es gewohnt, Befehle zu erteilen und nicht, welche zu empfangen. Vielleicht war es der entschlossene Ausdruck in seinen Augen, der sie bewog, zu tun, was er verlangte. Sie hob einen Arm. Jimmy nahm die Hand, die sich anfühlte wie ein zerbrechliches, welkes Herbstblatt, und drückte sie auf seine linke Brustseite.

»Was ist das?« fragte er sie.

Ihre Lippen bebten. Er wußte, daß sie sich an den Tag erinnerte, da sie ihm dieselbe Frage gestellt hatte. »Deine ...« Sie brach ab und schüttelte den Kopf. Sie wollte, daß er aufgab, daß er sie in Frieden ließ. Sie wollte nicht glauben, daß jemand anders ebenso leiden konnte, wie sie gelitten hatte.

Aber er wollte, daß sie wußte, daß das Band, das zu knüpfen sie sich solche Mühe gegeben hatte, die »Pyramide des Leids«, die ihn für immer an sie und Estella ketten würde, einen Teil von ihm zerstört hatte – möglicherweise unwiderruflich.

»Mein Herz«, sagte er leise. »Mein gebrochenes Herz. Können Sie es fühlen? Und das haben Sie mir angetan.« Er drückte ihre Hand auf sein Herz und sah ihr dabei fest in die Augen. Er ließ sie erst los, als er in ihren Augen die Tränen glitzern sah, die sie sich zu vergießen weigerte.

»Es tut mir leid«, wimmerte sie.

Ihre Entschuldigung kam zu spät. Er wandte sich ab und ging, ohne ein weiteres Wort. Ein gräßlicher Klagelaut folgte ihm, als er die Marmortreppe hinunterstieg.

»Es tut mir leid!« kreischte sie.

Er blickte zurück. Sie stand oben an der Treppe, ein blasses, dürres Gespenst. »Was habe ich getan?« rief sie, die Hände ringend.

Sie würde die Antworten auf ihre Fragen selbst finden müssen. Es war zu spät – er konnte ihr nicht mehr helfen. Er war nicht einmal sicher, ob er sich noch selbst helfen konnte.

Barfuß und nur mit ihrem Nachthemd bekleidet, folgte sie ihm nach draußen. Er konnte hören, wie sie seinen Namen rief, als suche sie ihn. »Jimmy? Jimmy?«

Er ging weiter. Er weigerte sich stur, ihr entgegenzukommen. Und da er sich nicht umwandte, sah er auch nicht, daß sie verlassen im Schnee stand und ihr Tränen über die Wangen liefen. Sie drehte sich wie ein außer Kontrolle geratener Kreisel um die eigene Achse, wie ein

Kind, das verzweifelt nach seinen Eltern suchte, eine verrückte alte Frau, die gefangen war in ihrem Wahn, zu krank, noch geheilt werden zu können.

Ein Jet dröhnte über sie hinweg. Das Flugzeug zog wie ein silberner Pfeil durch den Himmel, glitzernd wie eine Sternschnuppe über der Stadt. Jimmy fragte sich, wer die Passagiere sein mochten, wohin sie flogen. Er beneidete sie darum, daß sie all dem hier entkamen. Vielleicht fühlte sich einer von ihnen wie er, abgewiesen und mit gebrochenem Herzen, von einer unglücklichen Liebe verfolgt. Er hob einen Arm in einem stummen Gruß an die Reisenden und wünschte ihnen in Gedanken einen guten Flug.

Er konnte nicht ahnen, daß nur zwei Passagiere an Bord waren, die er beide kannte. Der eine war Walter Plane, der schon nach dem Telefon gegriffen hatte, um einen Deal mit Japan auszuhandeln, noch bevor der Jet gestartet war. Der zweite war Estella. Sie saß vornübergebeugt in ihrem Sitz, das Gesicht ans Fenster gedrückt. Sie starrte hinunter auf die Stadt, versuchte, einen Blick auf vertraute Punkte zu erhaschen, und fragte sich, warum alle Entscheidungen, die sie traf, ihr nur Leid zu bringen schienen.

Kapitel 9

Es hätte die glücklichste Nacht in Jimmys Leben sein sollen. Statt dessen erwies sie sich als die schlimmste und längste. Aber er hatte einen neuen Freund gewonnen – Rafael, den Jungen, der ihn zum Opfer gewählt und sich an ihn herangeschlichen hatte, um ihn auf dem Pier am East River zu überfallen.

»Fragst du dich nicht manchmal, wie anders dein Leben vielleicht verlaufen wäre, wenn irgend etwas, nur eine Kleinigkeit, nicht passiert wäre?« hatte Jimmy Rafael gefragt, nachdem er dem Jungen einen Schlag an den Kopf versetzt, ihm die Waffe entwunden und darauf bestanden hatte, daß er mit ihm trank.

»Die ganze Zeit, Mann«, hatte Rafael entgegnet und sich die schmerzende Stelle an seinem Kopf gerieben, dort, wo Jimmy ihn mit der Rumflasche getroffen hatte.

Vom Alkohol betäubt, hatten sie in kumpelhaftem Schweigen die Flasche geleert. Sie sahen zu, wie der Schnee auf den Fluß herabfiel, bis ihre Hände und Füße ganz taub waren von der Kälte. Erst dann war Jimmy bereit, nach Hause zu gehen. Wortlos gab er Rafael seine Goldkette zurück und schüttelte ihm die Hand. Er hoffte, daß der Junge aus dieser Begegnung etwas gelernt hatte. Er hatte selbst in dieser Nacht eine harte

Lektion gelernt, eine, die sich lange im voraus angekündigt hatte.

Die Straßen in diesem Teil von New York waren so früh am Morgen, in den Stunden zwischen Dunkelheit und Morgendämmerung, menschenleer. Seine Müdigkeit lag wie ein Anker um seinen Hals und zerrte ihn hinab in den Schlaf. Am Ende des Blocks sah er einen alten Mann, der in die gleiche Richtung hastete wie er. Der alte Mann, dessen langes graues Haar im Wind flatterte, blieb stehen, um einen Blick auf einen Zettel zu werfen, den er aus einer kleinen Segeltuchtasche gezogen hatte, und eilte dann um die Ecke außer Sichtweite.

Gleich darauf tauchten drei finstere Gestalten auf der ansonsten verlassenen Straße auf. Mit drohenden Blicken kamen sie wiegenden Ganges auf ihn zu. Wenn sie versuchten, ihm angst zu machen, würden sie sich schon sehr viel Mühe geben müssen. Nichts, was sie taten, konnte ihn beeindrucken. Er konnte sich nicht elender fühlen, als es bereits der Fall war.

Sie postierten sich im Kreis um Jimmy und musterten ihn von Kopf bis Fuß. *Verpißt euch, ihr Penner*, dachte er und ging einfach weiter. Er konnte hören, wie sie ihm folgten. Es waren nur noch wenige Schritte bis zu seinem Haus. Er trieb sich zu mehr Eile und kramte im Gehen die Hausschlüssel aus der Hosentasche. Er war todmüde und nicht in Stimmung für eine Schlägerei. Er hatte Sehnsucht nach seinem Bett. Er brauchte dringend Schlaf. Aber wenn sie sich unbedingt prügeln wollten, war er bereit.

Er betrat das Haus und schlug die Tür hinter sich zu. Die Schläger mußten das Interesse an ihm verloren haben, denn die Tür blieb geschlossen. Jimmy gähnte und schlief beinahe im Stehen ein, als der Fahrstuhl ächzend zu seinem Stockwerk hinauffuhr. Er sperrte seine Ateliertür auf und wollte gerade eintreten, als er jemanden »Pssst!« sagen hörte. Er blickte sich um, konnte niemanden entdecken und sagte sich, daß seine Einbildung ihm wohl einen Streich gespielt hatte. Aber dann rief ihn erneut eine Stimme an. »Hey! Hallo?«

Er folgte dem Klang der Stimme zum Treppenhaus. Auf dem unteren Treppenabsatz lehnte der alte Mann, der ihm zuvor unten auf der Straße aufgefallen war, an der Wand. Als er sah, daß Jimmy zu ihm herabblickte, trat der Mann vor.

»Ich stecke in Schwierigkeiten«, sagte er, so leise, daß Jimmy Mühe hatte, ihn zu verstehen. »Ein paar Typen sind hinter mir her. Dürfte ich vielleicht Ihr Telefon benutzen? Ich weiß, daß das sonderbar klingt, aber wenn ich bitte von Ihrer Wohnung aus die Polizei anrufen dürfte? Bitte?«

Der Mann sah zu schwach aus, irgendwelchen Ärger zu machen, und außerdem glaubte ihm Jimmy seine Geschichte, weil er die zwielichtigen Gestalten selbst gesehen hatte. Er konnte einen harmlosen alten Mann nicht seinem Schicksal überlassen. »Klar. Kommen Sie rauf«, entgegnete er und sagte sich, daß er den alten Knaben rauswerfen würde, sobald die Polizei eintraf.

»Danke«, sagte der Mann und begann, die Treppe hinaufzusteigen. »Tut mir leid«, keuchte er, als er den Treppenabsatz im vierten Stock erreichte. »Es ist eine ... ungewöhnliche Situation. Es wird nur eine Sekunde dauern.«

Jimmy ging voran in seine Wohnung. »Da drüben«, sagte er und zeigte auf das Telefon. Er brauchte etwas zu trinken und erkannte, daß einfaches Wasser nicht ausreichen würde, seinen Durst zu löschen. Tequila, entschied er, und öffnete den Schrank, um eine Flasche zu entnehmen.

Der alte Mann hatte derweil seinen Mantel abgelegt und wählte 911. »Hallo?« Er sprach in dringlichem Tonfall in den Hörer. »Ja, ich bin in Schwierigkeiten. Ein paar Männer verfolgen mich. Wenn Sie einen Streifenwagen schicken könnten ... nach ...« Er wandte sich Jimmy zu. »Wie lautet die Adresse?«

Jimmy schenkte sich einen Schuß Tequila ein. »Eins-elf Prince«, erwiderte er.

»Eins-elf Prince«, wiederholte der alte Mann. Er nickte. »Ja, sobald wie möglich. Danke.« Er legte auf und trat zu Jimmy an den Küchentresen.

Okay, dachte Jimmy und schenkte ihm einen Tequila ein. Er hatte seine gute Tat des Tages getan.

Der alte Mann sagte, sein Name wäre Lustig, und er schien sich mehr für den Loft zu interessieren als dafür, über seine Verfolger zu sprechen. Er sah sich bewundernd in dem geräumigen Atelier um und ließ den Blick über die Staffelei und die Farbe sowie die Gemälde, die an den Wänden lehnten, schweifen. »Ist das Ihr Atelier? Sind Sie Künstler?«

Jimmy nickte. »Genaugenommen war heute die Vernissage meiner Ausstellung.«

Lustig strich sich mit einer Hand über den Bart. »Ach ja. Wie heißen Sie?«

»James Bell.« Jimmy gähnte erneut.

»James Bell.« Lustig lächelte, und sagte dann: »Jimmy.«

Etwas an Lustigs Tonfall – die Art, wie er seinen Spitznamen ausgesprochen hatte, als wären sie alte

Freunde – veranlaßte Jimmy, sich das Gesicht des Fremden genauer anzusehen, oder zumindest das, was unter dem Bart zu erkennen war, Lustig sah aus, als hätte er in seinem Leben viel Zeit im Freien verbracht. Seine Haut war rauh und wettergegerbt. Tiefe Furchen zogen sich von seinen Nasenflügeln zu den Mundwinkeln. Seine Augen waren dunkel, der Ausdruck in ihnen lauernd.

»Kenne ich Sie?« fragte Jimmy.

Lustig schien amüsiert. »Sie erkennen mich nicht?«

Jimmy schüttelte den Kopf. »Nein.«

Lustig stellte sein Glas ab und machte ein paar Schritte, bis er direkt vor Jimmy stand. Er packte mit einer Hand seinen Arm und legte ihm die andere über den Mund.

»Ich kenne deinen Namen«, flüsterte er.

Jimmys Augen weiteten sich, als ihn die Worte zurück auf die Insel in der Desoto Bay katapultierten, zu dem furchterregendsten Erlebnis seines ganzen Lebens. Ja, die Erinnerung kehrte zurück. Die Stimme war dieselbe, ängstlich und gehetzt, nur daß sie damals einer jüngeren, viel furchterregenderen Version dieses nun hilflosen alten Mannes gehört hatte, der sich zu freuen schien, ihn wiederzusehen. Jimmy starrte aus dem Fenster und wartete, daß sich die Vision auflöste, daß Lustig verschwand.

Nach einer Weile, die ihm endlos erschien, akzeptierte er, daß er keiner Phantasterei erlegen war. Was er erlebte, war Realität. Er räusperte sich. »Nun«, sagte er. »Freut mich, daß Sie mich besucht haben ...«

Er drehte sich um und sah zu seiner Verwirrung, daß Lustig sich mit einem Ärmel über die Augen fuhr, als würde er Tränen fortwischen.

»Und wer ist dieser gutaussehende junge Mann?« fragte Lustig, der zu einem Porträt seiner selbst in jüngeren

Jahren trat. »Scheint, als hätten Sie auch zuweilen an mich gedacht.«

»Wie könnte ich das vergessen? Sie haben mir Todesangst eingejagt«, entgegnete Jimmy. Er hatte den Sträfling gemalt, wie er ihm in Erinnerung geblieben war, und doch hatte er es vorgezogen, dieses Gemälde nicht zu zeigen, sondern statt dessen eine neuere Version auszustellen. Nicht zuletzt, weil Erica der Ansicht gewesen war, das Gesicht auf diesem Porträt wirke zu sympathisch, nicht einschüchternd genug.

Taub für den Zorn in Jimmys Stimme, lachte Lustig leise. »Es gefällt mir. Wieviel? Ich meine, ist es zu verkaufen?«

»Bedaure, es ist bereits verkauft. Genaugenommen habe ich heute abend meine sämtlichen Bilder verkauft.«

Lustig hob sein Glas und prostete ihm zu. »Gratuliere.«

»Ich hatte Glück«, entgegnete Jimmy knapp. Er konnte es kaum erwarten, daß Lustig endlich wieder ging. Er fühlte sich unsicher, solange er in der Wohnung war, nicht weil Lustig eine körperliche Bedrohung dargestellt hätte, sondern weil er sich zu entspannt gab, zu kumpelhaft, als gehöre er hierher. Zu Jimmy.

»Nein«, widersprach Lustig. »Sie haben den Erfolg verdient. Sie sind ein talentierter Mann. Ein großes Talent sogar.« Er schenkte sich selbst noch einen Tequila ein und wanderte langsam von einem Ende des Raumes zum anderen, während er an seinem Drink nippte. »Und das hier ist eine phantastische Bleibe. Darf ich so persönlich werden zu fragen, was Sie an Miete zahlen?«

»Miete?« Jimmy ließ sich auf das Sofa sinken. »Keine Ahnung. Das übernimmt jemand anders.«

Lustig grinste. »Ach wirklich? Und wer?«

Jimmy war versucht, zu erwidern, daß es ihn nichts anging, wer die verdammte Miete zahlte. Gleichzeitig juckte es ihn aber auch in den Fingern, zu Stift und Papier zu greifen und Lustig zu skizzieren, so, wie er heute aussah – als Gegenstück zu seinem Porträt des Sträflings als jungem Mann. Sein Gesicht besaß so viel Charakter, so viele interessante Linien und Schatten. Und der Bart …

Er unterdrückte den Impuls und sagte: »Ein Anwalt. Warum?«

Lustig zuckte die Achseln. Er zog einen Stuhl heran und machte es sich bequem, als würde er sich auf einen langen Besuch einrichten. »Nur so. Es freut mich, daß sich für Sie alles so gut entwickelt hat.« Er strahlte Jimmy an wie ein stolzer Vater, der nach langer Trennung wieder mit seinem geliebten Sohn vereint war.

Die Erinnerung daran, wie Joe sich bückte, um die Glassplitter aufzuheben, schoß Jimmy durch den Kopf. Joe und nicht Lustig sollte jetzt hier bei ihm sitzen. Aber Joe war auf dem Weg zurück nach Florida, und Jimmy fühlte sich in Lustigs Gegenwart mit jeder Minute unbehaglicher. »Ich bin sicher, die Cops werden jede Minute hier sein«, sagte er hoffnungsvoll.

Lustig zwinkerte ihm zu, als würde er ihn in einen ganz persönlichen Spaß einweihen. »Ich habe sie nicht angerufen«, sagte er.

Aber Jimmy hatte ihn doch selbst mit der Notrufzentrale sprechen hören … oder zumindest hatte Lustig ihn das glauben gemacht. »Warum nicht?« fragte er und fürchtete sich beinahe vor der Antwort.

»Ich konnte nicht«, entgegnete Lustig ruhig. »Ich werde gesucht.«

»Was ist mit diesen düsteren Gestalten unten auf der Straße?« fragte Jimmy mißtrauisch.

Lustig winkte ab. »Alte Geschäftsfreunde von mir. Sie haben ein paar Probleme, die sie schon längst hätten überwinden sollen.«

»Ich denke, Sie sollten jetzt gehen«, sagte Jimmy, in einem Tonfall, von dem er hoffte, daß er angemessen drohend klang. Er hatte Lustig bereits einmal das Leben gerettet. Wie oft sollte er ihm noch aus der Klemme helfen? Gab es für solche Dinge nicht eine Art Höchstgrenze?

»Geben Sie mir noch eine Minute«, entgegnete Lustig lächelnd. »Es war schön, Sie wiederzusehen, Jimmy ... als Erwachsenen. Als Mann. Hier oben, im Kreise dieser Leute, in diesem Umfeld. Mein Jimmy ein berühmter Maler. Ich gratuliere Ihnen zu Ihrem Erfolg, zu Ihrer Ausstellung, zu allem. Auf Sie.« Er hob sein Glas und kippte den letzten Rest Tequila hinunter.

»Ich weiß Ihre Anteilnahme zu schätzen, wirklich. Aber im Augenblick machen Sie mich nervös, und ich denke, Sie sollten besser gehen«, sagte Jimmy bestimmt. Er stand auf und machte ein paar Schritte in Richtung Tür.

»In Ordnung.« Lustig nickte freundlich und öffnete den Reißverschluß seiner Segeltuchtasche. Er wühlte in der Tasche, bis er gefunden hatte, was er suchte – eine halbautomatische Pistole, die er sich lässig in den Hosenbund steckte. »Ich möchte nicht, daß Sie sich schlecht fühlen«, sagte er.

»An einem anderen Tag hätten wir vielleicht zusammen etwas trinken gehen können«, sagte Jimmy und gab sich alle Mühe, die Waffe nicht anzustarren.

Lustig knöpfte seine Anzugjacke zu und zog den Mantel über. »Ich bin nur gekommen, um hallo zu sagen und zu sehen, wie es Ihnen geht. Jetzt bin ich zufrieden. Es ist großartig. Genau so, wie es sein sollte.« Er klopfte Jimmy freundschaftlich auf den Rücken und streckte die Hand nach dem Türknauf aus. »Ragno hat gute Arbeit geleistet.«

Es dauerte einen Herzschlag lang, ehe Jimmy begann, die Tragweite von Lustigs Abschiedsworten zu begreifen. »Warten Sie!« rief er und stürzte ihm nach. »Gehen Sie nicht! Ich habe die Kerle gesehen, als ich reingekommen bin. Sie sind irgendwo da draußen. Sie sind zu dritt.«

Der Fahrstuhl erreichte gerade den vierten Stock. »Ich weiß«, sagte Lustig, als die Tür aufglitt. »Ich mache das schon. Ich werde tun, was ich tun muß.«

Niemals würde er Lustig in die Falle laufen lassen. »Kommen Sie«, sagte er. Er packte Lustig beim Arm und zog ihn zu dem Fenster am hinteren Ende des Flures, auf der Rückseite des Gebäudes. Die Schläger erwarteten vermutlich, daß Lustig das Haus durch die Vordertür verließ. Er brauchte es ihnen ja nicht leichter zu machen als nötig. Trotz der Waffe standen seine Chancen schlecht bei drei gegen einen.

Die Fragen würden später kommen. Jetzt war keine Zeit zum Reden. Jimmy stieß das Fenster auf und stieg hinaus auf die Feuerleiter. Er sah hinunter in den Hof, konnte dort jedoch niemanden herumlungern sehen. Er winkte Lustig, ihm zu folgen. Sie kletterten über die Feuerleiter hinunter, bis zur Plattform im zweiten Stock. Jimmy ließ die kurze Stahlleiter hinunter, die an der Plattform befestigt war, und sprang die letzten drei Meter. Er rollte sich ab, stand auf und sah dann nervös zu, wie Lustig sich zu springen anschickte.

Lustig warf seine Segeltuchtasche zu Boden und ließ sich dann selbst fallen. Er landete unglücklich auf der Seite. Jimmy wollte ihm aufhelfen, aber Lustig schüttelte seine Hand ab und stand allein auf. Jimmy schlich sich um die Ecke des Gebäudes vor, bis er die drei Kerle draußen vor dem Haus entdeckte. Offensichtlich warteten sie auf Lustig. Jimmy kehrte eilig zu Lustig zurück und führte ihn zu dem Betontunnel im Hinterhof. Sie durchquerten ihn und gelangten am anderen Ende auf eine menschenleere Straße.

Es war weit und breit kein Taxi zu sehen, aber der Eingang zur U-Bahn-Haltestelle Chambers Street war nur zwei Blocks entfernt. Wenn Lustig einen Zug erwischte, bevor die Schläger ihn entdeckten, konnte er sich irgendwo außerhalb der Stadt in Sicherheit bringen. Jimmy führte Lustig zügig in Richtung U-Bahn und blickte immer wieder mißtrauisch zurück, um sich davon zu überzeugen, daß die Schläger ihnen nicht folgten.

Als die brennende grüne Glühbirne der U-Bahn-Haltestelle in Sicht kam, gestattete er sich schließlich zu fragen: »Sie kennen Ragno?«

Lustig nickte. Er atmete schwer vor Anstrengung. »Guter Mann ... für einen Anwalt.«

Jimmy verdaute seinen Kommentar, während sie die Treppe hinabstiegen, Fahrkarten kauften und dem Labyrinth von Gängen zum Bahnsteig folgten. Es war nicht leicht, so viele Neuigkeiten in so kurzer Zeit zu verarbeiten. Jimmy bemühte sich, die einzelnen Teile des Puzzles, das sein Leben in den vergangenen Monaten gewesen war, zusammenzusetzen. Lustig kannte Ragno. Ragno mußte ihm verraten haben, wo Jimmy wohnte. Ragno hätte diese Information nicht an irgend jemanden weitergegeben. Der einzige logische Schluß war verwirrend, aber unausweichlich.

Drei Männer und eine Frau warteten bereits auf den Uptown-Expreß. Jimmy ließ den Blick über den gegenüberliegenden Bahnsteig schweifen, konnte unter der Handvoll Fahrgäste auf der Plattform jedoch keinen von Lustigs Verfolgern erkennen.

»Hören Sie, ich versuche, das Ganze zu begreifen«, sagte er und begann, sich etwas wohler zu fühlen, jetzt, da es aussah, als hätten sie die Schläger abgeschüttelt. »Sie haben das alles arrangiert? Sie haben mich hergeholt? Das alles habe ich Ihnen zu verdanken?«

Ein Lächeln erhellte Lustigs faltige Züge. »Das ist richtig.«

Jimmy wollte ihm gerade die wichtigste aller Fragen stellen – Warum? –, als er auf dem Bahnsteig auf der anderen Seite der vier Geleise ihre Verfolger entdeckte. »Scheiße!« fluchte er.

Lustig folgte seinem Blick, und seine Miene verfinsterte sich. Er knöpfte den Mantel auf, so daß die Pistole teilweise zu sehen war, sagte jedoch nichts. Sofern er einen Plan hatte, behielt er ihn für sich.

Die Schläger traten an den Rand des Bahnsteigs. »Hey, Arthur«, rief einer von ihnen über die Geleise. »Was hast du vor?«

Lustig blickte von rechts nach links und musterte prüfend die Leute, die auf den Bahnsteig drängten. Jimmy dachte an all die Jahre, die dieser Mann im Gefängnis verbracht hatte und daran, welche Erfahrung er darin haben mußte, alles im Blick zu haben, um böse Überraschungen zu vermeiden. Wie war es den drei Kerlen dann gelungen, ihn aufzuspüren? Lag es daran, daß er aus Sentimentalität einen Jungen besucht hatte, dem er erst einmal auf einer einsamen Insel begegnet war?

»Ich warte auf den Zug. Und du?« rief Lustig zurück.

»Du siehst aus wie Howard Hughes«, spottete der Mann. »Hast du all die Jahre auf einer einsamen Insel verbracht?«

Lustig zuckte nur die Achseln. Jimmy blickte die Geleise hinunter, in der Hoffnung, die Scheinwerfer eines einfahrenden Zuges zu sehen. Aber im Tunnel blieb es dunkel.

»Komm schon, Tommy will keinen Ärger. Er will nur mit dir reden«, sagte die zwielichtige Gestalt.

»Ich weiß«, erwiderte Lustig. »Gib mir seine Nummer. Ich rufe ihn an.«

Der Mann zeigte auf die Treppe. »Arthur, er ist gleich da oben.«

»Und ich bin hier unten«, entgegnete Lustig. »C'est la vie.«

»Wir regeln das schon«, versprach der Mann. »Ich komme rüber, Arthur. Warte auf mich.«

Lustig nickte, und einen Augenblick lang glaubte Jimmy, daß er tatsächlich auf dem Bahnsteig warten wollte. Aber sobald die drei Männer im Treppenaufgang verschwunden waren, packte Lustig seinen Arm. »Gehen wir«, sagte er und eilte auf die Treppe ihres Bahnsteigs zu.

Sie konnten aus der Gegenrichtung Schritte hören, als sie die obere Plattform erreichten. Lustig zog Jimmy hinter eine riesige Säule, die die Plattform teilte – gerade noch rechtzeitig, um nicht von ihren Verfolgern gesehen zu werden, die an ihnen vorbeiliefen. Sie drückten sich an die Säule, bis die eiligen Schritte auf der Treppe verklangen, die sie gerade heraufgekommen waren.

Dann liefen sie über die Plattform und eine weitere Treppe hinunter zum nächsten Bahnsteig. Jetzt trennte sie nur noch ein Schienenstrang von ihren Verfolgern – von denen nur noch zwei zu sehen waren.

»Ich dachte, ihr Typen wolltet reden?« rief Lustig ihnen zu und sah sich suchend nach dem fehlenden dritten Mann um. »Habt ihr Viktor verloren?«

Jimmys Stoßgebet wurde erhört, als endlich eine Bahn einfuhr. Die Schläger sahen sich an und überlegten sichtlich, was sie tun sollten. Der Zug fuhr zu schnell, als daß sie über die Treppe und die Gänge noch rechtzeitig den Bahnsteig hätten erreichen können, von dem er abfuhr. Und die Möglichkeit von einem Bahnsteig zum anderen zu springen, gab es nicht.

Die Türen auf Jimmys und Lustigs Bahnsteigseite öffneten sich. Sie stiegen in einen leeren Waggon und seufzten erleichtert auf, als die Gangster ihrer Frustration Luft machten, indem sie gegen das bruchsichere Glas der geschlossenen Metalltüren auf ihrer Seite hämmerten.

Geschafft! Lustig grinste, als der Zug anfuhr. »Ich wette, mit deinen Künstlerfreunden hast du nicht so viel Spaß.«

Jimmy lächelte schwach. Lustig schien das Ganze beinahe spaßig zu finden, dabei war es reines Glück gewesen, daß der Zug noch rechtzeitig eingefahren war. »Wir steigen an der Haltestelle Canal um«, sagte er, hastig eine Fluchtroute zusammenstellend. »In den Expreßzug nach Kennedy. Von da an trennen sich unsere Wege.«

Lustig klopfte ihm auf die Schulter. »Du wirst mich vermissen.«

»Ganz bestimmt«, entgegnete er.

Lustig zwinkerte ihm zu. »Mit dem Zug zum Flugzeug«, sang er monoton und wenig melodisch. »Mit dem Zug zum Flugzeug.«

Jimmy lächelte müde. Er wußte immer noch nicht, warum Lustig ihn aus Florida geholt und seine Künstlerkarriere finanziert hatte. Aber es war eine lange Fahrt bis Kennedy. Er hatte reichlich Zeit, herauszufinden, was er wissen wollte.

Der Zug ratterte weiter. Die Lichter flackerten, wurden schwächer und erloschen dann ganz. Im Zugwagen wurde es dunkel, abgesehen von vereinzelten Lichtstreifen aus dem Tunnel. Jimmys Augenlider waren bleischwer, und die Versuchung, zu schlafen, war unwiderstehlich. Sein Kopf sank seitlich auf eine Schulter, als er einnickte. Gleich darauf wurde er jedoch abrupt von einem lauten Zischen geweckt; jemand hatte die Tür zu ihrem Waggon geöffnet.

Er blinzelte und versuchte, in der Dunkelheit etwas zu erkennen. Er konnte nur vage eine massige, hünenhafte Gestalt erkennen, die sich auf ihn und Lustig zubewegte. Ehe er sich rühren oder Lustig warnen konnte, stürzte sich der Schatten auf Lustig und stach dreimal auf seine Brust ein.

Das Licht flackerte wieder auf. Lustig saß zusammengesunken auf dem Sitz neben Jimmy. Sein Angreifer, der Mann, der ihn vorhin mit Namen angerufen hatte, rannte zum anderen Ende des Waggons und hastete durch die Verbindungstür.

Jimmy sprang auf und starrte ihm nach. Aber sein Fuß rutschte auf einer nassen Stelle aus, und er wäre beinahe gestürzt. Er senkte den Blick und sah, daß er in einer größer werdenden Blutlache stand. Lustig drückte eine

Hand auf das Herz. Blut pumpte durch seine Finger. Er starrte zu Jimmy auf, einen schockierten Ausdruck in den Augen.

Jimmy wollte zur Notbremse greifen, aber Lustig packte mit unerwarteter Kraft seinen Arm und hielt ihn zurück. »Nicht!« rief er heiser. »Nicht! Setz dich. Setz dich hierher.«

Er zog Jimmy auf den Sitz neben seinem und preßte die geballte Faust auf die Stichwunde. »Ich bin okay«, murmelte er.

»Nein, sind Sie nicht. Sie sind schwer verletzt«, entgegnete Jimmy, den Tränen nah. Lustigs Hemd war leuchtendrot verfärbt. Er brauchte dringend Hilfe. Jimmy mußte den Zug anhalten und den Fahrer alarmieren.

»Ich werde dich noch überleben. Setz dich endlich«, flüsterte Lustig.

Jimmy gehorchte widerstrebend. Er fürchtete, daß wenn er Lustig auch nur eine Sekunde allein ließ, etwas unaussprechlich Schreckliches geschehen würde.

»Gut«, sagte Lustig. »Guter Junge.«

Der Zug ratterte weiter. Jimmy versuchte auszurechnen, wie viele Minuten es noch dauern würde, bis sie die Canal Street, die nächste Haltestelle, erreichen. Dort würde er die Tür aufhalten und um Hilfe rufen. Jemand würde einen Krankenwagen holen, und Lustig würde ins nächste Krankenhaus gebracht werden. So schwer konnte er nicht verletzt sein. Er würde sich wieder erholen, wenn nur erst die Blutung gestillt war.

Lustig lehnte den Kopf an den harten Kunststoffsitz und drückte Jimmys Hand mit blutverschmierten Fingern.

»Ich habe nie viel Geld gemacht«, murmelte er. »Weißt

du, nur kleine Beträge. Aber was immer ich getan habe, habe ich für dich getan. Ich habe jeden Cent für dich angelegt.«

Jimmy starrte ihn an, als könnte er ihn allein durch schiere Willenskraft am Leben erhalten. Er wollte ihm sagen, er solle ruhig sein und seine Kräfte sparen. Aber er spürte, daß es Lustig ein Bedürfnis war zu sprechen, und er wollte hören, was er zu sagen hatte.

Lustigs Gesicht war aschfahl. An seiner Stirn pochte schwach eine Ader. »Manchmal habe ich in irgendeinem Hotelzimmer am anderen Ende der Welt gesessen«, fuhr er fort. »Allein. Und dann sah ich dich vor mir. Dein Gesicht von damals. Ein kleiner Junge in einem schäbigen, kleinen Boot.« Er lachte schwach und mußte gleich darauf husten. Er blickte auf seine blutbedeckte Brust und sagte: »Himmel, was für eine Schweinerei.«

Er zog das Jackett fester zu, um die Flecken zu verbergen. »Ich habe in meinem Leben viel Schlechtes getan«, sagte er, während das Blut auch seinen Mantel durchtränkte. »Ich habe getan, was ich tun mußte. Aber du ... du bist das einzig Gute in meinem Leben.«

Jetzt tropfte das Blut von seinem Sitz und durchweichte eine Zeitung, die zerknüllt auf dem Boden lag. Jimmy hatte noch nie so viel Blut gesehen.

»Deine Ausstellung, die Bilder«, murmelte Lustig. »Ich habe sie gekauft. Für dich.«

Lustig sprach so leise, daß Jimmy glaubte, sich verhört zu haben. Jedes Wort schien für den alten Mann eine Riesenanstrengung zu sein. Jimmy beugte sich weiter vor und hörte Lustig sagen: »Ich habe sie gekauft. Alle. Die ganze verdammte Ausstellung.«

»Sie haben alle meine Bilder gekauft?« Von allem, was

Lustig ihm in dieser Nacht eröffnet hatte, schockierte ihn das am meisten. Erica hatte jedes seiner Porträts mit einem sehr hohen Preis versehen. Lustig mußte ein Vermögen aufgewendet haben, um sämtliche Bilder zu kaufen. Aber Jimmy glaubte ihm. Der alte Mann war dem Tod zu nahe, um die Unwahrheit zu sagen.

Lustig zuckte zusammen vor Schmerz, als er in den Mantel griff und einen blutverschmierten Umschlag hervorholte. »Öffne ihn«, forderte er Jimmy auf.

Jimmy nahm ein vergilbtes Blatt Papier heraus und faltete es auseinander. Ihm kamen beinahe die Tränen, als er die Bleistiftzeichnung von einem Barrakuda sah, ein Bild von einem Zehnjährigen. Das Blatt Papier war mit blutigen Fingerabdrücken bedeckt und von den Jahren dunkel verfärbt.

»Ich liebe deine Art zu malen. Das war schon immer so«, sagte Lustig leise. »Wie spät ist es?«

»Fast sechs«, entgegnete Jimmy, verblüfft, daß Lustig die Zeichnung all die Jahre bei sich getragen hatte.

»Okay. Gut.« Er lehnte sich in seinem Sitz zurück und seufzte. »Wir sind okay.«

Jimmy rückte näher an Lustig heran und legte ihm einen Arm um die Schultern. Er zog den alten Mann so vorsichtig an sich, als wäre er ein erschöpftes Kind kurz vor dem Einschlafen, bis Lustigs Kopf an seiner Schulter ruhte. Während der Zug weiter durch den dunklen Tunnel schlingerte, schloß Lustig die Augen. Er gab einen langen, kehligen Seufzer von sich, der aus seinem tiefsten Inneren zu kommen schien, und Jimmy fühlte, wie sein Kopf schwerer wurde.

Nach einer Weile wurde Jimmy bewußt, daß er den Atem des alten Mannes nicht mehr an seinem Hals fühlte. Lustig hatte zum letzten Mal versucht, den Tod zu überlisten. Es war ihm nicht gelungen, aber er hatte abschließend einen gewissen Frieden in seinem turbulenten Leben gefunden. Ein kleiner Junge hatte ihm ein Stück Freiheit gegeben, und er hatte Jahre davon geträumt, sich hierfür zu revanchieren. Er war mit einem Lächeln auf den Lippen gestorben, weil er noch erlebt hatte, wie sein Traum sich erfüllte.

Während Jimmys Tränen auf das Gesicht des alten Mannes tropften, konnte er nur beten, daß er eines Tages dasselbe von sich würde behaupten können.

Kapitel 10

Heimzukehren fiel ihm viel leichter, als er erwartet hätte. Nach sieben Jahren kam es ihm ganz natürlich vor, wieder in Cortez zu sein, in derselben Wohnung, in der er aufgewachsen war. Erst jetzt wurde ihm bewußt, daß er zu lange fort gewesen war, aus Gründen, die er nicht verstand und die er sich nie die Zeit genommen hatte, zu beleuchten.

Sein Beweggrund, New York zu verlassen, war ihm so simpel erschienen an jenem Morgen, da Arthur Lustig in seinen Armen gestorben war: Es hatte ihn nur irgendwohin gezogen, wo niemand seinen Namen oder sonst etwas von ihm wußte. Ihm war gar nicht aufgefallen, daß er exakt dasselbe tat, was Lustig sein ganzes Leben getan hatte. Er war geflüchtet.

Er hatte Abstand gebraucht, von Lustigs Tod, von seinen Erinnerungen an Estella und Mrs. Dinsmoor, von dem Wahnsinn der New Yorker Kunstszene, von Erica Thrall, Owen Tulp und Carter MacLeish. Überwältigt von Trauer und völlig verwirrt, hatte er sich die Weltkarte angesehen und sich von Paris angezogen gefühlt. Das selbstauferlegte Exil war in vieler Hinsicht gut für ihn gewesen. Er hatte viel über sich selbst gelernt, in der Zeit, die er so weit weg von allem gelebt hatte, das ihm vertraut war. Ganz auf sich selbst gestellt, hatte er die Zeit genutzt, um seine Karriere weiter voranzutreiben. Er hatte gelernt, ein besserer Künstler zu werden und vielleicht auch ein besserer Mensch.

Vielleicht war es vor allem seine Scham ob der Art, wie er Joe am Abend der Vernissage behandelt hatte, die ihn in Frankreich hatte bleiben lassen, auch nachdem er sich als Künstler etabliert hatte. Möglicherweise hätte er sich nie verziehen und nie den Weg zurück nach Cortez gefunden, wenn nicht eines Tages eine Geburtsanzeige mit Babyfotos in der Post gewesen wäre.

»Bitte komm uns besuchen, um deinen Namensvetter, Baby Jimmy, kennenzulernen«, hatte Diane Rhinebold auf die Rückseite der Anzeige geschrieben. Nach all dieser Zeit hatte Joe also endlich einen eigenen Sohn.

Joes Leben hatte sich sehr positiv verändert, seit sie sich das letzte Mal gesehen hatten. Ein Jahr nachdem Jimmy sich in Paris niedergelassen hatte, hatte Maggie ihre Drohung, ihren leidgeprüften Ehemann zu verlassen, schließlich wahrgemacht und war mit einem Vertreter aus Miami durchgebrannt, der ihre Scheidung in der Dominikanischen Republik bezahlte. Joes großes Glück war, daß Diane gleich gegenüber wohnte und sich um ihn gekümmert hatte, ihn mit warmen Mahlzeiten und verständnisvollem Zuhören getröstet hatte. Ihre Freundschaft war nach und nach zu Liebe gereift, und Joe hatte Diane schließlich einen Antrag gemacht.

Jimmy entschied, daß er seine Schuld nur vergrößern würde, wenn er Joe – und sich selbst – die Freude eines Wiedersehens verwehrte. Also hatte er einen Flug in die Staaten gebucht und Joe angerufen, daß er unterwegs sei. Und hier war er, saß am Küchentisch, während

Diane das Geschirr vom Abendessen abräumte und Joe spülte. Es kam ihm vor, als wäre er erst gestern weggegangen.

»Das Abendessen war köstlich, Di«, sagte er, seinen kleinen Cousin auf den Knien schaukelnd.

»Lügner«, entgegnete sie gutgelaunt und beugte sich vor, um ihren Sohn zu küssen, von dem alle sagten, daß er genauso aussähe wie Jimmy, als er noch ein Baby gewesen war. Sie nickte in Richtung ihres Mannes und lächelte. »Dir ist ja wohl klar, daß diese Vorstellung nur dir zu Ehren stattfindet, Jimmy, Joe hat schon Jahre kein schmutziges Geschirr mehr abgewaschen.«

Joe strahlte ununterbrochen und zwinkerte Jimmy hinter Dianes Rücken zu.

Diane stapelte eine weitere Ladung Geschirr neben der Spüle. »Aber er hilft mir tatkräftig, seinen Sohn zu versorgen«, fuhr sie fort. »Das muß man ihm lassen.«

»Ja. Er ist ein guter Dad«, pflichtete Jimmy ihr bei und sah zu, wie Joe Diane küßte.

Es war klar wie der Himmel über Florida, daß Diane Joe so glücklich machte, wie er es verdiente. Ihr Einfluß war überall in der Wohnung spürbar: Die Wände waren endlich neu gestrichen, die abgenutzten Polstermöbel im Wohnzimmer waren ersetzt worden, und Joe hatte sogar einen neuen Küchentisch angeschafft. Das Geschirr war ebenfalls neu, und in Jimmys Augen ein großer Fortschritt zu den Plastiktellern, an die er sich aus seiner Kindheit erinnerte.

Er war gerührt, als er sah, daß Joe jede einzelne Einladung aufbewahrt hatte, die er ihm zu seinen verschiedenen Vernissagen in Frankreich geschickt hatte. Der Kühlschrank war mit einer stillen Hommage an seine

Arbeit bedeckt. Durch reinen Zufall – Jimmy hatte Joe die Geschichte des entflohenen Sträflings, der zu seinem Schutzpatron geworden war, nie erzählt – hing ein Porträt von Lustig, das vorn auf einer Galerieeinladung abgedruckt war, an einem Ehrenplatz in Augenhöhe.

Er hatte im Laufe der Jahre immer wieder Porträts von Lustig gemalt. Das leblose Gesicht des Mannes verfolgte ihn bei Tag und in der Nacht. Er hatte ihn als den jüngeren Mann gemalt, den er damals auf der Insel kennengelernt hatte, und als den alten, müden Mann, der in seinen Armen gestorben war. Lustig war zu seinem berühmtesten Modell geworden, zu dem Sujet, das die Kritiker als das interessanteste und lobenswerteste all seiner Werke priesen.

»Weißt du, es gibt auch hier Kunstgalerien«, sagte Joe. »Du könntest hier arbeiten. Deinen Cousin kennenlernen.«

»Manchmal vermisse ich Cortez«, gab Jimmy zu. »Ich vermisse euch beide. Euch drei. Das Meer. Und kubanisches Essen.«

Als der letzte Teller gespült und abgetrocknet war, trocknete Joe sich die Hände. »Nora Dinsmoor ist gestorben«, sagte er.

»Tatsächlich?« Jimmy hatte danach fragen wollen, aber bislang hatte sich keine geeignete Gelegenheit ergeben. »Wann?«

»Ist schon eine Weile her.« Joe nahm seinen Sohn auf den Arm und überprüfte fachmännisch, ob die Windel gewechselt werden mußte. »Es hat ein paar Wochen gedauert, ehe man sie in dem ganzen Chaos gefunden hat.«

»Was ist mit dem Haus? Mit dem Anwesen?« fragte Jimmy.

Joe zuckte die Achseln. Er hatte keine Ahnung, was aus dem Haus geworden war. Es lag so viele Jahre zurück, seit er Nora Dinsmoor das letzte Mal gesehen hatte, daß er nicht daran gedacht hatte, zu fragen.

Jimmy sprach die Frage, die ihn am meisten interessierte, nicht aus. Was war aus Estella geworden? Früher am Nachmittag hatte er sich Joes Boot geborgt und war zu der Insel hinausgefahren, auf der er damals dem Sträfling begegnet war. Er hatte am Strand gestanden und zugesehen, wie die Wellen sich am Ufer brachen. Er hatte einen Barrakuda wie einen silbernen Pfeil durch das glasklare blaue Wasser schießen und in der Weite der Bucht verschwinden sehen. Er hatte über die scheinbare Willkür des Universums nachgedacht und über die unglaubliche Art, in der Menschen Einfluß auf das Leben anderer nahmen.

Er hatte sieben Jahre lang Estellas Namen nicht mehr laut ausgesprochen, aber ihre Präsenz war für ihn immer noch so real, als hätte er sie erst gestern gesehen. Obgleich er sie in den Straßen von Paris und jeder anderen europäischen Stadt gesucht hatte, in der er gewesen war, hatten ihre Wege sich nicht wieder gekreuzt. Ab und an hatte er in englischen Zeitschriften und Zeitungen, die er nur selten las, Artikel gelesen, in der sie und Walter Plane erwähnt wurden. Plane hatte in den frühen neunziger Jahren viel Geld verloren, schien sich jedoch inzwischen von seiner finanziellen Misere erholt zu haben. Seine Ehe mit Estella war gescheitert. Sie hatte sich beinahe mit einem Gouverneur eines westlichen Staates verlobt, die Beziehung jedoch dann abgebrochen, und seither hatte er nichts mehr von ihr gehört.

Er hatte die Hoffnung aufgegeben, sie je vergessen zu

können. Wenn er Glück hatte, würde die Erinnerung an sie eines Tages so stark verblassen, daß er aufhören konnte, jede Frau, die er kennenlernte, mit der einzigen Frau zu vergleichen, die er je geliebt hatte.

Ein Abschiedsbesuch in Paradiso Perduto würde ihm vielleicht helfen, seinen Frieden mit den Erinnerungen zu schließen. Außerdem konnte er auch nicht nach Paris zurück, ohne Mrs. Dinsmoor die letzte Ehre erwiesen zu haben. Also fuhr er am nächsten Morgen in dem Wagen, den er sich am Flughafen gemietet hatte, an der Küste entlang nach Süden bis Sarasota. Die Strecke war ihm so vertraut, daß er ganz selbstverständlich abbog und kein einziges Mal die Karte konsultieren mußte, um den Weg zum Anwesen zu finden.

Die Außenmauer, die das Grundstück umgab, war noch intakt, aber eine Kette versperrte die Zufahrt. Jimmy stieg über die Kette und ging den Pfad hinunter, den Bäume und Sträucher derart überwuchert hatten, daß der Himmel über dem grünen Blätterdach zeitweilig nicht mehr zu sehen war. Aber der eigentliche Schock kam erst, als Jimmy das Ende des Pfades erreichte. Dort, wo früher das Haus gestanden hatte, befand sie nur noch ein ebenes, planiertes, erdbedecktes Feld. Das Haus war abgerissen und der Urwald gerodet worden. Rosafarbene Fähnchen flatterten in der Morgenbrise, und Holzstangen staken in gleichmäßigen Abständen im Boden, zweifellos um die Umrisse zukünftiger Eigenheime zu markieren, einer weiteren Altersruhestätte an der Westküste Floridas.

Jimmy fühlte sich so desorientiert, als wäre er auf den Mond versetzt worden. Das Paradiso Perduto gab es nicht mehr, und mit ihm war ein großes Stück seiner

Kindheit verschwunden. Jetzt wünschte er beinahe, er wäre nicht hergekommen. Er hätte es vorgezogen, das Anwesen in all seiner vergangenen, verblaßten Pracht in Erinnerung zu behalten.

Er war nicht sicher, ob er viel länger bleiben sollte, jetzt da es nur noch so wenig zu sehen gab. Als er jedoch gerade überlegte, ob er gehen sollte, landete ein Marienkäfer auf seinem Handgelenk, verweilte dort ein wenig und flog dann wieder davon. Oder hatte er sich den Marienkäfer nur eingebildet? Vielleicht war die Macht der Nostalgie ja so stark, daß er den Augenblick seiner ersten Begegnung mit Estella noch einmal durchlebte. Als er die Augen schloß, konnte er das Haus vor sich sehen. Und er konnte in der Nähe ein kleines Mädchen kichern hören.

Er schlug die Augen auf, blinzelte und sah das kleine Mädchen, das keine Ausgeburt seiner Phantasie war, sondern ein Wesen aus Fleisch und Blut. Sie war eine jüngere Ausgabe von Estella, mit dem gleichen blonden Haar, das das Gesicht aus seinen Träumen umrahmte. Jimmy stand wie gelähmt da und sah zu, wie sie einen Schmetterling durch das Dickicht jagte, bis sie zu dem Tunnel gelangte, der zum Strand jenseits der Mauer führte.

Als er die Kleine durch den Tunneleingang laufen sah, setzte er sich in Bewegung. Er folgte ihr durch die Dunkelheit auf das Licht am anderen Ende zu. Die Erinnerung stürzte auf ihn ein – die Meeresbrise, das Brüllen der Brandung, Mrs. Dinsmoor, die am Strand tanzte.

Ehe er das kleine Mädchen einholen konnte, wurde das Licht vorübergehend von der Silhouette einer Frau versperrt, die den Tunnel betrat. Das kleine Mädchen lief zu der Frau, deren Konturen von der Sonne umrissen wurden, und schlang mit atemlosen Gelächter die Arme um ihre Beine. Dann ließ es die Frau wieder los und rannte davon in Richtung Strand. Die Frau, deren Gesicht im Dunkeln lag, kam den Tunnel hinunter auf ihn zu.

Als sie ihn entdeckte, rief sie: »Kann ich Ihnen helfen?«

Das mußte eine Halluzination sein, eine Fata Morgana, hervorgerufen durch seine Rückkehr zum Paradiso Perduto. Und doch konnte er nicht anders, als ihren Namen auszusprechen. »Estella?«

Die Frau blieb stehen. Er sah, daß sie eine Hand an den Mund hob. »Bist du das, Jimmy?« entgegnete sie ungläubig.

»Bleib, wo du bist«, sagte er. »Ich komme zu dir.«

Als er sich ihr in dem düsteren Tunnel langsam näherte, wurden ihre Züge zunehmend deutlicher. Sie sah natürlich älter aus, die jugendliche Frische mit den Jahren verblaßt. Aber sie war von Anmut und wahrer Schönheit ersetzt worden.

Sie fing an zu lachen, und einen Moment lang glaubte er, sie würde in Tränen ausbrechen. Aber sie beherrschte sich und sagte: »Wie seltsam. Wie perfekt, nicht wahr? Daß wir uns hier begegnen.«

»Das hätte ihr gefallen«, entgegnete er. Sie schwiegen beide eine Weile und dachten an Mrs. Dinsmoor. Dann sagte er: »Das kleine Mädchen ... ist das deine Tochter? Estella, sie ist eine wahre Schönheit.«

»Ich habe sie mitgebracht«, erwiderte sie lächelnd. »Ich wollte, daß sie das Anwesen sieht oder zumindest das, was davon übrig ist. Sie fangen morgen mit den Bauarbeiten an. Die Fundamente werden gegossen, glaube ich. Ich dachte, ich komme ein letztes Mal her.«

»Es gehört dir nicht mehr?«

»Nein. Es wurde noch während meiner Ehe verkauft.«

Ein Anflug von Schmerz schwang in ihrer Stimme mit, was ihn davon abhielt zu fragen, warum sie den Besitz nicht behalten hatte. Er erinnerte sich an Walter Planes finanzielle Schwierigkeiten und fragte sich, ob das Anwesen dazu gedient hatte, seine Schulden zu begleichen.

»Ich habe in letzter Zeit viel an dich gedacht«, sagte sie leise. »Eine Zeitlang habe ich das nicht getan. Und dann, als ich anfing, vieles ... das Leben, besser zu verstehen, habe ich es mir nicht gestattet. Aber in letzter Zeit ... Manches vergißt man eben nie.«

Ein trauriges Lächeln trat auf ihr Gesicht. Er konnte in der Ferne das Flüstern des Ozeans hören – ein Versprechen für die Ewigkeit.

»Manche Dinge will man einfach nicht vergessen«, sagte er.

»Freunde?« Sie reichte ihm die Hand.

»Freunde.«

In wortloser Übereinstimmung machten sie kehrt und gingen zum Strand. Es gab so vieles, was er sie fragen wollte, aber die Fragen konnten warten. Er wußte, daß es kein Zufall sein konnte, der ihn ausgerechnet heute hergeführt hatte. Manches war eben so bestimmt. »Ich spreche inzwischen Französisch«, sagte er bei der Erinnerung daran, wie sie ihn verspottet hatte, weil sie Fremdsprachen beherrscht hatte und er nicht.

Sie nickte, als würde auch sie sich erinnern. »Sag etwas«, entgegnete sie.

Er brauchte nicht erst zu überlegen. Er hatte die Worte in Gedanken schon tausendmal zu ihr gesagt. *»Je t'adore.«*

Sie schob ihre Hand in die seine, als sie auf den Strand hinaustraten, wo ihre Tochter am Wasser eine Sandburg baute. »Sag es noch einmal«, bat sie leise.

Es waren die aufrichtigsten Worte, die er je ausgesprochen hatte. Und er würde sie so oft wiederholen, wie sie es wünschte, egal, wo, egal, wann. Er konnte sehen, wie ihre gemeinsame Zukunft Gestalt annahm, so unausweichlich auf sie anrollte wie die morgendlich steigende Flut. Das tiefgoldene Sonnenlicht glitzerte auf den weißen Schaumkronen der Wellen. Es war ein wunderschöner Anblick, schöner als alles, was er je würde malen können. Und dafür, wie für so vieles mehr, war er unendlich dankbar.

Band 12789

Mary Sheepshanks

Sommer der Eisvögel

Eine bittersüße Geschichte über Liebe, Verlust und die Kunst des Kompromißschließens

Sonia, Lady Duntan, liebt den Familienlandsitz weit mehr als ihren Ehemann Archie. Doch der pocht unerbittlich darauf, daß der Schein gewahrt bleibt und der gemeinsame Haushalt weitergeführt wird.
Als Archie sich jedoch auf eine Affäre mit der lungenkranken Rosie Bartlett einläßt, ist Sonia fest entschlossen, seine Pläne zu durchkreuzen.
Die Verschwörung zieht immer weitere Kreise, weil ihre schöne, aber unzuverlässige Schwiegermutter einen falschen, unheimlichen Mönch und den weltmännischen Simon Hadleight mit hineinzieht, wodurch der Lauf der Dinge außer Kontrolle zu geraten droht…

BASTEI LÜBBE

Band 12780

Carol Dawson

Das Erbe von Bernice

Eine mutige Frau vertreibt die Geister der Vergangenheit

Bernice, Texas. Im Jahre 1908 schließen sich Barner Ransom und Archibald Macafee zusammen, um die erste Speiseeisfabrik in der Region zu errichten. Glück und Erfolg sind auf ihrer Seite. Doch als Grant Macafees Liebe zu der attraktiven Sarah unerwidert bleibt und seine spätere Frau von Sarahs Bruder geschwängert wird, schwört der Erzürnte den Ransoms ewige Rache.
Einer nach dem anderen scheiden die Ransoms auf mysteriöse Weise aus dem Leben. Meist liegt der Schatten der Macafees über dem Geschehen und läßt den Verfolgungswahn seine schreckliche Magie entfalten. Erst der mutigen und entschlossenen Victoria Ransom gelingt es, die furchtbaren Dämonen, vor denen schon ihr Urgroßvater zitterte, zu bezwingen…

BASTEI LÜBBE